KB186985

내 영혼을 불살랐던 산티아고

침묵의 그 길에서 나를 찾다

김숙자

_____ 님께

건강과 행운을 기원합니다.

_____ 드림

내 영혼 흔들었던 그대 산티아고

김숙자

아주 오랜 시간동안
내 시공과 가슴 속에서
식지 않은 그리움으로
타오르고 있는 그대는 누구인가

뜨거운 심장에 불 지펴
활활 타오르는 그 불길에
거센 풍무까지 돌리는 자
그는 도대체 누구란 말인가

샹그리아도 아니요
기약없는 침묵의 발길로
노오란 화살표 벗삼아
산티아고 울며 넘는 순례자

길 위에서 길을 묻고
길 위에서 나를 찾고
길 위에서 주님 만나며
내 영혼 송두리째 불태웠던 산티아고

'내 영혼 송두리째 불태웠던 산티아고'
나의 인생 그 '침묵의 길' 위에서 답을 찾다

그대! 내면의 소리에 귀 기울여 본적 있는가?

난 아주 오래전부터 실현 가능성이 결코 쉽지 않은 생각 하나가 내면 깊숙이 틀어박혀 내 안에서 함께 숨을 쉬고 있었다. 여러 가지 열악한 환경 상 고사하기 일쑤였겠지만 끝내 죽지도 않고 희한하게 뿌리를 내리는가 싶더니 급기야는 새 욕망의 가지까지 벋어내고 있었다.

여타 이유야 많았겠지만 지금껏 내가 그 꿈을 실현하지 못했던 건 아무래도 가슴 뛰는 내 열정이 부족했던 탓이리라. 아무나 쉽게 넘나볼 수 없을 야고보 성인의 쉽지 않았을 피눈물의 순례 길 '산티아고' 이 짧은 단어 하나가 왜 내 마음을 그렇게 세차게 끌어당기며 흔들었는지는 아직도 명확한 답을 내릴 수가 없다. 그러나 누가 뭐래도 그는 이미 나의 연인이 되어 있었던 것이다. 직접 만나보지 않고선 도저히 참을 수 없었던 그 절박함에서 출발한 내 욕망! 난 이제 그를 꼭 만나봐야 하는 필연적인 님으로 내 맘에 각인 되고 말았다.

뚜렷한 확신과 대안도 없으면서 막연히 그 꿈을 포기하지 못하고 있었다는 건 분명 어떤 매력이나 마력이 그 안에 숨어 있었던 게 분명하다. 성인의 경지에나 이르러야 포기 없이 이르는 그 길! '산티아고' 그 곳은 우리나라 뒷산 마실 길도 아니요, 쉽게 여자 혼자서 배낭을 메고 800km 나 되는 그 장엄한 대장정의 길을 한 달 넘게 도보로 완주 할 가능성과 확신 또한 없었다. 그러나 이처럼 불확실한 고난도의 길을 왜 포기해 버리지 못하고 나의 '버킷 리스트'에 까지 당당히 올려놓고 언젠간 만나고야 말 님처럼 그렇게 기다림의 세월을 안고 그리워하며 마음속에서 그리움의 싹을 틔우고 있었던 것일까?

아무리 생각해봐도 만만치 않은 세월을 살고 있는 내가, 아마도 지금쯤은 꾸고 있던 꿈도 포기하고, 정리를 해야 하는 이 시점에서 더 큰 도전정신으로 다시 또 새 꿈을 꾸어야만 했던가가 첫 번째 의문이다.

이게 다른 이들과 다른 점이라 할 수 있겠다. 그러나 나는 내 인생 2막 터닝 포인트를 꼭 그와 함께 돌고 싶다. 그리고 그 길에서 앞으로 남은 내 인생 길, 어떤 삶으로 채워야 하는지? 어떤 삶을 살아야 진정 잘 사는지에 대한 궁금증이 나를 산티아고로 내몰고 있었던 것이었다.

정말 그것이다. 다시 '나 다운 나'를 찾고 싶다. 앞으로 내가 어떤 삶을 살아야 진정 잘 사는 건지에 대한, 내 마음이 원하는 '진정한 나'를 찾고 싶은 것이다. 노란 화살표 하나 친구 삼아 가파른 피레네 산맥을 넘으며 지금까지의 나의 삶을 조용히 성찰해 보고 싶다. 아니 앞으로 남은 나의 삶을 침묵의 그 길에서 느긋하게 걸으며 찾고 배우고 싶었다. 솔직히 그 마음이 전부이다. 그리고 앞으로 내가 걸어야 할 진정한 자아의 길을 산티아고를 걸으며 찾고 싶다.

지금까지도 '나의 삶'과 '나의 길'은 절대 순탄하지 만은 않았다. 아니 그렇다고 불행하지도 않았다. 그러나 만만치 않은 가시밭길을 원도 없이 잘 돌아온 것만은 사실이다. 그 많은 시련의 가시밭길을 묵묵히 걸어 오늘에 이르렀다. 거기엔 분명 내 손을 잡아주었던 그 누군가가 계셨던 게

5

분명하다. 그렇지 않고선 그 시련의 고비마다 주저앉지 않고 오늘의 내가 있을 수 없었을 것이다. 그러나 마치 내 자신이 혼자서 잘 걸어와 지금의 모든 행복을 누린 것처럼 자만해지기 십상이다. 분명 그 뒤안길에는 시련과 고난이 닥쳐올 때마다 늘 그 뒤안길에서 나의 버팀목이 돼 주셨을 따뜻한 그 손길이 있었으리라.

바로 그 길에서 고마운 그 분과 꼭 만나보고 싶다. 그리고 그 따스한 손길을 꼭 잡고 걸으며 지나온 나의 삶을 고마움과 감사로 가득 채우고 싶다. 그리하여 행여 나의 잘못된 삶의 양식과 가치관도 바로잡아 올 것이다. 외롭지만은 않을 그 침묵의 길을 걸으며 그간 낱낱이 되뇌지 못한 잘못과 자만에 대해서도 샅샅이 고백할 것이다. 뜨거운 고해와 자백을 통해 보속하며 앞으로의 나의 삶과 나의 길을 감사로만 가득 채우고 올 것이다. 끊임없이 통회하고 회개하며 보속하고 뜨거운 눈물로 지난날을 묵상하며 새롭게 만날 나의 길을 더 낮은 자세로 낮추며 겸손하게 걸을 것이다.

과연 나는 그 길에서 그 분을 만날 수 있을 가? 그 답은 결국 내 안에서 찾아야 할 것이다. 나는 구상 시인의 '꽃자리'라는 시를 참 좋아한다. 아니 그 시는 이미 나의 좌우명이 된지 오래다.

꽃자리

구상

반갑고 고맙고 기쁘다.
앉은 자리가 바로 꽃자리니라.
네가 시방 가시방석처럼 여기는
네가 앉은 그 자리가 바로 꽃자리니라.

앉은 자리가 꽃자리니라.
앉은 자리가 꽃자리니라.
네가 시방 가시방석처럼 여기는
너의 앉은 그 자리가
바로 꽃자리니라.

나는 이 시를 오래오래 간직하며 오직 내면의 진실만으로 침묵의 그 야고보 길을 감사와 눈물로 가득 채우며, 침묵 속에서 주님과 함께 걷고 또 걸으리라.

차례

제1장

스페인
북서부 지역(산티아고)
역사와 문화 알아두기

스페인 북서부 지역(산티아고) 역사와 문화 알아두기

- 스페인(Spain)

국명 : 스페인(Spain)/에스파냐(Espana)

수도 : 마드리드(Madrid)

면적 : 505,370㎢

인구 : 약 4천 7백만 명

언어 : 스페인어(에스파냐어)

통화 : 유로

인종 : 라틴계 스페인인, 이베리아인, 게르만인, 아랍인 등

시차 : 3월–10월(썸머타임) : 한국보다 7시간 늦다.

　　　11월–2월 : 한국보다 8시간 늦다.

전압 : 220V, 50Hz (*우리나라 콘센트와 대부분 같지만 다른 곳도 있음)

종교 : 가톨릭 77%

　　스페인의 정식 명칭은 '에스타도 에스파뇰(Estado Espanol)'이며, 영어명은 '스페인 왕국(Kingdom of Spain)'이다. 유럽대륙의 서쪽 끝인 이베리아 반도에 위치한다. 서쪽으로 포르투갈, 북쪽으로 프랑스에 접하고,

남쪽으로는 지브롤터 해협을 사이에 두고 아프리카의 모로코와 마주하며 동쪽으로 지중해, 북쪽으로 비스케이만, 북서쪽으로 대서양에 접해있다. 기후는 대체로 여름에 건조 상태가 심한 지중해성 기후이지만 국지적으로는 대서양의 영향을 받는 곳도 있다. 북서부와 칸타브리아 산맥, 피레네산맥 일대에서는 비교적 비가 많아 연간 강수량이 1,500mm를 넘는 곳도 있지만, 레온 지방과 지중해 쪽의 무르시아 지방은 강수량이 적어 연간 400mm 이하이다. 내륙 지방도 강수량이 적은데다 여름과 겨울의 기온차가 심하여 국지적으로는 스텝 또는 사막과 같은 경관을 나타낸다.

- **프랑스(France)**

국명 : 프랑스 공화국(République Française)
위치 : 유럽 중서부
면적 : 643,801㎢ (한반도 면적의 2배)
기후 : 대부분 온대성 기후이나 남부지방은 지중해성 기후
수도 : 파리(Paris)
인구 : 약 6595만 명 (세계 21위)
민족 : 겔트족의 일파, 로마족, 노르만 족, 프랑크 족의 혼합.
언어 : 프랑스어
종교 : 가톨릭 83.88%, 이슬람교 5-10%, 개신교 2%, 유대교 1%
건국일 : 1789년 7월 14일
정부형태: 대통령 중심제(의원내각제 가미)

프랑스는 유럽 대륙의 서부에 위치한 나라로서 유럽 대륙의 서부, 지중해와 대서양 사이에 위치하며, 유럽에서 세 번째로 큰 나라이다. 1987년 프랑크 왕국이 멸망하고 카페 왕조 창시로 최초의 국가가 형성되

었다. 절대 왕정과 제정, 공화정을 반복하다가 1871년 공화정부 수립이후 오늘에 이른다. 동쪽은 이탈리아, 스위스, 독일, 북동쪽은 룩셈부르크, 벨기에와 접하고, 북서쪽은 영국 해협을 건너 영국과 마주하며, 서쪽은 대서양, 남쪽은 지중해와 에스파냐로 이어진다. 육각형 모양의 본토 외에 해외 프랑스령으로는 마르티니크, 과들루프, 레위니옹, 프랑스령 기아나가 있고, 그 밖에 세계에서 3개의 해외 공동체가 있다.

행정구역은 5개의 해외 속령을 포함한 주 단위의 18개 레지옹(Région)과 주 아래 101개의 데파르트(Department) 망으로 이루어져 있다.

■ **툴루즈**(Toulouse)

툴루즈는 프랑스 미디피레네 주(레지옹/Région) 오트가론 데파르트망(Département)의 수도이며, 인구는 439,228(2006년)명 정도 되는 프랑스의 4대 도시이다.

툴루즈는 파리 남쪽 681km, 가론강 우안에 위치하며 파리, 마르세유, 리옹에 다음가는 프랑스 제4의 도시이다. 대주교구청. 항소 법원 등이 있으며, 프랑스 남부 최대의 교통. 산업. 문화의 중심지이다. 대서양 연안과 지중해를 연결하는 지점에 있으며, 가론 운하와 미디 운하의 분기점이기도 하다. 갈리아 시대에는 볼카애(Volcae)족의 수도로서 지금의 위치보다 8km 정도 남쪽에 있었다. BC 106년 로마군이 들어와 이곳을 톨로사(Tolosa)라고 하고 요새화하였다.

250년경 순교자 세르냉에 의해 그리스도교가 전파되고, 419년부터 서(서) 고트 완국의 수도가 되었다. 507년 클로비스가 정복하였고, 이후

아키텐 왕국의 수도로서 에스파냐의 이슬람 교도에게 대항하였다.

852년 레몽 1세가 툴루즈 백작이 되어 백작령이 400년 동안 계속 되었는데, 그 동안 교회 참사회가 권세를 휘둘러 거의 독립 상태였다.

백작령은 알비즈와 십자군의 토벌로 쇠퇴하고, 1271년 프랑스 왕령으로 합병되었다. 중세에는 나사 시장이었으나, 곡물, 피혁의 거래도 시작되고, 현재는 농산물의 대시장이다. 피레네 산 계곡의 수력발전과 부근의 천연가스를 이용하여 제1차 세계대전 후 비철금속, 섬유, 제지 등의 공업이 일어났고, 그 밖에 기계, 화학(비료, 질소, 화약), 공업도 발달하였으며, 현재는 항공기공업의 중심지가 되어 국립항공학교와 우주공업연구소도 설치되었다. 가론강 좌안에도 공장이 많이 세워져서 그 남서쪽에 위성도시 르미라이가 건설되었다.

■ **루르드**(Lourdes)

루르드는 프랑스 남서부 피레네 산맥 북쪽 산기슭에 위치한 소도시로 가톨릭 교회가 공식 인정한 프랑스 남서부 피레네 산맥 북쪽 오트피레네 주에 있는 성모 마리아 발현지이다. 루르드 성지에서 성모 마리아 발현은 1858년 2월 11일부터 이곳에 있는 마사비엘 동굴에서 14세 소녀 베르나데트 수비루에게 18번에 걸쳐 발현함으로써 세간의 이목을 끌었으며, 많은 병자들이 이곳을 방문한 후 치유됨에 따라 세계적으로 유명해졌다. 이 동굴의 생수는 질병을 치유하는 것으로 알려져 지금까지 수많은 환자들이 많이 찾고 있는 성지이다. 피레네 산맥의 북쪽 기슭, 해발고도 400m 지점에 위치하여, 가브리드포강을 바라보는 경치가 매우 아름다운 곳이다. 1858년 베르나테르라는 14세 소녀가 이곳에 있는 마사비엘의 동굴에서 18회에 걸쳐 발현한 성모 마리아를 보고, 기도와 보속행위, 생활의 회개를 촉구하는 메시지를 들었다고 전해진 후 해마다 세계 각지로부터 300만이 넘는 순례자가 찾아오는 유수의 순례지가 되었다. 또한 동굴속에 있는 샘물은 성수로서 병 치료에 신통한 효험이 있어 이를 찾는 신도와 환자들이 많으며, 그 입구에는 완치된 사람들이 두고 간 수 만호가 넘는 목발들이 걸려 있다.

  베르나데트는 성모 발현을 목격한 열네 살까지 문맹자였고, 종교 교육조차 받지 못했을 뿐 아니라 천식까지 앓고 있었다. 1858년 2월11일 목요일 정오경 나무와 짐승의 뼈를 줍기 위해 마을에서 서쪽으로 1km 떨어진 가브 강변의 동굴 근처로 간 베르나데트는 강을 건너려고 신발을 벗고 있었는데, 이상한 소리를 듣고 깜짝 놀랐다. 그녀는 동굴의 움푹 들어간 자리에서 후광이 빛나고 흰옷에 하얀 베일과 파란 색 허리띠를 두르고 양말 위에는 노란 장미가 있는 아주 '젊게 보이는 여인'을 보았다. 베르나데트는 아무런 말도 없이 조용히 미소를 띠고 서 있는 그 여인 앞에서 잠시 묵주 기도를 바치고 집으로 돌아왔다. 베르나데트는 2월 14일과 18일에 또다시 동굴로 갔다. 그 때 '동굴의 젊은 여인'이 "앞으로 15일 동안 매일 이곳에 와 주시겠습니까?"하고 묻자 그렇게 하겠다고 대답한 베르나데트는 2월 19일 금요일부터 3월 4일 목요일까지 매일 아침 동굴로 갔으며, 2월 22일 월요일과 2월 26일 금요일을 제외하고는 매일 '동굴의 젊은 여인'을 만날 수 있었다. 이 기간 동안 매번 그 '여인'은 조금씩 베르나데트에게 메시지를 전하기 시작했다. 8일째인 2월 24일 수요일에 '죄인의 회개'를 위한 상징으로 무릎을 꿇고 땅에 입을 맞추라는 메시지를 전했고, 그 다음 날에는 손가락으로 샘물의 원천을 가리키며 그 물을 마시고 씻도록 하였다. 또 13일째인 3월 2일 화요일에는 "사제들에게 전해 이곳에 사람들이 떼를 지어 몰려오게 하고, 이곳에 성당을 짓게 하시오."라는 메시지를 남겼다. 이 이야기는 곧 여러 사람들에게 알려져 '동굴의 젊은 여인'을 보기 위해 많은 사람들이 몰려들었다. 이들은 모두 위대한 기적이 일어나기를 고대하고 있었으나 아무 일도 일어나지 않자 사람들은 실망하고 흩어졌다. 베르나데트가 다시 동굴로 갔을 때 '젊은 여인'을 볼 수 있었는데 신분을 밝히지 않던 이 젊은 여인은 "나는 원죄 없는 잉태이다."라고 처음으로 자신의 신분을 밝혔다. 그러나 이 말의 의미를 전혀 이해하지 못한 베르나데트는 곧바로 마을의 주임신부에게 보고했다. 이 발현이 있기 4년 전인 1854년에 이미 당시 교황 비오 9세는 동정 마리아의 무염시태를 믿을 교리를 발표했으나 일반 신자들에게까지 널리 알려지지 않은 상태이다. 이로써 베르나데트는 전 세계에 루르드의 원죄 없이 잉태되신 동정녀의 전령자가 된 것이다. 이로써 많은 신자들이 베르나데트와 성모 발현 동굴을 보기 위해 루르드에 몰려들기 시작했다. 베르나데트의 생가엔 물레방앗간이 보존되어 있으며, 1876년에 창건된 루르드 대성당이 있고, 신 비잔틴 양식의 '로사리오 대성당'이 완공되고, 1958년 성모 출현의 기적 100년을 기념하여 건립된 피우스 10세의 프리스트레스트 콘크리트 지하 교회가 있다. 현재 루르드에는 400여만 명 순례객들이 찾고 있다.

▪ **성녀 베르나데트**(1844-1876)

성녀 베르나데트는 가톨릭의 성녀이다. 그는 루르드의 성모 발현 체험자로 본래 그의 이름은 마리 베르나르도 수비루이다. 그는 1844년 1월 7일 가난한 방앗간 집 딸로 태어났다.

루르드 동굴에서 발현하신 성모님

그는 루르드의 가브 강변에 있는 마사비엘르 동굴에서 1858년 2월부터 7월까지 18회에 걸쳐 성모 마리아의 발현을 체험하였다. 성모의 주요 메시지는 '기도와 회개'의 요청이었다. 그녀는 그 일이 있은 후 수녀원으로 들어가 여생을 보냈다. 그의 축일은 4월 16일이다. 베르나데트는 루르드의 가난한 방앗간 주인인 프랑수아 수비루의 여섯 아이 중 첫째로 태어나 어린 시절을 작은 오두막집에서 보냈다. 몸이 허약하고 보통 아이들보다 키가 작은 편이었던 그녀는 10세 때 콜레라를 앓았고, 평생 천식을 비롯해 여러 가지 질병으로 고생하였지만 단순하고 감상적이며 유쾌한 성격을 지녔던 반면에 수줍음을 많이 타고 행동도 느렸다고 한다. 그녀는 루르드의 가브(Gave) 강변에 있는 미사비엘르(Massabielle) 바위에서 1858년 2월 11일부터 7월 16일까지 18회에 걸쳐 동정 성모 마리아의 발현을 체험하였다. 성모 마리아는 자신을 '원죄 없이 잉태된 자(Immaculata Counceptio)'라고 밝혔는데, 자신이 발현한 곳에 성당을 세워줄 것을 요청하고 그녀에게 샘물을 마시게 하였다. 이때, 성모 발현의 주요 메시지는 '기도와 회개'의 요청이었다. 때로는 많은 사람들이 있는 가운데 성모 발현이 일어나기도 하였으나, 베르나데트 외에는 아무도 성모의 모습을 보거나 말을 듣지 못하였다. 그녀는 이 발현에 대해 의혹을 품은 이들 때문에 많은 고통을 받았을 뿐 아니라 분별없는 열광과 무관심한 태도로 인해서도 고통을 받았다. 그때까지도 그녀의 지적 능력은 문맹이었고, 종교 교육조차 제대로 받지 못한 상태였음에도 불구하고, 단순하였지만 거짓 없는 진실성과 용기, 사욕이 없는 모습으로 모든 논쟁을 피하게 하였고, 조사에 응할 때에도 한결 같이 흔들림이 없었다. 점점 더 사람들의 호기심에 시달려야 했을 때도, 그녀는 이 모든 시련들을 인내와 존중하는 마음을 가지고 견디어 냈다. 사람들의 관심을 피하기 위해 그녀는 1860년-1866년 느베르(Nevers)의 사랑의 자매 수녀회(Le Couvent des Soeurs De La Charite)에서 보호를 받으며 생활하였다.

1864년 8월 이 수녀회에 입회하기를 원하였지만 건강하지 못하다는 이유로 받아들여지지 않았다. 1866년 7월 느베르의 성 질다르(S. Gildard) 수련소에 입회하여 그 해 7월 29일에 착복식을 한 후, 마리 베르나르(Marie Bernard)라는 이름으로 서원하였다, 그녀는 이곳에서 종교 교육을 받은 뒤 기도와 은둔 속에서 남은 여생을 보냈다.

그녀의 일생은 발현을 체험한 몇 개월을 제외하고는 35세의 나이로 죽을 때까지 극히 평범한 삶이었다. 그리고 선종 후 수도원 땅에 묻혔다. 그녀에게 나타난 성모 발현이 1862년 1월 18일 타르브(Tarbes) 교구의 로랑스(Laurence) 주교에 의해 공식적으로 인정 되면서 루르드는 그리스도교 역사상 가장 위대한 순례지 가운데 하나가 되었지만, 그녀는 루르드가 순례지로서 발전하는 것을 보지 못하였다. 1866년에는 그녀가 참석한 가운데 지하 성당이 봉헌되었으며, 1876년에는 원죄 없이 잉태된 성모 대성전이 축성되었다. 부패되지 않은 그녀의 시신이 1913년 8월 13일부터 사람들에게 공개되기 시작하였고, 1925년 6월 14일 복자품에 오른 후, 1933년 12월 8일 교황 비오 11세에 의해 시성되었다.

▪ 성녀 베르나데트의 생가

무릇 사람 마음이 본성을 그대로 빼닮지 않았나보다. 성지를 빠져나와 세상의 경계에 발을 내딛자마자 금방 '속물'이 된다. 소박한 마음을 달라고 기도를 청한 것이 허사인 듯 사랑을 구걸하는 걸인의 왜소한 손을 애써 외면한다. 이 같은 내 마음을 순례자들에게 들킨 듯 얼굴이 화끈하다. 성녀 베르나데트 생가는 사람들이 사는 세상 한 가운데에 있다. 루르드 성지를 빠져나와 가브강 다리를 건너자마자 오른편으로 나 있는 언덕길을 따라 조금 올라가면 온통 우윳빛으로 깔끔하게 단장한 2층 전통가옥이 눈에 들어온다.

벽에는 '성녀 베르나데트 생가 볼리 방앗간(Maison Natale de Bernadette & Moulin de Boly)'이라고 쓰인 작은 팻말이 붙어 있다. 이곳이 바로 성녀 베르나데트가 태어난 곳이다. 볼리 방앗간은 베르나데트의 외가였다. 외할아버지 쥬스탱 카스텔로가 1843년 교통사고로 사망하자 외할머니는 18살 밖에 안 된 맏딸 베르나르트를 제분 기술자인 35살의 프랑수와 수비루와 결혼시키려 했다. 하지만 수비루는 베르나데드보다 파란 눈을 가진 16살의 둘째 딸로 루이즈를 더 마음에 두었다. 그래서 베르나데트의 외할머니는 맏딸을 제쳐두고 루이즈와 수비루를 1949년 결혼시켰다. 이듬해 1850년 1월 7일 이 부부 사이에 태어난 첫 딸이 바로 베르나데트이다. 베르나데트는 당시 루르드 지방의 관습대로 이모를 대모로 삼았다. 그녀의 부모는 대모인 큰 이모 베르나르드의 이름을 따 '작은 베르나르드'란 뜻의 베르나데트로 딸의 이름을 지었다. 베르나데트는 이 방앗간에서 부모와 함께 가난했지만 행복하게 살았다. 그러나 1853년부터 베르나데트 가정에 큰 시련이 닥치기 시작했다. 증기 방앗간이 들어서고, 가뭄으로 인한 기근 등으로 경제적 어려움에 처했다. 그럼에도 천성이 워낙 착한 아버지 수비루는 늘 품삯을 제대로 받지 못했으며 자신보다 더 가난한 처지에 있는 사람들에게 아예 공짜로 일해 주거나 외상값을 떼이기 일쑤였다. 결국 아버지 수비루는 파산을 했고, 전세 250프랑을 내지 못해 1854년 베르나데트 가족은 더럽고 작은 오두막으로 이사를 했다. 엎친 데 덮친 격으로 1855년 루르드에 콜레라가 번져 5주 만에 주민 38명이 죽어 나갔다. 베르나데트도 이 때 전염병에 걸려 평생 천식으로 고생했다. 오늘날 성녀 베르나데트 생가는 잘 단장 돼 있다. 관리 수녀의 안내로 생가 입구로 들어서면 성녀의 가족과 함께 1850년 대 루르드 사람들의 사진이 전시되어 있다. 사진 속에는 성직자, 귀족, 군인 뿐 아니라 석공, 농부 등 소시민의 모습들이 담겨져 있어 당시 시대상을 잘 보여준다.

그리고 어린 아이들이 묵주를 들고 얌전하게 두 손을 모으고 찍은 베르나데트 일가 사진은 성가정의 단란함을 직접 눈으로 본 듯 그대로 전해준다. 발코니를 따라 베르나데트가 태어난 방앗간으로 들어서면 위층에 두 개의 방이 있다. 베르나데트가 태어난 방에는 낡은 침대 하나와 루르드 성모상과 베르나데트 성녀상이 마주하고 있는 작은 옷장, 그리고 성녀와 그의 부모 사진이 걸려 있다. 또 다른 방에는 성녀 가족들이 방앗간에서 일하고 기도하던 일상의 삶을 그린 삽화들이 진열 돼 있다. 아래층은 거실, 부엌과 함께 개울물을 이용해 맷돌을 돌려 방아를 찧던 당시 방앗간 모습이 복원돼 있다.

- **까쇼(Cachot/감옥)**

베르나데트는 가정 형편상 학교 교육은 물론 성당에서 교리교육도 받지 못하고 성장했다. 10살도 채 안된 어린 나이에 베르나데트는 가사에 도움을 주려고 대모인 이모가 운영하는 주막에서 술심부름을 하는 등 돈벌이에 나섰지만 아버지 수비루는 또 한 번 파산을 겪고 길거리로 내몰리게 되었다. 베르나데트 가족의 딱한 처지를 지켜보다 못한 이장이 폐쇄된 옛 감옥을 내주어 그녀의 가족은 단칸 까쇼(Cachot)에서 생활하게 됐다. 이때가 1857년이었다. 사람 살 곳이 아니라고 해서 죄수들도 내보내고 패쇄 했던 곳이지만 베르나데트 가족은 웃음을 잃지 않고 14-16제곱미터 감옥에 작은 제단을 만들고 온가족이 묵주기도를 하며 열심히 살았다. 하지만 베르나데트 가족의 시련은 거기서 그치지 않았다. 까쇼로 이사 온 그해 3월 27일 수비루가 밀가루를 훔쳤다는 누명을 쓰고, 8일간 옥살이를 했다. 무죄가 드러나 풀려났지만 아버지 수비루는 감옥에서 받은 격심한 스트레스 탓인지 그만 왼쪽 눈을 실명한다. 천식을 앓던 베르나데트는 어둡고 습한 환경 탓에 더없이 고통스러운 처지였다. 어머니 루이즈는 부양 가족을 한 명이라도 줄일 요량으로, 또 병약한 베르나데트를 좀 더 나은 환경에서 자랄 수 있게 하려고 그녀를 인근 바르트레스의 한 농가 가정부로 보냈다. 7살 베르나데트는 1857년 11월부터 1858년 1월까지 석 달 간 피레네 산맥의 혹한보다 더 추운 남의 집 더부살이를 해야만 했다. 가정부 생활을 견디지 못하고 다시 까쇼로 돌아온 베르나데트는 얼마 지나지 않아 땔감을 구하러 마사비엘 동굴로 갔다가 그곳에서 성모 마리아의 발현을 보게 됐다. 생가에서 언덕길로 올라와 골목길로 가다보면 오른 편에 까쇼가 나온다. 오늘날 까쇼는 성녀의 생가처럼 깔끔하게 단장돼 있으며 성녀 가족이 사용했던 묵주가 걸려있다. "고통 없이 영광 없고, 죽음 없이 부활 없다."는 교회 격언이 있다. 어린 베르나데트가 겪은 온갖 시련도 티 없으신 성모 마리아의 발현 목격을 위해 거쳐야했을 정화의 과정은 아니었을까?

• 성모 발현 동굴 위에 지어진 성당들

프랑스 루르드 성지에 들어서면 웅장한 대성당과 마주하게 된다. 여느 유럽 도시 주교좌성당처럼 광장을 낀 고딕풍의 단순하면서도 화려한 이 성당은 장대한 하나의 건축물로 보이지만 실은 서로 다른 3개의 성당 건축물로 나뉘어져 있다. 이 세 성당은 아래에서 위로 '로사리오 대성당', '동굴 성당', '원죄 없이 잉태되신 성모 마리아 대성당'으로 이름이 붙여져 있다. 이 세 성당은 성모 마리아가 베르나데트에게 발현한 마사비엘 동굴 바로 위에 지어졌다. 이곳에 아름다운 성당이 세워진 연유는 바로 루르드에 발현한 성모 마리아의 간절한 소망 때문이다. 성모 마리아는 1858년 3월 2일 13번째 발현에서 베르나데트에게 "사제들에게 전해 이곳에 사람들이 떼를 지어 몰려오게 하고, 이곳에 성당을 짓게 하십시오." 라는 메시지를 남겼다.

루르드 성모 발현 4년 후인 1862년 1월 18일 루르드 관할인 타브르 교구장 로랑스 주교는 성모 발현을 공식으로 인정한 후, 성모 마리아의 소망에 응답하기 위한 성당을 동굴 위에 지을 것임을 밝힌 후 곧바로 성전 건립에 착수했다.

▪ **동굴 성당**

'동굴 성당'은 루르드에서 첫 번째로 지어진 성당이다. 지금은 큰 성당의 한 가운데에 위치하고 있어 무심코 지나치다 보면 놓치기 십상인 작은 성당이다. 이 성당은 로사리오 성당 지붕격인 황금색 '천상모후의 관' 뒤편 원죄 없이 잉태되신 성모 마리아 정문 계단 중앙, 교황의 초상 아래에 위치해 있다. 동굴 성당은 1862년 착공해 1866년 5월 19일에 완공됐다. 타르브교구장 로랑스 주교가 주례한 성당 축복식에는 베르나데트도 참례하였다.

동굴 성당은 이름 그대로 성모 마리아가 발현한 마사비엘 동굴 바로 위에 지어졌다. 제대는 성모 마리아의 발현을 기념해 발현 장소 바로 위에 설치했다. 그래서 동굴 성당은 성모 발현동굴과 함께 '루르드의 심장'

으로 불리고 있다.

동굴 성당은 성모 마리아의 소박함과 단순성을 묵상하게 하는 아늑한 분위기로 꾸며져 있다. 성당에 들어서면 자연스럽게 숙연해 진다.

화려한 장식이라고는 찾아볼 수 없다. 3개의 뾰족한 아치와 28개의 대리석 기둥이 전부이다. 대성당 내부는 폭이 10m, 높이 4.2m, 길이 25m, 신자석 휠체어 5대가 들어갈 공간과 120명이 앉을 자리가 고작이다.

성모 발현 장소 바로 위에 있는 중앙 제대는 1966년과 1973년 개수됐고, 24시간 내내 성체가 현시되어 있다. 제대 뒤편에는 아기 예수를 안고 있는 성모상이 안치돼 있다. 한 마디로 오늘날 동굴 성당은 순례자들을 위한 '성체 조배 성당'인 셈이다.

• 원죄 없이 잉태되신 성모 마리아 대성당

13세기 고딕 양식으로 지어진 '원죄 없이 잉태되신 성모 마리아 대성당'은 1866년에 착공하여, 1871년에 완공 되었으며, 1876년 7월 2일 봉헌되었다. 성모 발현 동굴로부터 20m 높이의 절벽 꼭대기에 지어졌을 뿐 아니라, 세 성당 중 가장 위에 있다 해서 '윗성당'으로도 불리는 이 성당은 길이 51m, 너비 21m의 대리석 건축물로 종탑 높이만도 70m가 된다. 원죄 없이 잉태되신 성모 마리아 대성당은 동굴 성당의 분위기와 사뭇 대조적이다. 원죄 없이 잉태되신 성모 마리아 대성당은 웅장하고 화려하다, 그래서 동굴 성당이 소박한 시골 처녀 같다면 이 성당은 명문가의 귀부인 같은 분위기이다.

대성당 중앙 제대를 중심으로 15개의 경당이 있다. 각 경당들은 로

사리오의 성모, 승리의 성모, 가르멜 산의 성모 등에게 봉헌되었다. 중앙 제대 상단부 3개 창에는, 성모 마리아의 일생을 주제로, 나머지 23개 창에는 루르드 성모 발현과, 성녀 베르나데트 일생을 생생하게 전해주는 색유리화가 장식되어 있다. 천정에는 샹들리에들이 매달려 있고, 내벽은 순례자들이 봉헌한 성모 깃발과 대리석 봉헌판, 유물함, 은궤들로 꾸며져 있다.

- **로사리오 대성당**

　　로사리오 대성당은 순례자들이 너무 많아 윗성당만으로는 감당할 수 없어 지은 성당이다. 이 성당은 돔이 있는 신 비잔틴 양식으로 1881년 착공하여, 1889년에 완공을 하였다. 그 후 1901년 10월 6일 봉헌되었다. 로사리오 대성당은 많은 수의 순례자들을 수용할 목적으로 설계되어 신자석에는 기둥이 하나도 없는 것이 특징이다. 그래서 2000여 명을 한꺼번에 수용할 수 있다. 로사리오 대성당의 외형은 예수 그리스도의 상징인 물고기와 밀알 형태를 이루고 있으며, 돔 위에는 황금색, '천상 모후의 관'이 모셔져 있다. "성모님이 항상 묵주를 들고 나타나셨다."는 베르나데트의 증언대로 이 성당은 묵주기도 환희, 고통, 영광의 신비를 묵상하는 15개의 경당으로 꾸며져 있다. 각 경당마다 묵주기도 각 신비의 주제를 나타내는 모자이크화를 장식해 놓았다.

▪ 사도 야고보

'사도 야고보'는 예수의 열 두 사도 가운데 첫 순교자이고, 제베대오의 아들이자 요한과 한 형제이다. 그의 축일은 7월 25일이며, 알패오의 아들인 야고보와 구분하기 위해 '대 야고보'라 부른다.

야고보와 요한은 예수의 제자들 명단에 베드로와 안드레아 형제와 함께 항상 앞에 제시된다. 이들 네 제자는 처음으로 부름을 받은 사람들이며(마르 1,16-20), 베드로의 장모를 고치는 치유 현장에서 예수님과 함께 있었다.

또한 성전이 무너지는 종말이 언제인지에 대해 다른 제자들을 대표해서 묻는다. 특히 베드로와 야고보와 요한은 예수의 활동 중에서도 중요한 순간에 늘 함께 있었다. 야이로의 딸을 되살리는 기적을 지켜보았고(마르 5,35), 예수가 산 위에서 영광스럽게 변모하는 순간을 목격했다(마르 9,2).

게세마니 동산에서 공포와 번민에 싸여 기도할 때에도 다른 제자들보다도 예수 가까이에 있었다(마르 14,33).

야고보의 아버지 제베대오는 삯꾼들을 부리고 있었고(마르 1,20), 어머니는 예수가 십자가에서 처형되는 장소까지 쫓아다닌 행적으로 보아, 예수 일행이 복음을 전하며 팔레스티나 일대를 떠돌아다닐 때 경제적으로 적지 않은 도움을 주었을 것이다(마르 15,40-41).

야고보의 어머니가 예수에게 "선생님의 나라에서 저의 이 두 아들 중 하나는 선생님의 오른 편에, 또 하나는 왼편에 앉으라고 말씀해 주십시오."(마태 20,21)라고 청했던 것도 이와 무관하지 않을 것이다. 야고보는 예수가 십자가에서 죽은 뒤 티베리아 호숫가에서 발현할 때 고기잡이

하던 시몬 베드로와 디디모스(쌍둥이)라 하는 토마와 갈릴래아 가나 출신 나타나엘과 제베대오의 아들들과 또 그 분의 제자들 중 다른 두 사람으로 구성된 일곱 제자 중의 한 명이다(요한 21,1-2).

또한 예수의 열 두 제자 가운데 별명을 받은 세 명 중 하나이다. 베드로가 교회를 세울 '반석' 이라는 별명(마르 3,17)이라면 야고보는 동생 요한과 함께 '천둥의 아들'이라는 뜻으로 '보아네르게스' 라는 별명을 받았다(마르 3,17).

이 별명은 아마도 야고보와 요한의 기질이 다혈질이라서 붙여진 것으로 여겨진다. 실제로 이 두 형제는 사마리아 사람들이 예루살렘으로 가는 예수 일행을 맞아들이지 않자, 하늘에서 불을 내려 그들을 불살라 버리자고 건의 할 정도로 과격한 변모를 보였다(루카 9,54).

반면 이런 다혈질은 예수를 철저하게 따르고자 하는 열망으로 승화되기도 했다. 마르코 복음서에서 야고보와 요한은 마태오 복음에서 어머니가 드렸던 청 그대로, 영광의 자리에 앉게 될 때 예수와 가까운 자리에 있게 해달라고 간청했다(마르 10,35-37).

그리고 예수가 마시게 될 고난의 잔과 세례를 받을 수 있느냐는 질문에 선뜻 그러겠노라고 답변했다(마르 10,38-39).

이때 장담했던 대로 야고보는 훗날 순교의 영광을 받았다(사도 12,1-2).

신약성서는 열 두 사도 중에서 야고보의 순교 사실만 전하고 있다. 아마도 이 순교는 44년 경 헤로데 아그리빠 1세가 유다인들의 호감을 사기 위해 그리스도인들을 박해하는 과정에서 행해졌을 것이다.

야고보는 다른 제자들에 비해 일찍 죽임을 당했기 때문에 그를 둘러싼 전설은 거의 없는 편이다. 하지만 알렉산드리아의 클레멘스(150?-215?)

가 인용한 일화는 매우 흥미롭다.

야고보는 재판장으로 가는 길에 그를 고소한 사람에게 깊은 감명을 주었으며, 그로 인해 그는 자신의 잘못에 대해 용서를 빌고는 야고보와 함께 참수 당했다는 것이다.

한편, 6-7세기에 생긴 야고보와 관련된 전설이 스페인에서 전해져 온다. 야고보는 스페인 서북부 지방에 있는 산티아고 데 콤포스텔라에 복음을 전하고, 그리스도교 공동체를 설립했다고 한다. 그 후 팔레스티나로 돌아왔다가 붙잡혀, 사도행전이 전하는 것처럼 참수되었다. 그 후 야고보의 제자들이 스승의 유해를 스페인으로 옮겼으나, 사라센인들의 침략 기간 동안 그의 유해를 잃어버렸었다. 그런데 800년경 야고보의 유해가 재발견되었고, 유해는 산티아고 데 콤포스텔라로 옮겼다.

이후 그의 무덤에서 많은 기적들이 일어났고, 많은 신자들이 이곳으로 순례를 했으며, 중세 때에는 가장 대표적 순례지 중 하나가 되었다. 또한 산티아고 데 콤포스텔라로 가는 길에는 순례자들을 위한 순례 성당이 지어졌는데 이 건축물들로 인해 유럽의 성당 건축술이 발전하는 계기가 되었다. 이후 그는 스페인의 수호성인으로 공경 받고 있다. 스페인의 예술에서 야고보는 말을 타고 깃발을 든 모습으로 묘사된다.

그 이유는 무어인들로부터 자유를 얻을 수 있도록 야고보가 도와주었다고 여기기 때문이다. 반면에 이탈리아에서는 순례를 가는 이들과 성지 순례의 기념장으로 사용된 조개껍질과 조롱박 등과 함께 묘사 되었다.

때때로 그리스도의 육화를 증명하는 글이 적힌 두루마리를 한 손에 들고 있는 모습으로 묘사되기도 한다.

- **산티아고 데 콤포스텔라**(Santiago de Compostela)

산티아고 데 콤포스텔라는 스페인의 북서부 갈리시아 지방에 있는 도시이다. 예수의 열 두 사도 중의 한 사람인 산티아고(성 야고보)가 순교한 후 유해의 행방이 묘연하던 중, 별빛이 나타나 숲 속의 동굴로 이끌어 가보니 산티아고의 무덤이 있었다고 한다. 그 후 그곳을 '별의 들판'이란 뜻으로 캄푸스 스텔라(Campus Stellae)라고 불렀다. 이와 같은 유래로 이곳의 지명이 정해지고, 산티아고의 무덤 위에 대성당이 건축되면서 마을이 형성되었다.

교황 레오 3세가 이곳을 성지로 지정함에 따라 산티아고 데 콤포스텔라는 예루살렘, 로마와 함께 유럽 3대 순례지의 하나로 번영했다. 산티아고 데 콤포스텔라 대성당은 1078년 알폰소 2세 국왕 때 디에고 페라에스 주교에 의해 기공되어 1128년 미완성인 채 봉헌식을 가졌다. 대성당은 라틴 십자가 모양의 바실리카 건축물로 툴루즈의 생세르당 성당과 비슷한 로마네스크의 순례로 양식을 취한 전형적 성당이다. 대성당은 갈리시아 지방의 화강암으로 지어졌는데, 좌우에 있는 두 개의 탑의 높이는 각각 80m이다.

대성당 앞의 마름모꼴 계단을 통해 서쪽으로 돌아가면 오브라도이로(Obradoiro)라는 광장이 있고, 카데드랄을 바라보고 있는 왼편에는 헬미레스/셀미레스 궁전(Palacio de Gelmírez/Pazo de Xelmírez)이 붙어있다. 그 안으로 들어서면 그토록 들어가고 싶어 하는 '영광의 문'이 나타난다.

영광의 문에는 12세기 초에 거장 마태오가 신약성서의 요한 묵시록을 근거로 조각한 200여 개의 상이 조각돼 있으며, 로마네스크에서 고딕 양식으로 전환과정을 드러낸 스페인의 채색 조각을 대표한다. 대성당의 금빛 찬란한 중앙 제단에는 야고보(스페인어로 산티아고)의 좌상이 있으며, 천장에는 샹들리에와 향로가 달려 있다.

대성당의 지하 묘지에는 순은을 입혀서 조각한 사도 야고보의 유골함이 안치되어 있다.

제2장

드디어
산티아고 성지 순례
대장정의 날이 밝다

제2장
드디어 산티아고 성지 순례 대장정의 날이 밝다

▪ **공항 가는 날의 혼선**

어제까지만 해도 멀쩡하던 날씨가 출발을 위해 새벽에 일어나보니 비가 추적추적 내리고 있다. 자명종이 나를 미처 깨우기도 전에 나는 잠에서 미리 깼다. 아마도 긴장 때문이었으리라. 이른 아침 6시 50분 출발인 인천공항 행 버스를 타야했기에 자칫 시간 놓칠세라 긴장이 되기도 하였다.

아무리 이른 시간이어도 아침은 간단히라도 먹어야겠기에 어제 깎아둔 감자와 양파로 쉬운 감자국을 끓였다. 나 혼자만을 생각한다면 그냥 누룽지 정도로 대신할 수 있었지만, 남편은 평소에 그냥 그냥 때우는 식의 식사를 좋아하지 않는다. 그래서 이른 시각이지만 정식으로 아침밥을 해서 먹고 복합터미널로 향하였다. 짐은 그 동안 다 싸놓았지만 그래도 뭐가 빠졌는지 걱정이 된다.

그간 생각 난 대로 큰 트렁크에 준비물을 챙겨 넣곤 했지만 지금까지 생각지 못한 준비물은 이젠 어찌 할 수 없다. 불편한대로 살다 오는 수밖에 다른 도리가 없다. 짐의 부피와 무게를 줄인답시고, 되도록 슬림한 것, 되도록 무게가 적은 것들을 고르다보니 정작 터미널에서 수첩에 뭔가를 적어야 할 볼펜이 제대로 나온 게 없다. 가볍고 작은 것을 고르다보니, 용량과 질을 따지지 못했던 것이다. 하찮은 것 같지만 당장 필기구 하나도 제대로 못 챙겼으니 그 다음 무엇인들 잘 준비했을까? 급한 김에 약국으로 달려가 음료수 하나 사면서 볼펜 하나를 간신히 얻어왔다. 참 부끄러운 노릇이었다. 글을 쓴다는 작가 치고는 완전히 준비가 미비했다. 그런데 이게 또 웬일일까?

터미널에서 만나야 할 내 짝꿍 글라라가 출발시간이 임박해 오는데 아직까지 나오지 않고 있다. 속으로 '글라라는 참 여유가 많은 사람이구나.'라는 생각을 할 즈음 쏜살같이 글라라한테 전화가 걸려 왔다.

내용을 들어본 즉 '아직 왜 안 오고 있냐?'는 것이었다. 아직까지 터미널에 안 나온 사람이 누군데 내가 안온다고 거꾸로 추궁을 하는 것이 아닌가? 순간 나는 정신이 아찔했다. 분명 무슨 일이 벌어진 게 분명했다. 너무 믿었던 탓에 그만 만남 장소를 서로가 확인하지 못했던 것이다. 따져보니 버스표를 내 것 까지 끊어 놓은 사람이 글라라가 아니던가? 우리 둘 다 만남 장소 약속을 터미널이라고 말 하진 않았지만 난 당연히 터미널로 착각하고 있었던 것이다. 지금 한 시가 급한 코앞에서 어쩌랴.

서로가 자기중심적으로 다른 곳에서 기다리고 있었으니 말이다. 그래도 인천공항까지는 아직 시간적 여유가 있었으므로 우린 각각 따로 타고 가는 수밖에 도리가 없었다. 글라라에게 우선 내 표를 반환하라고 하고, 나는 나대로 다시 복합터미널에서 그 다음 차표를 사서 타겠다고 약속했다.

어이없게도 우리 둘은 출발부터 호흡이 맞지 않아 따로 갈 수밖에 없었다. 글라라는 정부청사 정류장에서 남편 알베르또 형제님이 표를 사다 주었으므로 당연히 만남장소를 정부청사로 알았던 것이다. 그래서 글라라는 정부청사에서 혼자 타고, 난 복합터미널에서 타고, 출발부터 각각 다른 버스로 인천공항으로 향했다. 다행히 공항버스는 5분 간격으로 자주 있었기 때문에 늦지 않게 공항의 만남의 장소에서 잘 만날 수 있었다. 그러나 우리 둘의 호흡이 환상적으로 잘 맞아야 그 먼 스페인 산티아고 순례를 성공적으로 잘 할 수 있을 것이 아닌가? 이제부턴 정신을 바짝 차려야겠다. 잘 알 수 있는 것도 꼭꼭 되묻고, 다시 한 번 확인하고, 모든 의식구조를 환기 시켜야겠다는 생각을 해본다.

글라라는 떠나기 전날까지 직장에서 교대 근무를 마치고 오느라 얼마나 몸과 맘이 바빴을까? 간호사로 일하느라 야간 근무까지 마치고 돌아온 그녀였다. 생각할수록 예쁜 길짝을 맺어주신 하느님께 너무 감사드리고 싶다. 오늘 이 순간부턴 모든 걸 하느님께 다 봉헌하고 그분의 인도와 부르심에 따라 산티아고 순례길에 임해야겠다는 생각을 했다.

'주님과 함께 걸을 이 길' 세상에서 그 무엇과도 견줄 수 없는 값진 시간일 것이다. 조금 전까지만 해도 앞이 안 보이게 오던 비가 영종도 가까이 당도하니 말끔히 개였다. 출발하는 마음이 다소 안심이 되었다. 비행기 안에서야 날씨가 어떻든 조바심을 좀 덜 낼 수도 있겠지만 떠나기 전 일기는 비행기 이착륙에 지대한 영향을 미치므로 좋은 날씨로 바뀌어 가는 지금 너무 마음이 편안하고 좋다.

우리가 떠나는 모처럼의 도보 순례길을 곱게 열어주시려고 맑게 갠 초가을 날씨를 보내 주시려나보다. 아침에 비만 안 왔어도 우산은 챙기지 않고 우의만 챙겼을 텐데, 비가 오는 바람에 우산 까지 챙겨 짐이 하나 더 늘긴 했다. 그래도 도보 순례라는 큰 과제를 눈앞에 두고 출국을 해야 하는 지금 비가 개이니 그런 수고쯤은 아무것도 아니었다.

▪ 독일 프랑크푸르트를 향해

2017년 9월 11일 2시 40분. 산티아고 도보 순례를 향한 독일 항공 루프탄자는 프랑크푸르트를 향해 이륙을 준비하고 있다. 먼저 기장님의 반가운 인사말이 끝나고 사무장 이하 승무원들의 인사가 끝나자 비행기는 정상 괘도를 향해 안정감 있게 하늘을 날고 있다.

독일 프랑크푸르트까지는 약 11시간 정도 걸린다고 한다. 그 후 우리는 프랑스 툴루즈까지 당일 들어가는 여정이 짜여 있다. 이렇게 비행기를 타는 게 처음은 아닌데도 약간 긴장이 지속된다. 내가 아직 가보지 못한 나라 스페인을 향해 가는 이 마음은 또 다른 새로움을 안고 설레고 두근거린다.

이번 스페인 산티아고 도보 순례는 실로 오랜 기도 끝에 이루어진 나의 버킷리스트 1호였다. 공직에서 은퇴를 한 뒤 내게 주어진 가장 중요한 임무는 짬짬이 글을 쓰며, 손주를 돌보는 일이었다. 그것도 아직 가장 손이 많이 가는 다섯 살, 세 살 손주를 보는 일이다. 그런데 가정의 아내로서의 자리까지 뒤로하고 당당히 순례길에 오른 것이다. 떠나온 마음은 무척 무겁지만 이런 계획이 실현되기까지는 많은 시간 속에 번민과 노력이 얼버무려져 있었던 것이다.

참으로 이런 여건 속에서 내 의지를 실현했다는 데는 아주 강인한 여성이라 아니 할 수 없다. 그러나 더 미루다가는 더 힘들어질 거라는 예측 때문에 이번 순례 기회를 꼭 붙잡은 것이다. 그리고 남편의 배려 없이는 홀로 무작정 나서기는 힘든 일이다. 그간 남편의 전폭적인 지원이 있었기에 가능한 일이었다.

우리 남편은 이 번 기회뿐 아니라 늘 나의 이상을 실현 하는 데는 나 이상으로 멋진 후견인이 되어주었다. 이번 도보 순례도 나의 꿈을 너무도 잘 알고 있기에 나보다 더 먼저 등을 두드려준 사람이 바로 남편이었다. 뒤에 남겨진 일과 아이들은 혼자 감당할 테니 걱정 말고 다녀오라고 흔쾌히 도움을 준 것이다. 정말 감사한 마음이 너무 크다. 남편과 함께 공동 육아를 하고 있어도 어려운데 남편 혼자 해 낼 걸 생각하니 발걸음이 더없이 무겁다. 만약 내 남편이 나처럼 이런 선언을 했다면 난 과연 흔쾌히 보내 주었을까? 아무리 생각해봐도 내가 더 이기적인 사고를 갖고 있는 게 분명하다.

우리 며느리도 "어머니의 도전에 박수를 보냅니다."라고 멋진 말을 해주었지만 두루두루 미안 할 수밖에 없다. 아무래도 내게 이기적 성향이 강한 것만큼은 분명하다. 아마도 날 누가 못 가게 붙잡았대도 내가 가야 하는 일이라 생각한다면 미련 없이 실천에 옮기고 만다. 그러니 다분히 이기적인 성격이 강한 사람이 맞다. 가슴 뛰는 일 앞에선 양보가 없다고 해야 옳을 것이다. 그런데도 불구하고, 좋아하는 커피 값이라도 하시라며, 며느리와 딸이 내미는 용돈을 선뜻 받아 쥐고는 "고맙다, 잘 다녀올게."하며 단호히 예쁜 성의를 받아들이고 말았다.

이쯤 되고 보면 내가 얼마나 산티아고를 가고 싶어 했는지 알 수 있을 거다. 아마 가족 모두가 반대를 했대도 떠났을 내가 분명하다. 마음이야 괴롭겠지만 말이다. 내 인생에서 이렇게 가슴이 뛸 때 후회 없이 떠나는 게 여행이 아니던가? 그런데 이번 순례는 다른 여행 떠나는 거 하고는 질적으로 다르다. 누가 있는 힘껏 육체적 고생을 하러가는 일에 돈을 투자하겠는가? 왜 내 발로 온통 고통을 감수해가며 도달할 그 머나먼 산티아고를 걸어서 힘겹게 가려고 했겠는가?

산티아고 순례길의 상징 그림

여기에는 큰 이유가 있다. 모처럼 그 야고보 순례길을 주님과 하나되어 조용히 걸어보고 싶었기 때문이다. 그리고 800km를 다 완주 하는 게 아니고 이번은 200km 도보 순례였기에 욕심을 더 냈다. 그러니까 내 삶에서 조용한 침묵이 내게 필요했고, 나를 찾기 위한 나만의 사유 세계가 너무 절실했던 것이다. 이번 스페인의 야고보 순례길은 경제적으로 여유가 있다 해서 기회는 아무에게나 오지 않는다. 그 길을 내가 절실히 원하고 절실히 노력하는 자에게 돌아가는 보너스이다. 나 이번 산티아고 행은 우연한 결정이 절대 아니다. 오랜 시간동안 염원하고 기도하고 절실히 간구해온 내 인생의 준비된 실천이었다.

사람이 얼마를 살지는 몰라도 사는 동안 이루고 싶은 꿈이 있다면 절실히 기도하고 노력하면 반드시 이루어질 수 있다고 생각한다.

나 얼마나 오랫동안 이 길을 동경 해 왔던가? 나 이 길을 얼마나 꿈꾸어 왔던가? 내 마음 속의 산티아고, 내 꿈속의 산티아고가 되어 있기까지는….

내 인생에 이 길은 오래오래 삶의 지침이 될 것이다. 더는 내게 주어진 시간이 그리 많지 않다고 느껴지기에 다리가 아프지 않은 지금, 이 시점이 바로 내가 떠날 수 있는 시점이라 생각했다. 제발 다리와 무릎이 아프기 시작하면 아무리 다른 여건이 충족된다 해도 도보 순례는 거리가 먼일이 되고 말기 때문이다. 그래서 이번 기회를 꼭 붙잡은 것이다.

하느님과 함께 걷는 일에 어찌 경중이 따로 있을 것인가? 절대 그럴 수는 없다. 그러니 이번 기회에 감사하고, 200km에 감사하고, 2주 프로그램에 감사할 것이다. 루프탄자가 잔뜩 긴장을 하고 있다. 나도 산티아고를 걷기 위해 잔뜩 긴장하고 있다. 모두가 쉽지 않은 과제 앞에서 모두가 주님께 두 손 모으며 기도하고, 이 모든 일정을 하느님께 기쁘게 봉헌하며 떠날 것이다.

"주님, 앞으로 다가올 산티아고 성지 순례의 모든 일정을 당신께 뜨겁게 봉헌합니다."

"함께 해 주시옵소서." 우리 주 그리스도를 통하여 비나이다. 아멘!

제3장

성지 순례를
떠나는 길목에서

제3장

성지 순례를 떠나는 길목에서

• **순례를 떠나며 올리는 기도**

+ 성부와 성자와 성령의 이름으로 아멘.

태초에 빛을 있게 하시고, 당신 말씀을 보내시어
저희를 구원하신 하느님 찬미 받으소서.
오늘 저는 스페인 산티아고로 순례를 떠나면서
당신께 의탁하오니, 당신 아들 예수 그리스도의
발자취를 따르고자 하는 저를 온전히 인도 하소서.

성경 안에서, 전례 안에서, 가르침 안에서
만났던 예수그리스도를 이제 성지 산티아고에서
새롭게 뵙고자 하오니
저희로 하여금 신앙과 사랑을 다하여
당신의 구원 의지와 그리스도의 사랑을

더 깊이 깨닫고 더 많이 느끼고 오게 하소서.

좋으신 아버지
저희를 성령으로 충만케 하시어
이 순례 동안에 항상 주님의 현존 안에 머물게 하시고
서로를 사랑하게 하시며,
앞으로의 모든 날들이 이 순례의 은혜로 인도되게 하소서.
그리하여 말씀의 진리 안에 사는 삶이 되게 하소서.
또한 제가 순례의 길을 떠나있는 동안
저희 가족들에게 영육으로 건강하도록 은혜 주시옵고,
제가 갈 길을 안내 할 모든 이들도 축복하여 주소서.
우리 주 예수 그리스도를 통하여 비나이다. 아멘

▪ 십자가 길은 가시밭길이다

순례를 떠나기 이틀 전은 우리 손주 휘택이의 네 번째 맞이하는 생일이었다. 거창한 생일 파티는 아니었지만 귀한 손주의 생일인 만큼 아이들의 취향에 맞는 음식을 선택하느라 대전의 신도시 도안동까지 갔었다. 모처럼 가족끼리 나와 생일잔치를 하자니 모두가 기쁘고 즐겁기만 했다. 더구나 3대가 함께 모인 자리는 늘 손주들의 재롱으로 화기애애했다. 그날도 여느 때와 마찬가지로 가족 모두가 즐거운 식사를 마치고 집으로 가려던 때였다. 생일 주인공 휘택이가 기분이 좋은지 "할머니, 재밌는 '손 그네' 태워주세요!" 하는 것이었다. 우리는 늘 손 그네를 자주 태워주며 즐거운 한 때를 보내곤 했으니까 그날도 으레 있는 행사의 일부였다. 아들과 할아버지는 세 살 휘린이를 태워주고, 며느리와 나는 휘택이를 태워주려 할 때였다. 내가 휘택이를 사이에 두고 곁에 선 휘택이 손을 꼭 잡고 손 그네를 태워주려 할 때였다. 아뿔사! 엄마와 시작 구호도 채 붙이지 않은 상태에서 느닷없이 휘택이가 공중으로 몸을 먼저 날렸나보다.

　누가 먼저랄 것도 없이 휘택이 손을 잡은 채 손 그네를 태우려 한 순간, 휘택이 엄마가 아들 손을 그만 놓쳐버린 것이다. 휘택이가 앞으로 나가려는 포즈를 취한 상태에서 훌쩍 뛰다가 그만 엄마 손을 놓쳐버렸다. 그 바람에 손주가 내게로 힘껏 넘어져버리는 것이었다. 며느리와 내가 미처 호흡이 안 맞은 상태에서 휘택이가 재빨리 몸을 날려버린 것이다.

　어린 손주가 다칠까봐 잔뜩 힘을 준 나에게 다섯 살 휘택이의 몸무게가 순간 내게로 덮쳐오더니 내가 힘없이 옆으로 고꾸라져 버린 것이다. 여름 샌들을 신고 간 나는 어쩔 줄도 모르고, 옆으로 넘어져 약간 아프다는 생각만을 갖고 있을 때, 내 팔꿈치와 깨끼 발가락에선 어느새 피가 나오고 있었던 것이었다. 나도 내가 그렇게 다쳐 있을 줄은 정말 몰랐다. 상처는 생각보다 심해 꼭 움켜진 손가락 사이로 피가 흘러나오기 시작했다.

　밤길이라 깜깜해서 앞이 보이지 않아 아들의 차 안으로 들어가 상처를 동여매려고 보니 아, 이를 어쩌면 좋단 말인가? 겨우 휴지로 동여맨 깨끼발가락의 상처는 생각보다 깊었는지 자꾸만 피가 배어나오는 것이었다. 아들 내외는 병원을 가자고 졸랐지만, 모두에게 걱정 끼치지 않으려고 한사코 만류했다. 그리고 나도 대수롭지 않게 생각하고 집에 가서 상처를 소독하고 대일붕대만 붙이면 나을 것 같았다. 좋은 날 가족과 좋은 시간 보내고 함께 들어온 우리는 나 땜에 분위기가 험해질까봐 괜찮다고 하고 집으로 돌아왔다.

집에 와서 본격적으로 소독약을 바르려고 휴지에 감겨진 발가락을 펴보니 꽤나 깊숙이 살이 패여 손가락 한마디 정도의 살이 움푹 패여 있었던 것이다.

아픈 것은 다 고사하고 참을 수 있는데, 다른 게 제일 걱정이었다. 이제 이틀 후면 '산티아고 도보 순례'를 떠나기 때문에 발가락이 제일 문제였다. 왜 하필 발가락이 다쳤을까? 도보로 산티아고까지를 행해야 하는 나에게 왜 이런 불상사가 벌어졌을까?를 생각해 보다가 아무래도 이번 도보 순례를 떠나지 말라는 경고로 받아들여졌다. 그러지 않고서야, 다른 곳이 다쳤으면 다쳤지 왜 하필 발가락일까를 두고 고민에 빠졌다. 난 자식들이 걱정할까봐 아무 일도 없다는 듯 괜찮다고만 했다. 고작 남은 이틀을 집에서 소독하고 연고 바르고, 치료만 했을 뿐 가는 날 까지 발가락의 상처는 낫지 않은 채 출발의 날은 오고야 말았다. 많이 생각은 해 보았다. 걷는 일에는 당연히 발가락 상태가 좋아야 잘 걷지. 이 발가락 가지고는 도저히 피레네를 넘을 자신이 없었다.

그러나 주님께서는 그런 나를 그냥 아프게만 놔두시질 않았다. 떠나는 날까지 상처가 깊었고, 상처 치료를 위해 약과 대일붕대도 많이 챙겼고 했지만 걱정은 가시지 않았다. 그러나 내가 샅샅이 일정표를 살펴보니 가는 시간 빼고, 진짜 걷는 도보 순례는 떠나는 날로부터 3일째 되는 날부터 도보가 시작이 된다. 그러기 때문에 떠나기 전 2일에다 떠난 후 3일째 되는 날부터 걸으니, 어쩌면 그 5일 동안에 상처가 많이 아물 거라는 생각에 이르게 되었다.

그래서 그간 고민했던 숙제를 과감히 물리치고 주님 가까이 가는 쪽으로 생각을 굳히고 대장정의 길에 올랐던 것이다.

정말 하느님께서는 나를 그 곳으로 불러주실 것 같았다. 아니 이끌어 주셨나보다. 거짓말처럼 상처가 더 이상 덧나지 않았고, 시간적으로 발가락이 나을 시간을 자꾸 늘려주시고 계신 것이었다. 참으로 주님께선 기묘하게 치료해 주고 계셨다. 치료약보다 영혼의 약이 더 중요하듯이 주님은 시간 시간 체크를 하고 계셨던 것이다.

정말 휘택이의 생일 날 있었던 가볍게 주신 경고 '깨끼발가락의 상처'로 주님의 은총이 내게 더 가득함을 느끼게 한 순간이었다.

깨끼 발가락

김숙자

내 강아지 눈 떴나
땅강아지 구멍 뚫었나
좋아라 벌떡벌떡 뛰던 길
잡은 손 풀린 줄 모르고
고통까지 은총되어 웃고 있다.

행여 순례 못 떠날까봐
밤새 내 호호 불어주신
주님 큰 사랑 치유의 손길
손주 대신 십자가 품으며
아픈 눈물 대신지라 이르신다.

"깨어 있으라."는 말이 들리지 않은 사람은 바로 잠자고 있는 사람과 같다. 사람들이 잠을 자는 순간엔 그 어떤 소리도 들을 수 없고, 어떤 사물도 볼 수 없기 때문에 오로지 자신에게만 갇혀 자신만의 꿈을 꾸며 살아가는 사람이라 할 수 있기 때문이다. 그래서 "깨어 있으라."는 말씀은 내 안에만 갇혀 살지 말고, 주님 말씀에 귀를 기우리고 내 마음의 평화와 거룩함으로 가득 채우라는 주님의 명령인 것이다.

이번에 산티아고 순례 길에 함께 동행 할 나의 짝꿍 글라라! 그는 바로 나의 첫 번째 수호천사이기도 하다. 남편들끼리도 성당의 같은 레지오 단체 안에서 친한 형제로 지내며, 아주 신실한 성가정의 만남을 지속하고 있는 상태의 편안한 가정끼리의 만남이다. 그래서 그런지 글라라 가정과는 정이 더 가고 미더움도 더 가는 그야말로 형제자매로 지내고 있다. 더구나 글라라는 수녀님이 된 딸도 있고, 참으로 신실한 성가정을 이루고 있는 자매이다. 딸 은서 수녀님은 지금 로마에서 신학 공부를 하고 있는 중이다. 그런 글라라와 함께 이번 산티아고 순례를 가도록 짝꿍을 만들어 주신 주님은 정말 나의 신앙의 길에 어떤 영적 성장의 전환을 시도하고 계신지도 모른다.

그런데 대장정의 길 도보 성지순례를 하기 위한 첫 발걸음으로 인천공항으로 출발하려는 신 새벽에 뜻하지 않은 작은 경고를 주신 것 같다.

아무렇지도 않게 편한 마음으로 오늘만 기다렸던 우리는 둘 다 너무 믿는 마음이어서 그랬는지 마음이 너무 안일해서 그랬는지는 모르겠다. 새벽 일찍 공항버스를 타기 위한 장소를 사전에 서로 확인하지를 못한 것이다.

나는 내 표까지 사놓은 글라라를 믿고 당연히 복합터미널로 향하였고, 글라라는 남편이 표를 사다준 장소 '정부청사 정류장'에서 나를 기다렸던 것이다. 나는 복합터미널에서, 글라라는 정부청사 정류장에서 각기 서로를 기다리고 있었던 것이다.

작은 일 같지만 사전에 서로 체크하지 못한 게 화근이 되었다. 이윽고 짝꿍 글라라는 내가 안 나타나니까 여유 없는 시간 앞에 나에게 전화를 걸어왔다. 받고 보니 서로 너무나 자기 방식의 오류를 범하고 있었던 것이다.

출발 하던 날 아침 그 시간엔 억수 같은 빗줄기가 세차게 내리고 있었다. 그래서 서로가 어디 한 곳으로 다시 만나서 갈 수 있는 시간적 여유가 없었다. 함께 앉아서 정답게 시작 하려던 계획이 수포로 돌아가 버린 것이다. 그러나 이미 주사위는 던져진 셈이다. 어차피 서로 만나자는 장소를 다시 한 번 얘기 하지 못했던 게 큰 걸림돌이 되었던 것이다.

글라라는 근무 때문에 정신이 없어 전화를 못했을 테고, 난 믿어라커니 하는 안일한 생각으로 출발 시간 안에 당연히 복합 터미널로만 가면 만날 줄 알았다. 이건 순전히 서로를 너무 믿고, 너무 안일한 생각으로 산티아고 행을 너무 쉽게 생각하고 만 것이다. 서로가 서로를 너무 믿고, 그 작은 것 하나로 출발 아침 이런 어이없는 차질을 빚을 거라곤 상상도 못한 것이다.

이번 기회에 어떤 작은 사안이라도 안일한 대처는 안 된다는 공부를 제대로 시키신 셈이다. 주님께서 우리에게 아주 작은 것도 호흡이 척척 맞아야 소기의 목적을 성사시킬 수 있음을 깨닫게 해 주신 것이다.

그 비를 맞으며 어느 한 곳으로 함께 가자고 옮겨 갈 시간적 여유도 없었던 것이다. 결국은 생각 끝에 글라라는 정상적인 시간대로 '정부청사에서 타고, 나는 다시 표를 사 가지고 인천공항으로 향하면 되는 것이다. 그러나 만약 인천공항행이 제 시간에 표가 없어 내가 못 가는 경우의 수도 생겼다. 그러나 주님께서는 두 번째 경고로 서로 간에 호흡을 잘 맞추라는 따끔한 훈계를 하신 거였다. 그래야, 앞으로 다가오는 큰 과제 수행 앞에서 더는 서성거리고, 호흡 안 맞아 속 태우고, 헛디딤질 하는 수모가 없도록 미리 경미하게 경고를 주신 것이다. 이제 이 사건이 작다 생각 않고 무슨 일이든 더 신중하고, 경거망동하지 말라는 주님의 두 번째 경고로 잘 받아 드리려 한다. 함께 가야 할 좌석에 서로의 짝이 없으니 그 순간도 서로에게 공부는 계속 되었으리라.

세 시간 정도를 달려가니 영종도가 보이기 시작하면서 빗줄기도 서서히 가늘어지고 있었다. 출발부터 궂은비로 우리를 방심 하지 못하도록 혼찌검을 해 주신 주님! "이쯤의 고통도 감사합니다." 이 순간부턴 어떤 작은 것도 임무가 다 끝난 시점까지 또 챙기고, 또 확인하고 한시도 소홀히 보내지 않겠습니다.

산티아고를 향하는 우리들의 자세가 기본적으로 너무 나태하고 허물어져 있었기에 다시 단단히 조이며 긴장하고 항시 "깨어있으라!"는 경고로 받아들이려 한다.

"나에게 사랑이 없으면 나는 요란한 징이나 소란한 꽹과리에 지나지 않습니다." (코린 13,1)

사랑의 힘

김숙자

서로를 안다는 건
함께 한다는 것이다
함께 한다는 건
서로 뜨겁게 나아가는 것

서로를 알면 알수록
더 깊어지는 사랑
함께 하는 여정은
더 깊은 사랑으로 나아가는 것이리라.

▪ 툴루즈 행 비행기가 결항되다

산티아고 순례길은 매우 다양하다. 보통 십 여 개의 순례길이 알려
져 있는데 순례자들이 가장 많이 이용하는 길은 프랑스에서 피레네산맥
을 넘어 산티아고 데 콤포스텔라로 가는 '프랑스 길'을 많이 선호하고 있
다. 우리 순례단도 이 프랑스 길을 이용하여 산티아고로 향하려고 하고
있었다. 원래 중세 때는 프랑스에서 산티아고 순례를 출발하는 지점으로
는 네 도시가 있는데 파리(Paris), 베즐레(Vézelay), 르퓌(LePuy), 그리고
아를(Arles)이라는 곳이다. 이 중 파리, 베즐레, 르퓌에서 출발한 순례자
들은 생장피테포르(Saint-Jean-Pied-de-Port)를 통과하여 피레네 산맥을
넘었고, 아를에서 출발한 순례자들은 더 동쪽에 있는 솜포르(Somport)를

지나 피레네 산맥을 넘었다고 한다. 그러나 이 두 길들은 나중에 푸엔테라 레이나(Puente La Reina)에서 다시 합쳐져서 하나의 길로 들어서서 결국 산티아고 데 콤포스텔라까지는 다 이어지게 된다고 한다. 그래서 이번 우리 도보 순례단도 '프랑스 길'을 통해 들어가는 방법을 선택하였던 것이다. 그래서 먼저 프랑스 툴루즈 공항에 도착하여 루르드로 들어가는 수순을 밟게 되었던 것이다. 우리가 프랑스에 도착하게 되면 먼저 루르드에 들어가 그 곳에서 발현하신 루르드 성모님께 먼저 들려서 우리의 발길을 잘 인도 해 달라는 인사를 먼저 드리고 가는 여정으로 짜여져 있었다. 참으로 잘 마련된 일정이라 생각되어 기대가 엄청 컸다. 루르드를 경유해 가면 우린 성모님께서 발현 하신 동굴 성당과 대성당을 거쳐 가며 큰 은총을 받고 가는 기회여서 더욱 이 일정에 애착을 갖게 되었다. 그런데 이런 우리의 바람이 프랑크푸르트에서 여지없이 무너지게 된 것이다.

인천에서 프랑크푸르트 공항 도착까지는 순조롭게 잘 도착하였다. 그러나 그 날 오후 18시 50분경 프랑크푸르트를 출발하여 21시 40분경 툴루즈에 도착해야할 LH 1100기가 예정 시간에 출발을 못하더니 그 날 기어이 결항이 되고 말았다. 아무 이유를 모르고 우리 일행은 공항에 발이 묶여 허송 시간만 보내게 되었다. 참으로 난감한 시간이 아쉽게 흘러갔다. 한참만에야 그 이유를 이야기 해 주었다. 프랑스 공항에서 노사 간의 협정이 잘 이루어지지 않아 툴루즈 공항에 비행기 이착륙이 금지 되고 있다는 것이었다. 참 기가 막힐 노릇이었다. 아무리 노사간 협정이 이루어 지지 않아서 그런다고 해도 어찌 국제적인 하늘 길까지 막아놓고 그러는 가에 대해 납득이 잘 가지 않았다. 그러나 힘이 없는 우리는 공항에서 한발자국도 이동조차 할 수 없어 꼼짝없이 바쁜 발목이 묶여버렸다. 금쪽 같은 우리의 몇 시간이 흐른 뒤에야 겨우 누구 측의 배려인지는 알 수 없었으나 우리 일행 모두를 택시로 공항에서 꽤 멀리 있는 호텔로 이동하라는 것이었다. 아무래도 공항 측에서 잡아준 거라는 느낌이 들었다.

짐은 그대로 공항에 맡겨두고 일단 호텔로 들어가라는 것이었다. 삼십 명이라는 대 인원이 호텔로 이동하는 데에만 꽤 많은 시간이 흘러갔고, 호텔을 잘못 찾아 엉뚱한 곳으로 간 택시들도 생겨났다. 겨우 몇 시간을 보내기 위해 우린 독일의 'Best Western' 호텔로 들어갔다. 다음날 새벽 7시 출발 할 비행기로 대체를 시켜 주었다는 것이다. 우리 일행들은 자신들 의지와는 상관없이 자는 둥 마는 둥 한 짧은 시간을 독일의 'Best Western' 호텔에서 머물 수밖에 없었다. 그 바람에, 우리의 일정은 커다란 변동이 생겨버린 것이다. 정상대로 그 날 밤 툴루즈 공항으로 들어가 숙박을 하였다면 아마도 지금쯤 루르드의 성모님 품에 포근히 안겨있질 않았겠는가? 그랬더라면 루르드에 도착 하여 머물고 갈 시간들이 그렇게 촉박하지 않았을 것인데, 갑작스런 공항 사정에 따라 비행기에 차질이 생기는 바람에 우리는 그만큼 귀중한 시간을 계획 없이 독일에서 허비하게 된 것이다. 정말 루르드에서 너무도 좋은 시간들을 여유롭게 보내지 못한 게 큰 아쉬움으로 남았다.

"루르드 성모님! 우리 어찌하면 좋습니까? 인도하여 주세요."라는 기도만 연신 입에서 터져 나왔다. 그 날 밤 호텔에 도착하여 커튼을 열어보니 독일 하늘에도 어렴풋이 그리움의 반달이 떠오르기 시작했다. 잠을 청하려고 커튼을 닫아보아도 달빛이 우리 창문에 걸터앉아 떠나질 않고 우리에게 갖은 위로를 다 보내주고 있었다.

갑자기 '시노드의 여정'이 이런 것일까? 라는 생각이 잠시 떠오른다. 시노드는 "함께 길을 걷는다."라는 뜻이다. 함께 걷자는 것은 함께 어떤 문제를 해결하자는 뜻이라기보다는 서로 다른 입장을 함께 '공감'해 보자는 뜻이라는 생각이 이 새벽 언뜻 머리에 떠오른다.

"자신의 한계에 대한 절망과 슬픔이 예수 그리스도를 통해 희망과 감사로 바뀌는
순간이다." (1코린 1,4)

달그림자
김숙자

바람에 달이 오나
구름에 달이 가나

님 뵈올 하늘가에
달그림자 오려놓고
샛별 반달 징검다리
종장종장 내딛으며
루르드 성모님 예까지
우릴 마중 나오셨네.

아무 걱정 말라시며
구름 속에 숨어숨어
하이얀 아기웃음 같은
어여쁜 반달 그림자
천사들에게 보내온
새하얀 웃음 조각

"용기를 내어라. 나다. 두려워하지 마라." (마태 14,27)

제4장

걸을 수 있단
그 자체가 행복이었던
나날들

제4장

걸을 수 있단 그 자체가 행복이었던 나날들

■ 루르드 성모님과 첫사랑에 빠지다

언제부터였을까? 활활 타오르는 활화산으로 내 가슴에 다가와 영혼의 내밀한 공간까지 송두리째 침범해버린 내 마음의 산티아고!

누구나는 절대 아닌 쉽지 않은 도전이기에 차마 꿈속에서도 잊지 못하고 급기야 '산티아고'는 내 인생 버킷리스트 1위에까지 올려지고 말았다.

'무엇이든 아주 절실히 아니 간절히 원하면 이루어진다 했던가?' 그러나 생은 절대 녹록치 않아 원한다고 기회가 쉽게 오지 않았다.

"아니야, 지금쯤은 아니야. 조금 더 지나야 해. 조금만 더 지나보면 꼭 올 거야."라는 주문을 자주 걸며 미루어 오던 산티아고 행에 걸림돌에 걸림돌은 자꾸만 더 쌓여가고 있었다. 그러나 이를 어쩌랴! 내 자신도 감지하지 못하는 사이에 '인생의 노을은 사부작거리며 70도 각으로 뉘어져 해죽해죽 저물어 가고 있음을 어쩌랴.'

공직에서 정년을 하고 내게 남겨진 '2라운드 인생'은 너무도 속도를 내며 혼자서 즐겁게 잘도 달린다. 예쁜 손주들과 철없이 뒹구는 금쪽같은 세월을 내게 떠밀어 안겨주면서 말이다. 그러나 그 틈바구니를 뚫고 솔솔 내 마음을 점령해 버린 200km '산티아고 도보 순례'에 드디어 난 도전장을 디밀고 말았다. 때마침 가톨릭평화방송여행사에서 내놓은 2주간에 걸쳐 200km를 걷는 '산티아고 도보 순례'에 내 마음이 순간적으로 동해버린 것이다.

꼭 지금 떠나야만 할 것 같은 당혹감에 나도 더 이상은 미룰 수가 없었다. 선뜻 놀라운 결정을 해 놓고 남은 기간을 초조히 기다리는 내 마음은 매일 떨리고 흔들렸다. '이젠 어쩔 수 없어. 미련 없이 떠나는 거야. 아니야, 내가 욕심이 너무 과한 건가?'를 시시각각 따져보면서도 마음 한 켠에선 조금씩 준비를 해가고 있는 것이었다. 이런 내 마음이 정말 잘한 결정인지 과한 욕망인지를 저울질 하느라 날마다 내면의 다툼질도 계속 되었었다. 그러나 지금의 내 형편 속에서 나에게 전폭적 지원을 아끼지 않은 남편의 열렬한 응원에 힘입어 이젠 뒤돌아볼 것 없이 무조건 고, 고를 외치고

'나의 산티아고 행'은 정말 어렵사리 그 막을 올리게 되었다. 드디어 출발일자가 다가오고 처음 도전 해보는 '도보 순례'가 드디어 눈앞으로 다가왔다. 원래 내가 꿈꾸어온 목표는 산티아고 전 구간을 걷는 800km였다. 그러나 지금의 여건상 한 달 여의 시간을 혼자 쓴다는 건 너무 큰 무리수여서 우선 200km라는 매력에 선뜻 도전장을 내민 것이다.

출발 당일 9월 11일 새벽부터 내리던 빗줄기는 인천공항에 당도 할 무렵까지 세차게 비를 뿌리다가 영종도를 지날 무렵쯤엔 언제 그랬냐는 듯 방긋 웃고 있었다. 참으로 주님 은총은 여기서부터 기묘하게 시작되었다. 함께 간 나의 동행과 제일 먼저 순조롭게 미팅장소로 가서 생면부지

낯선 팀원들을 초조히 기다리며, 환전도 하고 남은 시간을 즐거움으로 자꾸만 아름다운 조각보를 폈다. 드디어 함께 갈 모든 팀원들을 마주하며 기쁘게 출국준비를 마치고 드디어 독일 프랑크푸르트 행 비행기에 올랐다. 약 11시간의 비행 끝에 프랑크푸르트 공항에 도착되었다. 설레는 맘과는 달리 너무도 예기치 않은 일이 벌어지고 말았다.

그 날 예정된 일정이 독일 프랑크푸르트에서 프랑스 툴루즈까지 들어가는 여정이 계획되어 있었다. 그런데 갑자기 프랑스 공항에서 노사간 협정이 잘 이루어지지 않아 모든 비행기에 대해 프랑스 입국을 거부해 버린 것이다. 아무 영문도 몰랐던 우리 일행은 몇 시간동안 공항에서 귀중한 시간을 하릴없이 허비하고 있었다. 인내심에 한계가 오려 할 무렵, 뒤늦은 공항 측의 배려로 공항 외각에 있는 'Best Western' 호텔을 잡아주었다. 그래서 밤늦은 시각에 옮겨 갈 수밖에 다른 도리가 없었다. 어쩔 수 없이 짧은 밤을 예정에도 없었던 독일에서 보내고, 이튿날 7시 비행기로 교체된다는 말만 믿고, 자는 둥 마는 둥 다시 이른 아침 호텔을 빠져나와 툴루즈 행 비행기를 타려했지만 또다시 불발이 계속되었다. 우린 다시 공항에서 귀중한 몇 시간을 기다림으로 허비 한 후, 오전 9시 30분경에야 툴루즈행 비행기를 탈 수 있었다. 순조로울 줄 알았던 순례 스케줄이 자꾸만 인내심을 시험하고 있었다. 그러나 한 번 발을 내딛은 이상 갑자기 생겨 난 사안은 현명하게 해결해 가는 수밖에 별다른 도리가 없었다. 참으로 금쪽같은 우리의 시간 허비와 고생을 생각하면 당장 손해 배상이라도 청구해야 하지만 '순례자의 자세가 이래서는 안 된다.'에 귀결이 빨리 되었다.

시간상 조금 늦게 돌아왔지만 우린 툴루즈를 거쳐 무사히 프랑스 루르드까지 조심스런 발걸음을 내려놓았다. 터덕거렸던 발걸음은 순간 어디로 싹 사라지고 말았다. 그간 얼마나 와 보고 싶었던 루르드였던가? 보고 싶어 얼마나 가슴 떨었던 루르드였던가? 더구나 우리 대전교구의 주보이신 '루르드 성모 마리아'가 아니시던가? 정말 온 몸이 떨려오고 루르드 땅에 발을 내딛는 순간부터 모든 것이 은혜와 평화 그 자체였다.

눈부시도록 아름답게 다가와준 루르드의 파란 하늘, 사방으로 드넓게 펼쳐져있는 은총 구름머리에 인 깨끗한 산천초목 도시 눈을 어디에 둘지를 몰랐다. 사방이 은혜로움으로 어우러진 그 아름다운 동굴에서 성모님이 열여덟 번씩이나 성녀 베르나데트에게 발현하셨다는 이곳 루르드! 그래서 세간의 주목을 한 몸에 받고 있고, 지금도 수많은 병자들이 위로를 받고 이곳에서 치유의 기적이 일어나고 있는 루르드!

이 루르드는 치유의 샘물로 더욱 널리 알려진 곳이다. 예수님이 많은 사람을 치유하시어 당신을 믿고 구원에 이르게 하신 것처럼, 성모님도 많은 이들이 치유의 은혜를 입도록 도와주시고 계신가보다.

하느님은 우리를 치유하심으로써 우리의 생명을 하느님이 얼마나 귀중하게 여기시는지 알게 해 주시고, 성모님은 우리에게 치유의 샘물을 알려 주심으로써 우리를 사랑하시는 하느님의 마음과 우리의 보호자이신 당신의 마음을 이곳을 찾는 모든 이에게 마음껏 전하고 계신 것 같다.

▪ 아름다운 동굴 속 성모 마리아

루르드 성모님을 찾아온 난 마치 첫사랑 애인을 찾아온 심경이었다. 늘 상상 속에서만 헤매다 직접 이 곳에 와서 본 그 모습은 정말 눈부셨다. 성모 마리아가 직접 발현 하셨다는 '동굴 성당'은 너무 아름다워 '루르드의 심장'이라고 한다. 또 성모 발현 동굴 위에 지어진 웅장한 '대성당'의 모습도 아마 천상의 모습 그 이상일 것 같다. 또 로사리오 성당의 지붕격인 '천상모후의 관'을 바라보는 순간 입이 딱 벌어지고 그 자리에서 그만 경배가 되고 말았다. 정말 '동굴 성당'이 소박한 시골 처녀 같다면 '원죄 없이 잉태되신 성모 마리아 대성당'은 꼭 명문가의 귀부인 같은 분위기가 물씬거렸다.

'로사리오 대성당'은 순례자들이 너무 많아 위 성당만으로는 순례객을 감당할 수 없어 새로 지은 성당이라 한다. 이 성당은 돔이 있는 신 비잔틴 양식으로 지어졌다.

'로사리오 대성당'의 외형은 예수그리스도의 상징인 물고기와 밀알 형태를 이루고 있으며 돔 위에는 황금색 '천상모후의 관'이 모셔져 있는 정말 의미 깊은 성당이다. 우리가 매일 바치는 묵주기도 각 신비의 주제를 나타내는 모자이크화가 벽면을 장식하고 있어 더욱 화려하고 눈부셨다.

대성당을 둘러본 후 지하 동굴로 내려갔다. 정말 동굴 속에 모셔져 있는 그 아름다운 성모 마리아를 알현 한 후 한동안 입이 벌어지지가 않았다. 우리 일행은 늦은 시간에도 불구하고 긴 행렬 뒤에 서서 몇 시간을 기다리다 '침수' 과정은 모두 거치지 못했다. 그러나 우리 일행 중에서 딱 한사람 '마리스텔라'는 환자 휠체어를 신부님께서 직접 밀고 들어가 간신히 '침수'를 받았다. 마리스텔라의 얘기를 꺼내려면 설명이 좀 길어질 것 같은데 이번 우리 순례자들 중에 가장 의미 있는 순례를 신청한 사람 중의 하나이다.

바오로와 마리스텔라는 부부간인데 '마리스텔라'가 그의 아내이다. 외모도 너무 예쁘지만 그 부부는 참으로 '아름다운 사연'을 간직한 정말 특별한 케이스의 순례 부부였다.

▪ 세상에서 가장 아름다운 선물

　우리는 세상을 살아가면서 누구든 작고 큰 어려움들을 안고 살아가고 있다. 그러나 우리는 그 어려움들의 원인들이 어디에서 왔는지 어떤 연유로 생겨났는지를 엄밀히 분석해 봐야 할 것이다. 그럼에도 불구하고 대부분의 사람들은 우리의 잘못된 원인과 잘못이 어디서부터 왔는지를 점검해 보지도 않고 무조건 한탄만하고 이유가 아닌데도 남의 탓과 원망만 자주하게 된다. 그러나 그 첫째 원인으로 우리의 실패는 노력도 해 보지 않고 그 방법도 찾지 않고 하느님께 문을 두드려보지도 않은 데에서 그 원인이 있는 것이다.

　사람들 앞에서는 곧잘 눈물을 흘리지만 하느님 앞에서는 눈물을 거두었고, 사람들 앞에서는 내 고통을 호소하면서도 정작 하느님 앞에서는 입을 다물고 있기 일쑤이다. 하느님의 힘을 빌리기보다는 자신의 힘과 노력만으로 모든 문제를 해결하려고하기 때문이다. 그러나 이건 아닌 것이다.

　하느님께서는 손 내밀며 구하는 이에게 절대 고개 돌리시지 않으시며, 문제를 들고 당신 앞에 나온 이들에게 절대 빈손으로 돌려보내지 않으신다.

　아니, 오히려 한 개를 찾으려 다가오는 이에게 열 가지를 더 덤으로 얹어 주시는 분이 바로 우리 주님이시다. 정말 두드리는 자마다 축복의 문을 열어 주신다. 바로 이번 산티아고 행도 내가 그토록 간절히 원하고 기도하고 청한 덕분이라 나는 믿어 의심치 않는다.

　그러기에 늘 항구한 기도, 이것만이 우리들이 가져야 할 태도이며 영원히 함께 가야 할 숙명적 대화창구이다. 그러면서 구하지도 않고 찾아보지도 않고 두드려보지도 않은데서 그 원인을 살펴볼 필요가 있는 것이다. 정말 하느님의 이런 응답은 기도하는 자만이 받을 수 있는 가장 큰 선물일 것이다.

이번 산티아고 도보 순례를 온 분 들 중에서 마리스텔라라는 자매가 있었다. 그 자매는 살아오면서 우연히 '실명 위기'에 봉착했다고 한다. 이번 순례에 부부가 몇 팀 같이 온 분들도 있지만 특히 이 여건 속에서 마리스텔라와 그 남편 바오로는 남다른 각오로 이곳을 선택한 것이다. 부인 마리스텔라의 눈이 세상을 보는 그 기능을 다하기 전에 이 세상에서 가장 "특별한 선물"을 그에게 해 주고 싶었다고 한다. 그것도 도보로 함께 가는 성지순례를 신청했다고 한다. 그게 바로 산티아고 도보 성지순례였다. 어쩌면 눈으로 보는 일이 생애에 이 길이 마지막이 될 수도 있는 이 아름다운 산티아고 길을 마리스텔라에게 선물로 남겨 주고 싶어 비장한 각오로 도보 순례를 신청했다고 들었다. 이 얼마나 눈물겹고 아름다운 부부의 사랑과 각오인가? 우리 일행 모두는 그들 사연을 다 듣기도 전에 이미 감동의 물결로 번져버린 것이다.

정말 그 특별한 선물은 더 들어보지 않아도 이 세상에서 가장 아름다운 선물이 될 것임에 틀림이 없다. 하느님께서도 이들 부부의 예쁜 마음에 특별한 덤까지 얹어 주시리라 믿는다.

하느님께서는 이들 아름다운 부부에게 정말 멋진 선물로 응답 해 주실 것을 나는 믿어 의심치 않는다.

"청하여라, 너희에게 주실 것이다. 찾아라, 너희가 얻을 것이다. 문을 두드려라. 너희에게 열릴 것이다. 누구든지 청하는 이는 받고, 찾는 이는 얻고, 문을 두드리는 이는 열릴 것이다." (루카 11.5-12)

▪ 너무도 성스러운 성체 강복

　우리 일행 모두는 루르드에서 대기 환자들이 너무 많아 비록 침수는
못 받았지만 아무 불만 없이 성모님이 발현하신 루르드의 현장 곳곳을
하늘나라 쳐다보듯 매료되어 들여다보고 또 들여다봤다. 그리고 나서 루
르드에서 신성한 '성체 강복'을 받기 위해 '비오 10세 성당'으로 갔다.
　성당규모도 웅장하려니와 그곳에서 울려 퍼지는 파이프오르간의 성
가는 너무 감동이었다. 그곳에서 뿜어져 나온 감동적 선율을 온몸에 받으
며 우린 성스런 주님의 성체강복을 받았다. 루르드에 와서 이토록 거룩한
성체를 면전에서 만나 봄은 생의 큰 의미로 남을 것 같다. 무엇이 이보다
더 경건하랴?

비오 10세 성당에서 성체강복 받는 모습

루르드에 와서 동굴에서 발현하신 성모님과 만난 건 정말 내 생에 큰 축복이었다. 그리고 비오 10세 성당에서 성체 강복을 받은 일도 내 생에 결코 잊을 수 없는 특별한 은총 그 자체이다.

침묵 속에서 말씀이 되고, 말씀 중에서 사람이 되고, 성체 안에서 꽃이 핀다는 오 아름다운 성체꽃! 오 귀한 성체꽃! 우리는 성체 강복을 마치고 우리들만의 첫 미사를 위해 작은 경당으로 발길을 옮겼다. 조촐하면서도 의미 있는 첫 미사를 루르드에서 봉헌한다는 사실이 너무도 떨린다.

맹상학 지도 신부님께서는 첫 강론으로 '낙엽'이라는 시를 곁들이시며 "나의 자아가 죽어야 비로소 예수님의 색깔이 나온다."했다. "사랑으로 온통 내 몸이 물들어야 비로소 예수님의 색으로 물들어간다."는 강론을 하시며 시인보다 더 시인이신 신부님으로서의 재치 있고 감성적인 면모를 멋지게 첫 강론에서 보여주셨다.

으스름한 저녁이 되자 이른 저녁을 먹고 대성당 앞마당에서 개최되는 순례자들의 '촛불잔치'에 참석하자 했지만, 사실 난 이곳에 오기 전에 무심코 다친 깨끼발가락 부상이 장시간 이동하느라 서 있었던 관계로 너무 욱신거려 그대로 호텔에서 혼자 쉬고 싶었다. 꿀맛 같은 첫 밤을 루르드의 'Chapelle Parc' 호텔에서 발을 핑계 삼아 편안하게 잘 보냈다.

▪ 루르드 새벽별과 함께 맞은 첫 미사

1) 예수님 닮아 갈 발자국들

다음 날 우리 일행은 새벽 6시에 잠에서 깨어 다시 루르드 광장으로 갔다. 그 곳에 있는 '로사리오 성당' 옆 작은 경당에서 참으로 조촐하고 경건한 우리들만의 도보 순례를 앞두고 첫 출발 미사를 가졌다. 그간 맹상학 지도신부님에 대해서 난 잘 몰랐었다. 그러나 이번 도보 순례 기회를 통하여 그 존재가치를 확실히 알게 되었다.

내 신앙생활 중에서 수많은 사제들을 만나왔지만 맹신부님의 그 자그마한 체구에서 뿜어져 나오는 신앙의 깊이와 사랑의 관점이 정말 남달랐다. 왜 하필 이분이 우리의 지도신부로 선정 되었을까? 라는 의구심이 매 강론을 통하여 백일하에 드러나고 말았다.

내가 교직의 관리자로 첫 번째 근무했던 서천군에서 '종합 복지마을'을 운영하고 계신 훌륭하신 신부님이셨다. 정말 정감이 넘치고 빠른 재치와 준비된 강론의 요지는 늘 목말라하는 영성의 영양제를 맘껏 복용시켜 주셨다.

오늘 미사의 강론 요지도 두려운 '순례 여정'을 앞두고 떨고 있는 우리를 여지없이 매료시키고 말았다. 우리가 어떤 자세로 순례 길에 임해야 하는지를 샅샅이 알려주시고 계셨다. 요지는 "예수님을 닮아가려는 마음으로 한 발짝 한 발짝 예수님과 손잡고 함께 걸으라."고 하셨다

참으로 간결하면서도 귀에 잘 머문 말씀이었다. 새벽 미사를 마치고 로사리오 성당을 내려오니 예쁜 반달이 잘 단장한 찬연한 새벽 별들을 데리고 가슴 가득 우리에게 은총을 쏟아 부어 준 것 같았다.

신선한 하늘 끝을 향하는 십자가와 성모님의 노오란 왕관에서 뿜어져 나오는 영험한 기운이 오늘 우리의 첫 출발을 잘 예고해 주고 있었다.

2) 첫 출발지 생장피테포르로 향하다

아침 식사가 끝나자마자 우리를 싫은 버스는 쉴 틈도 없이 서둘러 루르드를 출발하여 도보 순례 시작점인 스페인 생장피테포르(Saint-Jean-

Pied-de-Port)로 향해 달려갔다.

생장피테포르는 프랑스 남서부 피레네 산맥으로 가는 길목에 자리한 이곳은 1177년 리처드 1세가 이끄는 군대의 공격으로 완전히 파괴되었으나, 나바라의 왕이 재건 한 후 나바라 왕국 북부지역의 수도로 삼았다. 그 후 프랑스를 거쳐 오는 많은 순례자들이 이 도시를 전진 기지로 하여 피레네 산맥 정상에 있는 론세스바예스(Roncesvalles)로의 여정을 시작하였다. 이런 전통이 오늘날 까지 이어져 생장피테포르는 산티아고 순례길 중 프랑스 길의 출발점으로 자리매김 되었다고 한다.

생장피테포르를 통과하는 순례 길은 도시 북쪽에 있는 생 자크 문으로 들어와서 남쪽 에스파냐 문을 나가 피레네 산맥으로 이어진다.

이 두 문 사이에 있는 시타델 가(Rue de la Citadelle)는 옛 중심가로 생장피테포르에서 중요한 장소들은 대부분 이 거리에 있다. 순례길인 이 거리에는 많은 바와 음식점, 상점들이 자리하여 먼 길을 떠나는 순례자들의 활력을 불어넣어주고 있다.

모든 일에는 시작과 끝이 있듯이 이번 도보 순례에서도 시작점이 바로 생장피테포르이다. 아마도 이번 도보 순례의 그 시작점이 될 이 '생장피테포르'는 아마도 내 인생의 낯설고 새로운 또 하나의 도전의 길이 될 것임에 틀림없다. '시작이 반이다.'라는 든든한 이 말을 전적으로 신뢰하며, 난 그 신성한 시작의 가치를 떨리는 마음으로 이곳 생장에서 의미 있게 놓아보려 한다.

아무튼 내 인생에서 한 번도 경험해 보지 못한 새로운 가치를 이번 스페인 땅에서 실현해 보고자 어렵사리 유럽의 북서부 땅에 내 두 발을 디뎠다.

길게는 2주일 짧게는 10여일 정도를 머물다 갈 스페인의 낯선 땅이지만, 긴 안목으로 내다보면 나의 인생에 또 하나의 커다란 변화와 도전의 전환점이 될 그 시작점에 지금 내가 떨며 이렇게 서있는지도 모른다.

"하느님은 늘 우리와 함께 계신다."

제5장

산티아고 데 콤포스텔라
도보 순례가
시작되다

산티아고 데 콤포스텔라 도보 순례가 시작되다

생장피테포르에서 오리손(Orison), 피레네 산맥(Pyrénées), 론세스바예스(Roncesvalles)까지 약 26km

- **주님과 함께 넘었던 피레네 산맥**

1) 순례의 첫 발 생장피테포르

그토록 오랫동안 염원했던 나의 산티아고 도전기는 이렇게 첫 관문을 열게 되었다. 왜 그토록 이 길을 내가 가고 싶어 했는지는 지금도 정확하게 알 수 없지만 산티아고는 내가 첫눈에 반하듯 매력과 호기심으로 날 꽁꽁 묶어 내가 옴짝달싹 할 수 없게 동해버린 것이다.

이 매력의 '산티아고 순례길'은 프랑스 남서쪽 피레네 산맥 아래에 있는 '생장피테포르'라는 마을에서부터 시작된다. 이 순례 길은 1993년에 유네스코에서 '세계문화유산'으로 지정된 뒤 호기심이 더욱 컸으리라 생각된다. 그리고 이 길이 기독교인들에게 더 인기 있는 순례 길이라고 한다. 예수의 12제자 중 한분이신 성야고보의 유해가 묻혀있는 스페인의 북서쪽 도시 '산티아고 데 콤포스텔라'로 향하는 약 800km 도보 순례길이 이어지기 때문이다.

예루살렘에서 멀고 먼 스페인까지 복음을 전파하기 위해 걷고 걸었던 성 야고보 성인의 발자취와 함께 마지막 그의 모습을 닮으려 찾아 걷는 진정한 의미의 순례길이다.

산티아고는 성야고보를 칭하는 스페인의 이름이며, 영어로는 세인트 제임스라고도 한다. 1189년 교황 알렉산더 3세가 예루살렘, 로마와 함께 산티아고 데 콤포스텔라를 성스러운 도시로 선포하면서 무수히 많은 순례자들이 이 길을 걸었으며, 당시 무슬림의 지배하에 있던 스페인 지역에 기독교에 대한 믿음을 지속시켜주기도 했다. 하지만 이 길은 중세를 정점으로 잠시 잊혀져갔었다고 한다.

그러나 1982년 교황 요한 바오로 2세가 산티아고 데 콤포스텔라를 방문하면서 다시 화려하게 언급되기 시작한 이 길은 1987년 파울로 코엘료의 순례자가 발간한 '순례자'가 출간 된 이후 더욱 유명세를 탔던 것이다. 그 후 1993년 유네스코 세계문화유산으로 지정되면서 유럽과 전 세계의 성지 순례자들로 붐비기 시작했고 현재는 일 년에 대략 27만 명 정도가 이 길을 다녀가고, 2016년 통계로는 세계에서 '가장 걸어보고 싶은 길'로 손꼽히고 있는 순례길이기도 하다.

첫 날 우리 일행은 루르드에서 아침 식사를 마치고 전용버스로 출발하여 2시간 쯤 달려오니 드디어 우리 순례 출발점인 '생장피테포르'에 도착되었다. 이곳에서 순례자 여권 'La Credencial'을 발급받기 위해 1시간 정도 기다리며 생장 이곳저곳을 돌아보고 나니 드디어 피레네산맥을 향한 순례가 시작 되었다.

현지 가이드의 생각은 출발 시간이 늦었으므로 생장에서 산길을 이용하여 '오리손 봉'을 거쳐 피레네 산맥을 넘어가는 계획을 세워놓고, '오리손 봉' 까지 걷는 구역을 생략하고, 그 구간을 차로 움직일 계획이었는데, 아뿔사! 이를 어쩌나?

차로 움직인다는 '오리손 봉' 구역 입구부터 도로 포장공사가 진행되고 있어 도저히 그 구역을 차로 움직일 수 없는 지경이 되어버렸다. 우리 일행과 현지 가이드는 난감함에 몸 둘 바를 모르더니 급기야는 그 '오리손 봉' 구간을 아무것도 모르는 우리 양해를 구할 새도 없이 그냥 걷기로 단정하고 우리는 무작정 출발의 첫 발길을 떼고 말았다.

순례자 여권 크레덴시알(Credencial)

2) 오리손 봉을 오르다

우리는 아무 영문도 모르는 채 오리손 봉을 오르기 위해 저마다 떨린 가슴으로 우리 앞에 펼쳐진 잔잔한 오름을 유유히 걷기 시작했다. 모두가 처음인 이 낯선 길! 우리는 어리둥절한 표정으로 오리손 봉을 향해 걷기 시작했다. 낯선 그 길을 걸으며 처음 우리와 마주칠 피레네 산맥이

어떻게 우리에게 다가올까만을 궁금해 하며 열심히 걷고 또 걸었다.

처음엔 부드럽게 돌고 도는 산길을 따라, 길게 오르는 들길도 걸으며 점점 마을은 우리 아래로 멀어져가고 있었다. 낯선 민가와 낮은 목장 등을 뒤로 하며 높게 겹쳐진 능선을 계속 타고 돌았다. 벌써부터 숨이 차오르고 등 뒤에선 땀이 흘렀다. 한 두어 시간을 쉬지 않고 걸어 오르니 마을들이 우리의 발 아래로 뒤쳐져 아련히 보이기 시작했다.

오리손 봉이 어딘지도 모른 채 걷고 또 걸었다. 산 아래를 내려다보며 아스라이 보이는 정경을 담아두고 싶어 연속 사진을 찍고 또 찍었다. 거기가 거기 같고, 그 언덕이 그 언덕 같았지만 오랜만에 피레네를 찾아 가는 내 심경은 여느 사람과는 달랐다.

단 한 곳이라도 헛되이 딛고 걸을 수가 없었다. 오리손 봉이 얼마나 더 가야하는지는 몰라도 모두가 첫길이라서 신기하기만 했다. 가파른 능선을 돌아가는 길목에는 우릴 쉬어가라는 건지 작은 산딸기들이 오밀조밀 매달려 있었다. 이따금씩 지나치는 길에 잔잔한 꽃들도 피곤을 덜어주었다.

오름길을 쉬지 않고 걷고 나니 어느새 몸은 땀범벅이 되어 있었다. 마침 함께 오르며 내 동반자가 되신 수녀님과 잠시 큰 나무 아래서 다리를 펴고 앉았다. 수녀님께서 내어주신 견과류를 나눠 먹으면서 모처럼 평화와 행복을 느끼는 순간이었다.

우리는 편안한 복장이라도 입고 배낭을 메고 걷고 있지만 수녀님께선 수녀님만의 규정된 정복을 입으신 채로 걸어오셨으니 얼마나 어려우셨으랴.

자꾸만 연민이 가면서 이 복장을 이렇게 꼭 입으셔야만 하나? 하는 의문점을 품으면서도 존경스러움을 금치 못할 정도였다. 우리는 쉬나마나 할 정도의 휴식을 취하다가 다시 힘겨운 도보는 계속 되었다. 벌써 쉬지 않고 가는 일행들하고는 거리가 많이 벌어졌다. 우리는 오리송 봉이 어딘지도 모르는 채 무작정 걸어 올라가다가 오후 1시 경에야 점심이 준비된 '오리손' 산장에 도착되었다. 와, 겨우 오리손 봉을 넘었을 뿐인데, 마치 피레네를 다 넘어왔으리라는 거리가 인식되는 순간이었다. 어찌되었든 첫 날 부픔과 설렘이 교차하는 가운데 점심까지는 꽤 여유롭게 먹었다. 점심에 와인까지 곁들여가며 꽤 여유롭게 잘 먹은 것 같다. 그런데 문제는 여기서부터 시작되었다. 이젠 점심을 먹었으니 그 쉽지 않은 피레네 산맥을 넘어야 한다는데 걱정이 태산이다.

생략하려했던 오리손 구간을 걸었던 시간만큼 피레네를 걸어야 할 시간이 뒤로 밀려났으므로 피레네 산맥 도착 예정 시간은 불 보듯 뻔한 일이었다. 우리가 생장에서 여기까지 걸어온 거리는 자그마치 7.5km였다. 그런데 남은 거리는 그보다 훨씬 더 많다는 것이다.

첫 날 도보 계획은 총 17km 정도라고 하였는데 예상치 않은 '오리손 봉' 구역을 30리 정도 산길을 이미 걸었으니, 남은 구역은 말해 무엇하랴. 피레네로 가는 산길 남은 구역은 또 그 이상만큼을 걸어야한다는 계산이다. 이 일이 생기기 전엔 '오리손 봉'에서 피레네산맥까지 총 17km의 정도만 도보로 걷는 일정이 예정되어 있었다.

▪ 무모한 예측이 빚은 고통의 무게
피레네 산맥을 넘으며

그러나 이런 무모한 계획과 무작정 도보가 빚은 우리 고통은 상상을 초월하였다. '그래, 하느님의 곁을 찾아가는 관문이 절대 쉬울 리가 없지.' 라는 마음을 가져보기도 했지만 고생도 어느 정도이지, 첫 날 이런 엄청 난 양의 도보는 상상치도 못했다.

오후 시간의 촉박함으로 점심을 도시락 정도로 먹으며 걸어도 시원 찮을 거리를 여유로운 점심을 먹고 난 뒤 2시부터 걸었던 걷기의 강행 길은 우리를 정말 초죽음이 되게 하고도 남았다. 아무리 늦장 부리지 않 고 잘 걷고 걸어도 뒤떨어지는 걸음걸이는 새삼 나이를 되돌아보게 했다.

이번에 함께 떠나는 멤버들 중에 내가 최고령자란다. 이 한 가지만 보더라도 적잖은 긴장감을 내가 갖고 있는 것도 사실이었다. 게다가 만만 치 않은 내 호기심은 처음 보는 피레네 산맥에서 한시도 눈을 팔수가 없 었다. '역시 카메라를 바꿔가지고 최신형으로 가져오길 잘했어.' 처음 맞 이하는 예쁜 능선을 만나고 또 넘으면서 참지 못하는 내 셔터는 자꾸만 호주머니를 만지작거렸다. 그러노라니 열심히 앞 만 보고 걸어도 뒤쳐지 는 도보에다 호기심까지 빵빵하여 자꾸 눌러대는 사진기 땜에 도무지 선 두 대열로 들어설 수가 없었다. 그러다 보니 앞서거나 뒤서거나 하는 착 실한 대열과 너무 많은 거리를 내고 말았다.

이제 얼만 큼 이나 남았는지를 도무지 가늠조차 할 수 없는 피레네 산맥 어느 정점에 도달했다. 평지 같으면서도 높다랗게 깔려있는 초록색 초지 위엔 한가로이 풀을 뜯는 양떼들과 소떼들이 보이기 시작했다.

'아! 그래도 죽으란 법은 없구나.'

선두와는 이미 거리를 벌려 놓았지만 이 평화로운 초지 평원을 그냥 지나칠 내가 아니다. 너무도 그 모습이 평화로워 그간 갇힌 신발을 벗어 제끼고, 아무렇게 쌓아둔 나무토막 위에서 사진을 찍어댔다. 마침, 젊고 생머리를 길게 묶어 너무 예쁜 천사 이현정 미카엘라를 만났다. 이 미카엘라는 이름만큼 마음도 천사였다. 늘씬한 키에 시원한 눈망울, 길게 늘어뜨린 숱 많은 검은 생머리가 아주 돋보였다. 그야말로 현대감각을 모두 지닌 미모의 천사였다.

미카엘라는 처음 만난 나에게 마음에 있는 이야기를 사심없이 털어놓으며, 이번 산티아고에 오게 된 이야기도 털어놓았다. 모녀 사이 라고 해도 손색이 없을 만큼 예쁜 미카엘라와의 이야기는 걷는 동안 아무 거리낌 없이 진행되었다. 지금 미카엘라가 사귀고 있는 남자 친구 이야기도 털어놓았다.

남자 친구는 우리 한국 친구가 아닌 국제적인 친구 유럽 중에서도 오스트리아 사람이라는 것이다. 국제적 교제를 하고 있지만 그녀에겐 조금도 사랑에 문제점이 없어보였다. 서로가 너무 서로를 존중해 주며 그야말로 티 없이 맑고 건전한 교제를 해 가는 미카엘라가 참으로 대단해 보였다. 우린 엄마와 딸 같은 그런 심경이 되어 피레네 편한 능선을 하염없이 같이 걸을 수 있었다. 주위엔 하얀 구름이 흘러가는 너른 능선에 구름이 걸렸다 놀다가고, 바람도 내려와 쉬었다 가란다. 피레네 산맥을 넘어가는 표지판에 25.7km의 거리가 나왔다.

장장 그 긴 거리를 어찌 넘을까? 걱정이 자꾸만 앞선다. 잠시 신발을 벗어두었던 자리에서 등산화 끈을 다시 묶고 스틱을 앞세워 걷기 시작했다. 이제 주사위는 던져졌다. 피레네 산맥의 절반 정도를 왔으니, 이제와서 그 반을 물리치고 되돌아설 수는 없는 일이다.

아직 몸도 마음도 훈련이 덜 되어 고갯길이 힘겹고 두려울 수밖에 없지만 피레네의 풍광과 상쾌함은 아직 나를 앞으로 앞으로 전진 할 수 있게 만든다. 이렇듯 피레네를 넘는 순례자들은 어느 길을 택하던 간에 힘겨운 산행을 하게 된다. 그나마 지금은 길도 잘 닦여있고, 비상시에 대비한 안전장치도 있지만 그 옛날 이 곳을 넘었을 순례자들은 지금과는 전혀 상황이 다른 어려움이 훨씬 많았을 것이다. 겨울엔 추위가 극심했을 것이고, 다른 계절에도 산짐승들과 강도들도 순례자들을 노렸을 것이다.

이 깊은 산에서 자칫 길이라도 잘못 들면 생명을 보존하기는 어려웠을 것이다. 이런 어려움들을 무릅쓰며 산을 넘어야 했을 것이다.

이젠 앞서가는 일행들과 제법 많은 거리를 떨어져 걷고 있기 때문에 도저히 따라 잡을 수는 없었다. 다행히 뒤따라오는 일행 몇 명이 머얼리서 보이기에 그나마 안도의 한숨을 내쉬면서 나름 부지런히 걷기 시작했다. 따가운 가을 햇살을 짊어지고 오랜 시간을 걸어오느라 점점 힘은 빠지고 다리는 천근만근 무거워지기 시작했다.

조금만 속도를 내면 앞에 가는 선두 대열을 따라잡을 수 있으려니 하고 나름 속도를 내봐도 이젠 기진맥진 신발까지 무거워져 아픈 깨끼 발가락의 통증이 심하게 느껴져 온다. 할 수 없이 등산화를 짊어지고 갈 순 없어서 손에 벗어 든 채 양말만 신은 상태에서 피레네 능선 길을 걷고 또 걸었다.

다행히 뾰족한 돌이나 가시 같은 게 없는 풀밭이어서 그나마 양말만 신은 채 기인 능선 길을 걷는 게 가능했다. 아니 맨발로도 걷고 또 걸었다. 그래도 한결 가벼운 마음에 아픈 발가락도 잠시 잊어버리고 걸을 수밖에 없었다. 능선의 끝자락으로 앞서 가는 사람들의 그림자가 사라지는 모습이 꼭 하늘로 맞닿아 천상으로 오를 것 같은 느낌이 든다.

평평한 능선 끝에 사람이 서면 바로 하늘과 맞닿은 지평선의 끝으로 오른 것처럼 보이는 참으로 재미있는 능선의 그림이 내 앞에서 전개된다.

누구인지도 모르면서 앞에 가는 사람들의 먼 그림자가 사라지려 할 때마다 아스라이 보이는 그 그림자 형상들! 바로 그 정점에서 사라지는 사람들의 뒷모습이 마치 하늘로 올라갈 것 같은 착각 속에 빠지곤 했다.

아! 이래서 피레네 산맥이로구나. 앞도 뒤도 보이지 않는 산의 품은 정말 가늠할 수가 없다. 이 능선 끝에서 종점이 나오겠지 하고 그 끝을 따라가 보면 아까와 똑같은 넓이의 다른 능선이 또 약을 올리며 날 기다리고 있다. 숨이 차고 이야기 할 대상은 없고 정말 굽이굽이 능선만을 바라보며 하염없이 걸어야 한다. 무거워질 대로 무거워진 다리를 옮기고 또 옮겼다. 이제부터는 숨이 차서 침묵으로 걸을 수밖에 없다.

피레네 능선

지나는 사람에게 이제 얼마쯤을 가면 피레네 끝이냐고 물으면 아직도 멀었다고만 한다. 가끔씩 높다란 초지 위에서 만나지는 평화로운 젖소들의 모습을 또 카메라에 담아본다. 그 높은 초원 위에서 마음껏 풀을 뜯고 있는 젖소들, 그런데 신기하게도 대장 젖소의 종소리가 들리면 풀을 뜯고 있던 젖소들이 모두 그 곳으로 달려와 한 곳에 모이기도 한다.

젖소에게도 똑똑한 반장이 있나보다. 그리고 젖소들이 반장 말을 너무 잘 알아듣는다. 그러니까 이 높고 광활한 초원에서 이 많은 젖소들을 마음껏 방목하고 있겠지…. 도대체 주인은 언제 이곳에 와서 젖소들을 어떻게 관리 할까가 궁금해진다.

반장 젖소가 땡그랑 땡그랑 종을 칠 때 마다 옮겨 다니며 풀을 뜯고 있는 젖소의 무리들이 갑자기 불쌍해지기도 했다. 먹거리는 풍부하지만 해가 지려하면 따스한 내 집으로 스스로 찾아들어야 하는데 주인이 오기만을 하염없이 기다리고 있지 않을까? 짐승으로 태어나 말도 못하고 주인이 시키는 대로만 해야 하니 사실 안쓰럽기도 하다.

나는 이토록 너른 피레네 산맥의 한 가운데에서 평화로운 양떼, 소떼들을 바라보고 있노라니 불현듯 내가 한낱 작은 '민들레' 홀씨 하나로 이곳에 날아와 한없는 감사와 행복으로 흔들리고 있다. 순간 그 감사의 마음이 타올라 시 한 편을 써보았다

감사의 꽃

김숙자

냉랭한 내 마음의 들판에
홀씨되어 날아다니던
아름다운 피레네 품속
칠십 가파른 능선
그 허허로운 산자락에

홀연히 날아와

내게 한 가닥
기도가 되고
눈물이 되고
동행이 되고
감동이 되어
멋진 골짜기 휘감고
내 가슴에 활짝 피어
주님 옷자락 휘어잡고
사랑에 흔들리며 핀
나는 한 송이 민들레꽃

어느덧 그 힘겨웠던 능선이 끝나는 지점에 멋진 구름떼가 마치 설국의 진풍경을 연출해 주고 있다. 우리 일행들에게 첫날 너무 수고했노라는 환호성과도 같이 진품 광경이 펼쳐졌다.

나는 배터리가 끝을 알리고 있어 그 멋진 풍광을 카메라에 다 담을 수는 없었다. 아쉬웠지만 이제 사진으로 할애할 시간이 없음을 암시해 주는 것 같기도 했다.

하얀 구름사진을 뒤로 하고 피레네 콜라도 데 레푀데르(Collado lepoeder)의 높은 고지 1,430m 정점을 찍고, 나는 피레네의 내리막길로 들어섰다. 여기까지가 18.5km라는데 아직도 7.5km의 내리막 길 끝이 피레네 산맥의 종점이라고 한다. 아직도 20리 길을 더 걸어야 한다고 생각하니 겁이 더럭 났다.

▪ 주님 손에 이끌려 내려온 또 하나의 골고타(Golgotha)

이미 안개가 온통 산을 점령해버린 피레네 산맥은 살살 어두워지고 있었다. 가이드들의 독촉이 심해지고 발은 휘청휘청 제 맘대로 풀려 돌아가고 대략 난감이었다. 난 다행히 내리막길에 좀 강하기 때문에 없는 힘을 발휘하여 내리막길을 뛰다시피 내려 달렸다.

나이 생각은 까맣게 잊어버린 채로 말이다. 사실 산에서 내리막이 더 위험하다는 말은 많이 들었어도 조금이라도 빨리 내려가고 싶음 땜에 온몸을 던져 벼랑길을 전속력으로 달려 내려갔던 것이다. 위험천만인 순간이 몇 번 있었다.

다행이 몸무게가 높지 않아 몸은 날아갈 듯 잘도 내려갔다. 그래서 앞서 보냈던 일행 중 중간쯤을 가고 있는 몇 분과 만나 그런대로 내 몸을 스틱에 의지해가며 내달리기를 오랫동안 지속했다.

저녁 7시가 넘어서고 나니 산속은 금방 어둑어둑 해지면서 상대방 얼굴도 분간이 안 간다. 드디어 핸드폰의 전구가 켜지고, 이런 속도로 가다간 밤 9시에도 도착하기가 힘들다며 가이드의 독촉이 또 시작된다.

정말 꽤도 부리지 않고, 열심히 내려가고 있는 우리에게 이처럼 막말이 어디 있는가? 죽을힘을 다해 마지막 피치를 올리고 있는 우리에게 밤 9시경 도착도 될까말까라는 말은 너무도 무서운 공포 그 자체였다. 드디어 카메라의 손전등에 의지하여 밤길을 조심조심 내려오는 수난을 겪기도 했다.

난 다행히 중간대열에라도 낄 수 있었지만 우리 뒤를 따라오고 있는 여섯 일곱 명의 일행들은 스페인 영사관에 조난 신고까지 할 지경에까지 이르고 말았다. 우리가 마지막 고비 길을 가까스로 내려오고 있을 무렵 정말 영사관에서 나온 차가 우리 앞에 와 불을 밝히고 있는 것이다.

가쁜 숨을 고르며 나머지 일행을 기다리는 모든 일행들은 모두가 한 마음이 되어 산속에서 나머지 마지막 귀환자들을 따뜻이 기다려주는 박수 소리가 밤길에 울려 퍼졌다.

이윽고 나머지 분들이 도착 된 시간은 정말 밤 9시가 다 된 시점이었다. 정말 어마어마한 피레네 산길 장장 26km를 늦은 오후부터 걸어 난 생처음 밤 9시경 두렵고 무서운 하산에 이르는 불상사를 기록하고 말았다.

정말 힘겹고, 눈물겹고, 피를 토할 만큼 어려웠던 피레네! 내 생엔 절대 못 잊을 것 같다. 그래도 단 한 사람의 낙오자도 없이 다 무사귀환을 하게 해 주신 분은 바로 우리 주님의 손길이라고 믿고 싶다.

"네 눈은 네 몸의 등불이다." (루카 11,33-36)

• 혼줄마저 나갔던 고난도 고행 길

오늘 나는 감사하는 마음으로 자축이라도 해야 하겠다. 도보 첫날이라 피레네 17km만을 걷게 하겠다던 계획은 온통 파죽이 되어 상상 이상으로 전 구간을 다 걷는데 소요된 26km를 다 걷는 진기록을 세우고 말았다.

정말 입이 벌어지질 않는다. 물 한 모금 제대로 못 마시고 그 무서운 피레네 산맥을 겁김에 사력을 다해 내려온 것 같다. 주님 손길을 붙잡지 않았다면 정말 가능하지 않은 일이었다.

쉽지 않은 나이에 첫 완주 사실이 정말 믿겨지지 않는다. 더구나 깨끼발가락의 상처가 아물지 않은 상태에서 그 아픔과 함께 완주를 했다는 사실이 더 자랑스럽다. 그래도 진짜 혼쭐은 다 나갔지만 내 생에 결코 쉽지 않은 가장 고난도 도전이었다.

오래오래 이 고난을 생각하며 힘든 일이 생길 때마다 꺼내보는 생각 거울로 삼아야 할 것 같다. 늦은 시간에 우리 일행을 싫은 버스는 밤길 30km를 더 달려 '팜플로냐'에 도착하여 'Maison Nave' 호텔에 짐을 풀었다. 우린 방을 배정 받은 후 늦은 저녁을 먹으며 신부님께서 특별히 내 주신 와인과 맥주로 파이팅을 외치며 오늘 피레네 첫 도보 순례 여정을 자축했다.

방에 돌아와 지도를 펼쳐 보니 '생장'에서 '오리손 봉'까지의 7.5km와 그 뒤로 Vierge de Biakorri(1095m), 더 걸어 Collado de Lepoeder(1430m) 최고봉에 이르기까지는 숨도 제대로 쉴 수 없는 힘겨움에 기가 컥컥 막혔다.

첫 날이라 17km만 걷게 하려고 오리손 봉까지는 차로 옮기려다 결국 '론세스바예스'까지 18.5km를 합해 총 거리 26km를 다 걷고 만 셈이 되었다. 가다가다 지나친 피레네산맥 지역명은 내가 다 알 길이 없었지만 결국 '피레네산맥 전 구간을 내가 다 넘고 말았구나.'

너무도 자랑스럽다. 저녁을 먹으면서도 아무 정신이 없었다. 극도의 피곤이 찾아와 두 눈이 저절로 감겨왔다. 그렇지만 마리스텔라 부부 앞에서는 차마 힘들다는 말을 못 꺼낼 것 같다.

한치 앞도 분간할 수 없었던 피레네, 그 깜깜한 산맥 끝, 극한 상황에서도 오로지 남편 바오로의 팔과 옆구리만을 껴안으며 수없이 흘려냈을 피땀, 그 피눈물 앞에서 의연하게 하느님 숨결 따라 피레네 끝까지 넘어온 이들 대 천사 앞에서는 절대 이 말만은 하지 않으리라.

'오늘 하루가 정말 지옥 같았다.'고 말이다. 와인 덕분인지 긴장이 조금 풀려서인지 큰 홍역을 치렀을 마리스텔라 얼굴에 핀 미소가 오늘 너무도 아름답다.

피레네는 정말 큰 산맥이었다. 몸으로 직접 넘어보니 더욱 실감이 났다. 피레네 산맥은 프랑스와 스페인을 나누는 경계 430km를 지중해로부터 대서양에 이르기까지 가로 지르고 있다. 이제 겨우 첫 순례의 관문을 넘었던 나에게는 좀 가혹한 길이었던 것 같다. 그러나 아직 순례에 대한 열정 또한 큰 산과 같아질 때, 차라리 이곳을 넘었던 것은 어쩌면 다행일 수도 있다. 피레네 산맥은 자신의 덩치에 어울리는 용기와 순례의 어려움을 따뜻이 녹여줄 아름다운 자연이기 때문이다. 그러기에 오늘도 우리의 순례를 응원해 주기 위해 그 자리를 그렇게 든든하게 지키고 있는지도 모른다.

"하늘나라는 밭에 숨겨진 보석과 같다." (마태 13,44)

피레네 산맥

김숙자

앞서 가려던 발길
뚜욱 멈춰서서
목 빼고 기다리던 님
오늘 안 보곤 못살겠더이다
꽃빛 삼킨 그림자로라도
그대 곁에 서성이고 싶어
무작정 님 찾아 나섰습니다.

짓밟히며 아팠을 영혼의 목마름
상처로 얼룩졌을 순례자들의 상흔
차마 당신을 외면하지 못합니다.

등성이 외진 길 소쩍새
구슬피 울어 댈 적마다
산구절초 한 움큼씩 피워내며
노래조차 품을 수 없어 허한 가슴
너른 품 포옥 에워싸며
구비진 능선 끝자락까지
하얀 구름 방석 깔아놓고
고즈넉한 춤사위로
내 영혼까지 잠재웁니다.

제6장

침묵과
영성 마주하기

제6장

침묵과 영성 마주하기

푸엔테 라 레이나(Puente La Reina)에서 에스테야(Estella)까지 약 23km

- **고통도 그리움이 되는 하루**

　도보 첫날 너무 크고 아픈 예방주사를 맞아서인지 다음날은 꼼짝도 못할 줄 알았던 내 몸이 거짓말처럼 말끔히 나았다. 처방이라 했댔자, 저녁 후 호텔에 들어가서 따뜻한 물 욕조에 받아 잠시 담그고, 곤한 잠에 밤새 빠진 것 밖에 없는데…. 오늘 아침엔 언제 아팠냐는 듯 몸 상태가 아주 말끔해졌다.

　마치 거대한 폭풍이 휩쓸고 간 바닷가 같다고나 할까? 폭우가 지난 뒤의 평온함이라고 말해야 할까? 처음엔 내 몸의 회복탄력성이 아직도 좋아서 그런 줄 알았다. 그러나 지금 분명하게 말할 수 있는 건 그 어떤 대상에 방해 받지 않고 오로지 침묵 속에서 '주님 손을 잡고 함께 종일 걸을 수 있었다.'는 사실 하나만으로도 그대로 내게 은총이었음을 알았다. 언제라고 내가 주님과 나란히 앉아 대화 한번 나눠 봤던가? 언제라고 내가 주님과 눈 맞추며 응석 한 번 부려봤던가? 고작 했다는 게 어설픈 기도와

푸념, 그리고 변죽만 살살 울렸던 겉치레의 공경 외에는 실로 한 게 너무 없다. 그러나 이 길에서 내 손을 잡고, 확실하게 날 붙잡아주셨던 숨결을 너무도 따뜻이 느꼈던 것이다. 진실한 그 손길로 어느 것 하나 곁에서 살펴주지 않으신 것 없었고, 어려운 고비를 지나칠 적마다 스틱 위로 손을 올려주셨음이 분명하다.

그리고 밤새 내 곁에서 내일 못 걸을까 봐 아픈 다리를 주물러 주신 것도 다 주님이셨을 것이다. 그러지 않고서야 이렇게 내 몸이 날아갈듯 감쪽같을 순 도저히 없는 것이다. 오늘은 호텔에서 아침 식사를 하고, N-H 도로를 따라 푸엔테 라 레이나로 들어가 구 시가지를 만나기 전 좌측에 있는 '십자가 성당'으로 가서 도보 2일째에 시작한 아침 미사를 드렸다.

십자가 성당에 들어서니 왠지 모를 조용함이 더 엄습해 왔다. 이른 아침이기도 했지만 도보 2일째 되는 날이라 아직은 몸도 마음도 풀리지 않은 얼떨떨한 상태의 어설픈 순례자가 되어 있었기 때문이었다.

성당에 들어서니 고딕 양식의 Y자형 십자가(Crucifljo)가 유독 눈길을 끌었다. 이 고딕 십자가는 14세기 초에 만들어졌다고 한다. 마치 그리스도의 얼굴과 V자 모양의 팔, 그리고 몸에서 느껴지는 고통의 무게가 더 진하게 느껴지는 십자가가 마음에 무겁게 다가왔다. 마치 "얘야, 너도 얼마나 힘드냐?"라고 물어보시는 것처럼 말이다. 전해지는 이야기에 의하면 이 십자가가 템플 기사단의 상징으로 쓰였다고도 한다. 어느 독일 순례자들이 산티아고에서 순례를 마치고 돌아오는 길에 푸엔테 레 라이나에서 받은 도움에 감사하기 위해 그들이 순례기간 동안 지고 다녔던 이 십자가를 이 성당에 봉헌했다고 한다.

주제단에는 로마네스크 양식의 우에르타스의 성모상(Santa Maria de las Huertas)이 있었다.

▪ 성모 마리아의 고통에 동참하라

신부님의 오늘 강론주제가 '성모 마리아의 고통'에 대해서 말씀하셨다. 사랑하는 아들의 죽음에 끝까지 동참하며 그 고통을 사랑으로 감싸는 성모님의 마음을 잊지 말자고 하셨다. 고통도 참고나면 그리움이 된다고 하셨다. 그러면서 오늘 하루가 비록 고통이더라고 '그리움이 되는 하루'가 되라고 말씀해 주셨다.

참으로 유효적절한 우리 순례자들에게 꼭 필요한 자양분의 말씀이셨다. 강론의 요지가 매일 이렇게 바뀌시며 헝클어진 우리 영혼을 언제나 제자리에 갖다 놓으시는 참으로 좋은 기술을 하느님께서 부여하신 것 같다. 하느님의 사랑하는 대리자이시기 때문이다. 우리 일행은 오늘도 감사한 마음으로 미사를 마치고 곧장 '푸엔테 라 레이나'로 이동을 하였다.

오늘은 그 곳에서부터 에스테야까지 약 26km 정도를 걸을 예정에 있기 때문이다. 말이 26km이지 70리가 다 된 거리지 않은가? 평소에 십리도 채 걸어보지 않은 내가 하루에 그 많은 거리를 낙오 없이 걷는다는 게 너무 신기하다.

어제의 힘들었던 기억을 말끔히 떨쳐내기 위해 오늘은 의식적으로 내가 챙겨온 옷 중에서 가장 밝은 주황색으로 겉옷을 선택해 입었다. 그리고 어제 너무 아파 찡그렸던 내 표정도 여느 때와 같이 아니 더 밝게 정상을 되찾았다. 시간이 가면 갈수록 내가 지나친 길이지만, 어느 지역을 지나고 걸었는지 희미해 질까봐 매일 다른 옷 색깔로 그 날 그 날 순례 지역을 기억해 두고자 나름 신경을 쓰곤 했다.

사진에 찍힌 내가 밝은 주황색 바람막이 점퍼를 입으니 한결 힘차 보이고 희망적이다.

'푸엔테 라 레이나'의 입간판이 있는 석굴 입구에서 일부러 기념사진을 찍었다. 작은 아치형 석굴을 지나니 긴 다리 아래로 아르강이 흐르고 있었다. 오늘따라 가을 하늘은 더 맑았고, 하늘에 떠있는 구름은 예전에 볼 수 없었던 깨끗한 수채화 한 장을 연상케 한다. 마치 구름떼가 하얀 비둘기들이 예쁜 새끼들을 데리고 줄지어 하늘로 날아오르는 형상을 하고 있었다. 마음이 기뻐서인지 자연에 있는 어느 미물 하나까지도 오늘 아침은 다 예뻐 보인다.

힘차게 걸음을 내딛으시는 신부님의 모습을 사진에 한 장 담고, 강 아래 예쁜 나무들이 드리워져 만들어낸 강그늘까지 한 장 더 찍었다. 멀리서 보아도 너무 아름답다. A-12 팜플로나, lruna라고 쓰여진 표지판도 보이기 시작한다.

지금부터서는 프랑스 아를에서 출발하여 숨포르트(Somport)를 경유하는 아라곤 길이 이곳 푸엔테 라 라이나에서 프랑스 길과 합쳐져 하나의 길로 '산티아고 데 콤포스텔라'까지 이어진다고 한다. 이 작은 마을에 아르강을 건너는 큰 다리가 놓였고, 이 다리와 함께 이 마을의 역사도 시작되었다고 한다. 12세기 아라곤 왕국의 알폰소 1세는 이곳에 새로운 도시를 만들고 도시의 옛 이름이 '푸엔테 데 아르가' 였는데 이를 '푸엔터 라 레이나'로 바꾸었다고 한다. 이 도시의 이름 푸엔터 라 레이나는 '여왕의 다리'라는 뜻으로 다리의 이름에서 유래했다고 한다. 여기서 여왕(Reina)이 누구인지에 대해서는 의견이 분분하지만 이 다리를 만들게 한 산초 3세의 왕비 도냐 마요르를 말한다는 설도 있고, 특정 인물 가리키는 것이 아니라 언어적 변형으로 아르가 강의 다른 이름인 루나(Runa)에서 온 것이라는 설도 있다. 그러나 새로운 이 도시는 중심 거리인 카예 마요르(Calle Mayor)를 중심으로 건물들이 배열되었고, 이 모습이 현재까지 유지 되고 있다고도 한다.

이제부터 우리는 노란 조가비 모양과 화살표를 친구 삼아 걸어야 하는가 보다. 노란 화살표 방향만을 따라서 우리도 걷기 시작했다. 걸어가는 도중이나 길모퉁이를 돌때마다 작은 탑 위에 노란 화살표가 그려져 있고, 가끔 순례자들이 올려놓은 돌탑도 더러 보인다.

같이 간 나의 짝꿍 글라라의 뒷모습을 사진에 남기며 하염없이 걷고 있다. 잘 가다가도 그냥 지나쳐지지 않는 광경을 나는 사진에 담고 가는 습관에 길들여져 있다. 남들보다 감성과 시야에 예민한 탓일까?

아니면 눈에 담고 싶은 광경을 맘껏 담아가고자하는 작가심리일까? 걷는 도중에 사진 한 장 찍으려면 끼고 가던 장갑도 빼고, 짚고 가던 스틱도 내려놓고 호주머니에서 카메라를 꺼내 셔터를 눌리려니 여간 번거롭지가 않다. 그러나 내가 생전 처음 내딛는 길이라 볼 것도 많고 기억할 것도 너무 많다. 그리고 남는 건 사진밖에 없다는 결론에 또 이르렀다. 그래서 난 사진을 아주 애지중지하며 되도록 많이 찍으려고 한다.

그래서 함께 가는 일행을 사진 찍느라 먼저 보내고, 그래서 놓치고, 그 다음엔 다급해져 달리거나 빠른 걸음으로 뒤따라가기도 하지만, 어떻거나 글을 쓰는 작가의 기질과 호기심 때문에 자주 찍어야하는 사진 땜에 동행자들과 늘 거리가 벌어지고 만다.

짝꿍 글라라가 내가 어디쯤 오나 하고 자주 뒤돌아보는 걸 알지만 난 늦는 것쯤은 미안해도 어쩔 수가 없다. 지나치는 길 위의 기록이 더 중요하기 때문이다. 그리고 함께 걷는 사람이 많아지면 솔직히 걸을 때 묵상이 안 되고, 기도도 안 된다. 약간 외롭고 고독한 시간을 혼자 건너야 그 고통스러운 공간 속에 주님께서 늘 함께 해 주실 수가 있는 것이다.

이번 순례 중에 내가 가장 바라는 것이 있다면 '오롯이 주님과 함께 하는 시간을 많이 갖고 싶다.'는 게 솔직한 내 심경이다. 작은 오솔길에 들어서니 길이 매우 정겹다.

푸엔테 라 레이나에서 걷기 시작하여 이곳 마네루(Maneru)까지 걸으니 어느새 5km를 걸어 온 셈이다. 마네루는 16세기의 돌 십자가와 아름답게 장식된 집들 그리고 고딕의 흔적이 여기저기에 남아 있는 18세기 바로크 양식의 산 페드로(성 베드로) 성당(lglesia de San Pedro)이 보이기 시작한다.

시간상 다 들리지 못하고, 사진에만 담고 지나는 아쉬움이 크다. 산 페드로 성당은 14세기 고딕 건축물로 '작은 새의 전설'로 잘 알려진 동정녀(Virgen del Puy) 상이 있다. 그리고 이 마을 끝에 고풍스럽게 생긴 '여왕의 다리(Puente la Reina)'가 있는데, 이 다리에는 더 아름다운 전설이 숨어있었다. 마을 주민들은 이 다리의 경당에 모셔져 있는 성모상에 매일 작은 새가 찾아오는 걸 여러 번 목격하였다고 한다. 이 작은 새는 자신의 부리로 강물을 떠서 이 성모와 아기예수의 얼굴로 가져가 흘리고는 날개로 닦아 주었다고 한다.

주민들은 이 기특하고 신기한 새의 행동을 보려고 애타게 기다리곤 했다고 한다. 이 성모상은 '푸이의 동정녀(Virgen del Puy)'라는 별명을 얻게 되었고, 바스크어(Basque)는 '작은 새(Txori)'를 의미한다고 한다. 이 성모상은 지금도 산 페드로 성당에 모셔져 있다.

우리가 자그마한 자비라도 실천하는 일은 사실 어렵다. 그러나 맘만 잘 먹으면 그리 어렵지만은 않은 일이다. 자비란 남의 잘못을 용서하는 것이고, 남에게 작은 도움이라도 주는 것이다. 나는 이 페르돈 고개에서 용서를 체험한 순례자는 이 푸엔테 데 라이나에서 남에게 주는 도움을 배워가야 한다는 생각을 하며 길을 재촉했다. 남에게 자선을 베푸는 기회는 결코 멀리 있지 않고 언제나 내 마음 가까이에 있음을 알게 되었다.

마네루를 지나니 너른 포도밭과 올리브 밭이 연이어 펼쳐진다. 포도 밭에는 아직도 청포도가 주렁주렁 매달려 있었다. 앞서가는 사람들도 따 먹고 간다기에 죄책감도 없이 함께 가는 우리 일행들도 한 송이씩을 땄다. 나도 마침 목도 마르고 간식도 먹고 싶기에 한 송이를 땄다. 씻을 수도 없었지만 깨끗이 닦을 수도 없어 그냥 옷에 씨익 문지르기만 하고 곧장 입으로 가져갔다. 알갱이는 작은 청포도였지만 한 송이에 꽤나 많이 매달렸다. 손으로 한 개씩 따 먹을 수 없어 그냥 송이 째 입으로 가져가 먹었다. 어찌나 꿀맛이던지 어떻게 먹은 줄도 모르게 한 송이를 금세 먹어치우고 말았다.

포도밭을 지나며

주인께 허락을 받지 않고 따 먹은 거라 죄를 지었을 게 마땅하다. 그러나 죄의식보다는 길가는 순례자들을 위해 남겨놓은 거라고 누가 한 말을 그대로 믿고 싶었다. 한 송이 가지곤 양이 차질 않기에 다시 한 송이씩을 더 따서 먹어가며 즐겁게 시라우키(Cirauqui)를 걸어갔다.

시라우키라는 동네는 '뱀의 둥지'라는 뜻이 있다고 한다. 그만큼 그 동네가 산골을 의미하는지도 모르겠다. 포도밭 주변이나 올리브 나무 주변은 모두가 산길과 맞닿은 시골 밭으로 이어진 길이기 때문이다.

뱀이라하면 사족을 못 쓸 정도로 무서움이 많은데 지역의 이름이 뱀의 둥지라니 너무 소름이 끼쳐진다. 이 시라우키는 중세 도시의 모습을 그대로 유지하고 있으며, 성벽과 성문은 13세기의 오래된 건물로 두 개의 오래된 성당과 함께 잘 보존 되어 있었다. 또 낮은 언덕길을 올라가니 그 언덕 위에 로마네스크 양식의 성당으로 13세기에 지어져 17세기에 개조가 된 산 로만 성당이 보인다. 성당 정문에는 이슬람 문화의 영향으로 보이는 작은 말발굽 모양의 아치가 있었다.

푸엔테 라 레이나의 산티아고 성당과 에스테야의 산 페드로 성당에도 이와 비슷한 형태의 아치가 있는 문이 있었다.

긴 포도밭과 올리브 밭 사이를 지나서 낮은 언덕을 오르내리며 순례 길을 걷다보니 에스테야(Estella)라는 도시가 나왔다. 오늘 걸어야 하는 마지막 지역이었다.

물푸레나무라는 뜻의 옛 바스크 이름 리사라(Lizarra)는 이곳에 서 '별을 뜻하는 라틴어 이름 에스테야(Estella)로 바뀌었다고 한다.

별의 인도로 산티아고의 무덤이 발견되었고, 그 별을 따라가는 순례 길이 산티아고 순례길이란 인식이 널리 퍼져 있었기에 도시의 새 이름을 '별'을 뜻하는 '에스테야로 정한 것은 산티아고 순례길과 관련이 있는 도시임을 드러내고자 하는 의도였던 것으로 보인다.

에스테야의 기원은 1090년 산초 라미레스(Sancho Ramirez)왕이 이 도시에 정착하는 프랑스 인들에게 자치권을 준데서 찾을 수 있다고 한다. 그 영향으로 산티아고 순례길이 이 도시를 지나도록 재정비 되었고, 자치 구역도 여러 개 생겨났다고 한다.

가장 먼저 에가 강둑에 산 미르틴 자치구역이 형성되었고, 이어 12세 기에는 강 건너 편에 산 미겔, 산 후안, 산 살바도르 엘 아레 날 자치구역 이 만들어졌다고 한다. 이들은 각각 자기 구역 거주자들을 위한 성당을 세워 이를 중심으로 생활하였으며, 에스테야를 지나는 순례자들을 돌보 는 일에 적극적으로 나섰다고 한다.

넓은 보도블록 보다 작은 흙발이 나부끼는 흙길이 걷기에도 발밑까 지 너무 보드랍게 느껴진다. 어제는 그렇게 오르막길이 많더니만 오늘은 주님께서 우릴 위로해 주시는지 아주 편안하고 정다운 들길을 바라보게 해 주신다.

천천히 걷는 길옆에는 빨간 꽃 열매들이 복스럽게 매달려 있고, 붉 은 까치밥 같은 실한 열매도 고향 길에서 만난 것처럼 너무 정겹다.

짝꿍과 번갈아가며 서로의 뒷모습을 한 커트씩을 찍으며 정답게 길 을 걷고 있다. 거창에서 온 막달레나와 짝꿍 글라라의 뒷모습도 정겨워 하나 더 남겼다. 내가 지금 걷고 있는 들길위에선 어찌 그리도 하늘 부분 이 넓게 보이는 건지, 시야가 거리낄게 없이 확 트이니까 그리 보이는 걸 까? 유난히 땅 색깔이 파스텔 톤이다. 하늘과 밭과 들의 총체적인 조화가 마치 마블링을 해놓은 것 같다.

지나치는 길 목 저 너머로 오래된 성당이 하나 보인다. 그러나 가까 이 가 보아도 문은 열려있지 않았다. 하는 수 없이 성당 안엔 들어가지 못하고, 노란 화살표가 이끄는 대로 묵묵히 길만 걸었다.

몇 개의 예쁜 알베르게가 보이자 우리는 프레덴셜에 스탬프를 받으려고 들어갔다. 지나치는 구역을 반드시 지난 사람에게만 찍어주는 일종의 확인이랄까? 그런데도 기분은 찍을 때마다 쏠쏠하다. 그래서 차 한 잔이라도 사 마시고 가야 도장 받는 일이 수월하다.

맨입으로 스탬프만 찍어달라는 건 도리가 아니기 때문이다. 고작 그런 알베르게는 숙박 손님이나 길을 걷다가 목말라 음료수 정도를 사 주는 순례객이 머물다 가야만 작은 수입이라도 생기지 않을까? 스탬프를 받고 어디만큼을 지나니 마치 제주도에서 보았던 반가운 유두화가 고개를 내민다. 아마도 우리에게 힘을 내라는 의미일 수도 있다. 그러나 이 유두화는 분홍색도 있었지만 그리 흔하지 않은 하얀색의 유두화가 마치 성모마리아님의 고결한 미소라 여겨진다.

너무 깨끗하고 아름다워서 살짝 한 컷을 사진기에 담았다. 이번 순례를 오면서 제일 먼저 신경을 쓰고 준비했던 게 바로 내 카메라다. 그 첫 번째 이유는 산티아고 길의 모든 풍광을 자연감 그대로 담아가고 싶은 욕심 때문이었다. 용량도 크게 늘렸고, 카메라 화소가 높기 때문에 사진이 아주 자연스레 잘 나온다.

내 심중을 잘 헤아려준 배려 깊은 우리 아들, 며느리가 이번 기회에 삼성에서 첫 출시된 '갤럭시 8'을 기념으로 바꿔주었다. 정말 소원하던 새 카메라로 바꿔 준 것이 내게 큰 효도를 하게 된 것이다. 너른 들은 텅 비어 고적감이 들도록 사람이 하나도 보이지 않는다. 그 너른 들판은 다 누가 지키나?

지금은 경작할 시기가 끝난 뒤여서 그런지 이미 들녘 끝 저편에는 보리인지 밀인지를 수확하고 동물의 사료를 할 양으로 많은 양의 싸이로가 집채덩이보다 더 크게 잘 정돈되어 쌓여있다. 꼭 어떤 건축물 같기도 하고, 예술품 같기도 했다. 텅 비어있는 들판이 무척 쓸쓸해 보인다. 걷다 보니 또 눈앞에 작고 예쁜 성당이 나타난다.

조금 쉬어 갈 양으로 성당 앞마당에 당도하니 문은 잠겨있지 않으나 성당 안으로 들어가는 문은 여지없이 꼭 걸어 잠겨 있다. 주일 아니면 도무지 지나치는 신자도 없는 모양이다. 한적해서 쉬어가기에는 너무도 좋았다. 성당 앞마당에 있는 예쁜 조형물 앞에서 맘껏 포즈를 취하며 사진을 찍었다. 밝은 색 바람 막이 잠바를 더워서 잠시 벗었다. 어깨에 멘 배낭도 내려놓으니 또 너무 시원하다. 과연 얼마 만에 맛본 휴식과 한유함인가? 앞만 보고 걷기만하는 숨 막히는 속도전에서 벗어나 순례자에게도 잠깐씩 이런 달콤한 쉼이 필요하다. 잠시 잠깐 쉬어 감이 오히려 도보에 재충전을 시켜준다. 어제의 팍팍했던 발걸음에 비해 오늘은 길이 일단 완만해서 피로도가 훨씬 덜했다.

노란 화살표 방향 따라 무작정 걷다보니 길게 쌓아놓은 석담이 오랜 침묵을 터트리지 못하고 무겁게 입을 닫고 있다. 바닥도 돌로 깔려있고 벽들도 탄탄한 돌담으로 쌓아올려진 이곳은 과연 무슨 장소였을까? 가이드가 우리 곁에 없으니 물어볼 수도 없고, 아마도 중세엔 무슨 중요한 역할을 했을 구조물이었을 것임엔 틀림없어 보였다.

아는 사람도 없으니 그냥 돌 구조물로만 각인하고 들어갔다가 돌아나오곤 했다. 오랜 시간 길을 걷다보니 다시 프란치스코수녀회 안호인 수녀님과 함께 갈 수 있는 기회가 주어졌다. 자연스레 파티마의 성모 프란치스코수녀회에 대한 이야기가 오고갔다. 소속 수녀회 명칭이 좀 길어서 얼른 이해가 되지 않았다.

▪ 파티마의 성모 프란치스코수녀회

이번 산티아고 도보 순례 길에서는 참 좋은 분들을 너무도 많이 만나는 기회가 되었다. 아니, 이 모두가 하느님께서 나에게 여러 각도의 삶에 관심을 더 갖으라고 다양한 삶을 살아간 분들의 만남을 내게 덤으로 주선해 주신 것 같다.

이번 순례길에서 만나게 된 안호인 수녀님께서는 '파티마의 성모 프란치스코수녀회' 소속 수녀님이시다. 수녀님께서는 이미 자신의 삶을 주님께 온전히 봉헌하며 생활하고 계신 분이셨다. 경기도 용인시 수지구에 있는 이 수녀회는 자격 조건도 꽤 까다로웠던 것 같다.

1969년 3월 21일 주님 수난 성지주일에 고 이우철 신부가 설립한 본토인 수녀회라고 한다. 지원 한다고 모든 신자가 다 그 수녀회에 가입이 되는 게 아니고, 천주교회에서 세례 성사를 받은 지 3년 이상 되는 만 18세에서 29세 되는 여성 중 교회법이 인정하는 자격을 갖추어야 한다. 그리고 참된 믿음과 정신으로 수도생활을 지향하는 자에게만 입회 자격이 주어지는 참으로 거룩한 수녀회이다.

프란치스코수녀회에 가입절차도 맨 처음 지원기에 6개월 동안은 공동생활을 익히고, 교리와 예의를 배운다고 한다. 그리고 나서 다시 수련기 2년 동안은 복음 생활을 익히면서 성서, 회헌, 수련학 등 사도직에 필요한 수업을 받은 후에, 6개월 동안 사도직을 체험하는 오랜 시간을 또 갖게 된다고 하신다. 그래서 첫 서원을 받은 후 6년간의 유기 서원 기간을 보내게 되며, 6개월간 재 수련을 통하여 종신 서원을 준비하며 자신을 온전히 하느님께 봉헌하는 삶을 살게 되신다고 한다. 이 얼마나 오랜 기간 동안 하느님 사랑을 통해 자신을 점검해 보며, 어려운 과정들을 극복해 내야 하는 수녀회인가? 정말 들으면서 고개가 저절로 숙여졌다. 정말 성모님의 모성으로 사회의 보살핌을 필요로 하는 불우한 아동들의 어머니 역할을 하는데 이다지 어렵다는 걸 재삼 느끼게 한다.

또한 가난한 사람들을 위해서도 삶의 터전을 제공하고, 이들이 하느님의 사랑 안에서 따뜻한 마음을 가지고 건전한 인격 형성을 할 수 있도록 돕기 위해 설립 되어진 수녀회이기도 하다. 그래서 아무 가치관도 정체성도 길러지지 않은 어린 미혼모들이 낳아놓고 기를 수 없는 아이들을 친부모가 되어 양육을 책임지는 일을 하시는 숭고한 정신의 수녀님이시다. 이곳에서 근무하시는 수녀님들은 배 아파 낳지 않은 아이들을 친부모 이상으로 빈 사랑의 자리를 채워주며 육아와 성장 과정을 책임지고 계시는 거룩한 일을 자진해서 하신 것이다.

아이들 때문에 울고, 아이들 때문에 웃고, 여느 엄마들 보다 더 사랑으로 키우는 아이들의 사랑의 어머니들이시다.

해방 직후에 이우철 신부님께서 거리의 부랑아 5명의 안식처를 사제관에다 마련하셨던 것이 계기가 되어 1946년엔 불우 아동들을 위한 시설인 성심원이 개원되었다고 하신다.

한국 전쟁으로 인하여 불우 아동들의 숫자가 늘어났고, 성심원 자체에서만으로 국가의 도움 없이 매년 200여 명이 넘는 소년들을 양육해왔다고 하신다. 이 얼마나 대단한 사랑인가?

난 들으면서도 연신 입이 다물어지지 않았다. 이러한 아동들의 어머니를 자처한 이 수녀회의 안호인 수녀님이 얼마나 대단한 분이신가를 이번 도보 순례길에서 알게 되었다. 그러면서 난 얼마나 안일한 삶을 살아왔는가에 대해 너무 부끄러웠다. 고작 제 아이 한두 명 기르며 '이 세상에서 아이 키우기가 제일 어렵다.'고 말할 자격이나 있는 건지 도무지 수녀님 앞에서 한없이 내가 작아지고 있었다.

이러한 아동들의 어머니가 되기 위해 동정녀 김의경 막달레나의 청원으로 만들어진 어머니회가 그 모체가 되어 1969년 3월 21일 '파티마의 성모 프란치스코수녀회'가 창설되었다고 하니 그 얼마나 다행스럽고 장한 수녀회인지 이번 도보 순례를 하며 그 중요성을 알게 되었다.

아무도 들은 사람은 없었는데도 내 낯이 왜 그리도 부끄럽던지…. 설립연도가 마침 내가 교직에 첫 발을 딛게 된 그 해가 아닌 가? 감히 난 그런 봉사의 삶에 대해 아직 생각조차 해본 적이 없었던 때다. 그러나 넓은 의미에서 아동 교육을 하고 있다는 커다란 공통분모 하나는 같음을 억지로 꿰어 맞추고 있었다.

정말 프란치스코수녀회에서는 불우 아동과 청소년을 보호 양육하고, 이 세상에서 고통 받고 있는 불우한 노약자들을 함께 돌보는 사회사업을 주로 하고 있다는 사실을 알게 되면서 정말 안호인 수녀님이 더욱 위대하게 느껴지기 시작했다.

겉모습에서도 편안한 어머니, 평화가 온 몸으로 전해짐을 느끼게 된다. 그리고 더 나아가 다정하고 온화함이 마치 성모님의 모상을 가장 많이 닮은 분이라는 생각도 든다. 이 수녀회에서는 또 다른 불우한 아동과 청소년을 보호 양육하는 사업으로 '성심원'을 비롯하여 그룹 홈 시설인 시몬의 집, 성심 효주의 집, 충주 사랑의 집, 마석 글라라의 집을 운영하고 있다고도 하신다. 그리고 그 외 지역 주민을 위한 복지 사업으로 수지 성심 교육관과 여주 피정의 집도 운영하고 있다고 말씀 해 주셨다.

2007년 파티마의 성모 프란치스코수녀회는 모두 60여명의 수녀님으로 구성되어 있고, 수녀회에서 운영하고 있는 성심원에는 53명 정도의 원생들이 있다고 하신다. 그리고 그 외 시몬의 집에 5명, 사랑의 집에 9명,

성심 효주의 집에 5명, 성심 대건의 집에 5명, 마석 글라라의 집에도 12명의 원생들이 이 프란치스코수녀회의 따스한 사랑을 받으며 가족으로 살아가고 있다고 하신다. 그리고 이 수녀회에서는 출생서부터 부모에게 상처입은 그 아이들을 친부모처럼 돌보며 18세까지 교육을 시키신다고 한다. 정말 프란치스코수녀회가 얼마나 좋은 일을 하고 있는가를 산티아고 순례 길을 걸으며 좀 더 깊숙이 알게 되었다. 언젠간 나도 그분들의 일부분이 되어 조금이나마 봉사의 삶이 무엇인지 진정한 봉사는 어찌해야 되는지 좀 더 진지하게 고민하고 그 길을 모색해 볼 것이다. 정말 어머니 중의 어머니! 안호인 수녀님이 오늘따라 대천사처럼 느껴지기도 했다. 아니 버림받은 이들의 수호천사 바로 그 자체였다. 외모로 풍기는 인자한 그 모습뿐만이 아니라 내면적인 자세와 인품에서 흘러나오는 그 자애로움은 이미 성모님과 너무도 많이 닮아있었다. 곁에만 계셔도 저절로 존경감이 치밀어 오른다. 이제 그 분의 사목생활도 '은경축'을 지내셨다고 하신다.

참으로 주님께서는 이번 길지 않은 도보 순례기간동안 내게 여러 각도에서 많은 천사들을 보내 주셨다.

1) 고아들의 아버지 이우철 신부

이 수녀회의 설립자 이우철(1915-1984) 신부는 40년 가까이 고아 1,000여 명을 사랑으로 길러 오신 '고아들의 아버지'였다고 한다.

아동 복지 시설인 성심원과 파티마의 성모 프란치스코수녀회의 설립자이기도 한 이 신부는 광복 이듬 해인 1946년 당시 서울 중림동 본당 보좌로 사목을 하셨던 신부님이셨다. 이 신부는 성당 근처와 서울역에서 만난 고아 다섯 명을 데려다가 좁은 사제관에서 함께 생활했다고 한다.

이렇게 길에 버려진 아이들을 돌본다는 소문이 퍼져 나가면서 여기 저기서 고아들이 모여들었다고 한다. 이 신부님은 이것을 그리스도의 소명이라 여기고 받아들였다고 한다. 그토록 아끼던 피아노를 팔고, 부모가 물려준 유산으로 잠실 근교에 성심원을 마련해 하느님께서 맡기신 사랑스런 아이들에게 여느 부모보다 더 큰 사랑을 베풀었다고 하신다. 이렇게 출발한 성심원은 한국 전쟁을 거치면서 200명이 넘는 남자 고아들을 국가 지원 없이 양육하는 시설로 성장시켰다고 한다.

그 소년들은 이 신부의 각별한 사랑과 보살핌을 받으며, 자랐으나 어린아이들에게는 무엇보다도 자애로운 사랑이 필요했다. 그래서 그 성심원 설립 당시부터 이 신부와 뜻을 같이 했던 몇몇 여성들의 청원으로 조직된 신심단체인 어머니회는 소년들을 자모적 사랑으로 보살폈고, 파티마의 성모 프란치스코수녀회의 모태가 되었다고 한다.

"불우한 소년들의 어머니가 되도록 하십시오."

"어머니의 마음으로 가난한 이들을 돌보십시오."

"그리고 그들을 위해 기도하십시오."

이 신부는 회원들에게 이렇게 가르치셨다고 한다. 파티마의 성모 프란치스코수녀회라는 이름에서 알 수 있듯이 수녀회 영성은 성모 마리아의 모성애와 성 프란치스코의 정신을 따르는 데 있다고 한다. 복음적 삶을 가장 완전하게 살아간 성모 마리아를 닮아 모든 사도직에서 그리스도께 영광을 드리고자 한다고 했다. 이를 위해 모든 회원들은 매일 아침 성체 앞에서 하느님과 하나 되는 성체조배를 삶의 가장 큰 원동력으로 삼았다고 한다. 또 세계 평화와 죄인들 회개를 위해 기도하라고 당부한 파티마의 성모 마리아 메시지에 따라 기도와 묵상, 숨은 희생으로 보속의 삶을 살아가고 있다고 한다.

아울러 가난하고 겸손하게 주님을 섬긴 아시시의 성 프란치스코의 영성과 수도 규칙을 따르며 프란치스칸 가족과 일치를 이루고 있다고 한다. 이 프란치스코수녀회의 정신을 자세히 알고 보니 정말 그 곳에서 수고하고 계신 안호인 수녀님이 더욱 존경스러워진다.

바로 출발시부터 대전 태평동에서 함께와 한 방을 쓰고 있는 '백의의 천사' 글라라는 나의 첫 번째 짝꿍 천사이고, 두 번째는 용인에서 프란치스코수녀회에서 불우 청소년을 돌보시는 안 수녀님께서 두 번째 나의 수호천사이시다.

세 번째는 피레네 산맥을 넘기 전 '오리손' 산장에서 점심을 먹을 때 내 곁에서 아픈 내 발에, 손수 연고와 '바셀린'을 듬뿍듬뿍 발라주며 대일붕대로 사랑의 마무리를 해주며, 그래야 발의 물집도 예방할 수 있다고 정성을 다해 치료해 준 신미자 미카엘라 천사이다.

정말 말없이 내게 다가온 그 천사 덕분에 올 때 까지 발에 물집하나 잡히지 않았음은 순전히 그 미카엘라 덕분이었으리라. 좁은 들길과 산모롱이를 돌아가며 수녀님의 조용한 뒷모습도 몰래 몇 커트 찍어 두었다.

모퉁이를 돌아갈 적마다 산언덕에 산딸기인지 복분자인지 길가에 심심찮게 열려있었다. 빨간 색과 보라색으로 매달려 지나치는 길손이나 순례자들의 입맛을 새롭게 해주려고 손을 내밀고 있다. 이 작은 것들마저도 다 내어주려는 '하늘의 마음'이 아니고 무어랴.

"꼴찌가 첫째 되고, 첫째가 꼴찌 될 것이다."
'순례자'는 요구하는 자가 아니라 감사하는 자다.

▪ 땅 끝까지 가서 복음을 전하다

이 말은 주님의 수제자인 야고보 성인이 하시던 말씀이다. 야고보 성인은 제베대오의 아들로서 과묵하면서도 아주 지혜로운 분이었다고 한다. 형제 두 분이 하느님에게 커다란 영광을 드리기 위해 12사도 중에서 가장 처음으로 땅 끝까지 복음을 전하기 위해 예루살렘에서 출발하여 산티아고 데 콤포스텔라까지 걸어서 복음을 전하는 전례활동을 하며 온몸을 바치신 분이다.

이스라엘에서부터 휘니세라, 피스테라, 땅끝마을 묵시아까지 복음을 전파하신 것이다. 야고보 사도는 가는 곳마다 조가비로 물을 떠서 그 물로 세례를 주고 음식을 받아먹으며, 그 조가비를 목에 걸고 다니신 것이다.

끝을 알 수 없는 전례길을 떠나다가 1839-1841년쯤엔 고대 로마가 정복했을 무렵 묵시아에서 복음을 전파하실 때, 성모님께서는 돌배를 타고 오시어 그에게 힘과 용기를 주셨다고 한다.

그 뒤 여러 순례자들도 그 분 모습을 연상하며 조가비를 등에 걸고 순례를 하는 것이다. 이런 풍경을 답습하는 건 지금 우리도 그 야고보 성인을 닮고자 해서이다. 이 전례 길을 걸으며 그 분의 삶과 영성을 조금씩 닮으려고 지금 어려운 그 산티아고 길을 걷고 있는 것이 아닌가?

문명이 발달 하지 못했을 그 시절의 고생은 정말 이만저만이 아니었을 것이다. 우리는 감히 지금의 우리를 '순례자'라고 말할 수는 없다.

다만 '감사하는 자'일 뿐이다. 신부님께서 강론하실 때, 되묻던 말씀이 기억난다.

"여러분들은 지금 왜 걸으십니까?" 라는 물음을 던져 주셨다. 정말

대답이 궁색해서 요리저리 변명을 생각하다가 정답을 못 내놓자 신부님 께서는

  "여러분들은 지금 모두 슬픔을 내려놓고 행복하고자 이 길을 걷고 있습니다."라는 명언을 남겨주셨다. 그렇다. 우리는 정말 지금보다 더 나은 행복을 찾고자 이 길을 나선 것이다. 오늘따라 내가 지은 '행복방정식' 이란 시가 생각난다.

행복방정식

김숙자

행복은 눈에 보이는 좌표가 아니다.
마음에 담겨지는 사랑 그릇이다
사랑이란 분모 안에선
행복지수가 노래를 하고
나눔이란 분모 안에선
기아급수로 춤을 춘다.

행복은 수치가 아니다
욕심이란 가분수를
사랑 진분수로 바꾸어
자신을 무한대로 내려놓고
욕심을 최소값으로 줄일 때
웃으며 작동하는 행복 저울

진정한 행복이란
잘 비워진 자신을
반성의 체에 곱게 걸러
봉사 보자기에 꼭 짜면
향 짙은 배려의 향기
넘치도록 흘러나온다.

행복이란 바로 이런 것에서 오는 것이리라. 우리는 그래서 오늘 행복하기 위해 걷고 또 걷는 연습을 하는 것이다.

오늘은 도보 순례 2일차 되는 날! 마음적으로 약간 여유로웠던 날인 것 같다. 그리고 걷는 데 다소 요령도 생기고 발에 힘도 붙은 것 같다.

조금 전 까지만 해도 맑던 하늘에 잠시 구름이 어둡다. 조용한 산모롱이를 순례자가 되어 편하게 걷고 있다. 비탈진 길모퉁이엔 우릴 위로해주려는 양 보랏빛 엉컹퀴가 우릴 보고 손을 흔들어주고, 산까치가 콕콕 쪼아대는 길가의 빨간 열매는 우리의 눈길을 빼앗기게 하는데 충분하다.

길가를 끊임없이 걷기만하는 순례자들에게 이런 기쁨조차 없으면 얼마나 삭막할까?

사진 찍느라 좀 늦장을 부리노라니 어느새 수녀님과 글라라는 길 모퉁이를 돌고 있었다. 멀리서 그 모습을 바라보기에 너무 아름다워 낮은 언덕배기에 몸을 움츠려가며 눈앞에서 멀어져가는 순례자의 뒷모습을 하릴없이 담고 있었다. 무슨 사랑 열매를 보았을까?

셋에서 정답게 쉬어가는 그들 모습이 오늘따라 왠지 가슴에 잔영으로 남는다. 하늘도 변덕을 부리는지 아까까지 검은 구름이 커튼 되어 우릴 덮지 않게 해 주더니, 잠시 산모퉁이 돌아가는 새에 언제 그랬냐는 듯 파란 가을 하늘과 하얀 구름옷을 살짝 입혀놓았다.

어느만큼 걷다가 잠시 마을 앞을 지난다. 길거리 수도꼭지에서 콸콸콸 맑은 물이 쏟아 나온다. 아마도 길 가는 순례자들의 입을 축이라고 어느 천사가 샘물을 내려 보냈나보다. 정말 걷다보니 물 한 모금이 얼마나 우리의 갈증과 더위를 시켜주는지 드디어 물의 귀중성을 여기서 알게 되었다. 아침에 차에서 내려오면서 받아온 작은 물병은 금방 바닥이 나버리고, 길가의 물을 보니 자꾸 채우고 싶어진다. 손도 한 번 씻고 싶고, 물도 한번 맘껏 먹고 싶어진다.

유모차에 타고 있던 귀여운 여자 아이가 너무 예뻐 우리는 한동안 눈을 떼지 못했다. 아, 오늘 내 눈에 다시 나타난 아기 천사! 그 눈웃음이 내게 주는 행복감, 오늘의 피로는 그 아기 천사를 보는 순간 다 풀려버렸다. 정말 길 위에서 만나게 된 이 천사들은 다 하느님이 내게 보내주신 것일 거다. 알베르게가 보이는 걸 보니 오늘 하루 목적지가 다 와가는 모양이다. 급해만 지던 마음이 조금 누그러진다.

에스테야 마을이 보이기 시작하고 우리를 마중 나온 버스의 뒤꽁무니가 내다보인다. 너무 반가운 나머지 아이들처럼 쪼르르 달려간다. 초록색 크로바가 융단처럼 깔린 너른 잔디밭이 나오자 갇혔던 긴장이 마치 솜사탕처럼 녹아내려 나는 아이처럼 뒹굴기 시작했다.

그 초록빛이 초원처럼 너무 좋았다. 누가 보더라도 난 괜찮다. 체면 따위는 지금 내게 없다. 어린애처럼 초록 융단위에 마구 뒹구는 청림 천사! 초록 카펫 위에 내 오렌지 색 바람막이 잠바가 너무도 화사하다. 사진에 찍힌 밝은 주황빛이 너무도 사랑스럽다. 내 맘에 쏙 드는 이 한 컷의 사진! 오늘 내 피로가 이곳 에스테야 잔디밭에서 확 풀려버렸다.

어린애처럼 순수해진 이 동심을 어쩌란 말인가? '나는 지금 세상에서 가장 행복한 사람' 이 순간 나는 대 자연 앞에서 더 솔직해지고 싶다. 난 행복하다고 말이다.

"나는 마음이 온유하고 겸손하니 내 멍에를 메고 나에게 배워라." (마태,11.29)

제7장

누구에게나 마음속에
나만의 월튼 호수가 있다

누구에게나 마음속에 나만의 월튼 호수*가 있다.

나헤라(Nájera)에서 산토 도밍고 데 라 칼사다(Santo Domingo de la Calzada)까지 약 22km

▪ **좋은 나무와 나쁜 나무는 열매를 보면 안다.**

도보 순례 사흘째의 날이다. 우리는 아침 식사를 한 후 전용 버스로 70km를 이동하여 '나헤라(Nájera)'로 갔다. 오늘은 '나헤라'에서 '산토 도밍고 데 라 칼사다(Santo Domingo de la Calzada)'까지의 구역을 걸을 예정이다.

산토 도밍고 데 라 칼사다는 스페인에서 산티아고 순례 길을 걸을 때 순례자들을 위한 매우 중요한 지점 중 하나라고 한다. 도시의 이름은 이 도시를 세운 도밍고 가르시아(Domingo García)의 이름에서 따온 것으로 그의 삶은 곧 이 도시의 역사이기도 하단다.

우리는 '나헤라'에서 '산토 도밍고 데 라 칼사다 카테드랄(Santo Domingo de la Calzada Cathedral) 성당으로 이동하였다. 이 성당은 구

---

* 월튼 호수 : 물이 흐르는 것처럼 기다리다 보면 언젠가 제 흐름을 찾을 수 있다는 '새로운 시작의 영감'을 받는다는 뜻

세주와 성모님께 봉헌된 성당이다. 스페인의 초기 고딕 건물 중 하나로 12-18세기에 걸쳐 개축되고 확장되었다. 라틴 십자가 구조로 중앙에 한 개의 주랑을 중심으로 양옆에 측랑이 있는 형태이며 둥근 천장과 로마네스크 회랑등도 있다. 중요 예술품들로는 주제단화와 로마네스크 양식의 산토 도밍고 조각 상 등이 지금도 잘 보존되어 있었다.

그리고 옛 주제단화가 있었는데, 그 건축은 1537년 다미안 포르멘트(Damian Forment)가 제작하기 시작해 1540년 그가 세상을 떠날 때까지 계속되었고, 그의 사후 제자들이 완성하였다고 한다. 제단화의 중앙에 구세주와 성모승천이 표현되어 있었다. 그리고 영묘가 있었는데, 그 '영묘'는 13세기 초반에 건축된 것이 최근 2009년에 복원되었다고 한다.

산토 도밍고의 일생과 기적을 열 두 장면으로 표현 한 15세기 대리석 부조를 한 눈에 이곳에서 볼 수가 있었다. 은으로 된 아치 아래 있는 산토 도밍고 상은 1789년에 만들어졌고, 영묘 아래 지하경당은 1958년에 만들어진 것이라고 한다.

우리 일행은 이렇게 역사적으로 훌륭한 이 성당에서 미사를 봉헌하고 간다고 한다. 맹상학 지도신부님께서 친히 집전 하실 거룩한 미사를 도보 순례 출발 전에 봉헌하고 출발을 하기로 했다. 이 일은 우리 순례자들의 매일 매일의 정성이자 주님을 향한 발걸음이기도 하다.

'산토 도밍고 성당'에 들어서니 유난히도 십자가에 매달리신 예수님의 손과 발과 옆구리에 선혈이 낭자한 모습의 고상이 제일 먼저 아프게 눈에 들어왔다. 제대 앞에서 잠시 눈을 돌릴 수가 없다. 예수님의 고통이 내 심장까지 진하게 전해지는 아침이다.

신부님의 오늘 강론의 요지는 우리 '몸이 원하는 일을 하라.'는 말씀이셨다. 그래서 매일 하느님이 원하시는 일이 무엇일지 생각해 보고 '좋은 나무'와 '나쁜 나무'는 열매를 보면 알 수 있다.'고 말씀 하셨다. 그래서 무심결에라도 가시 돋친 나무로 상대에게 상처를 주지 말라고 하셨다.

좋은 '사랑 나무의 열매'는 '사랑의 9가지 요소'를 다 함축해야 한다고 하셨다. 사랑, 기쁨, 평화, 인내, 호의, 선의, 성실, 온유, 절제를 골고루 다 함유해야 온전한 사랑이라 할 수 있다고 하셨다. 그러면서 나태주 시인의 풀꽃을 낭송하시며, 우리도 '기죽지 말고 꽃 한 번 피워보자.'고 하신다. 기쁨의 꽃, 사랑의 꽃, 예수님의 꽃, 옆에 있는 꽃, 길가에 핀 꽃 보다 하느님의 '자랑스러운 꽃'이 되라고 하셨다. 잡초는 가꾸지 않아도 자라는 일이 쉽다고 하셨다. 우리 영혼의 밭에도 숱한 잡초가 나 있으니 가꾸지 않고 매주지 않으면 우리의 영혼에도 잡초가 무성할 것이라 말씀하셨다.

내 안에서 그냥 쑥쑥 자라는 의심의 잡풀, 판단의 잡풀, 내 안에서 자라고 있는 잡풀부터 뽑아내고 선한 사람은 선한 곳간, 악한 사람은 악한 곳간에서 내 마음을 관리하지 않으면 악행으로 싹터 나오기 마련이라고 하셨다.

정말 선한 사람, 선행에 취한 사람은 저절로 '흥얼흥얼' 거리고, 불만에 취한 사람은 늘 쭝얼쭝얼 거리는 게 맞는 말씀이다. 우리가 보아오듯이 어려운 산티아고 길에서도 마리스텔라는 늘 흥얼흥얼 하고, 불만이 많은 사람은 늘 '쭝얼쭝얼' 거린다고 하셨다. 그래서 신앙과 영혼은 관리하지 않으면 쭝얼쭝얼 대고, 하느님의 착한 나무에서는 선행의 열매가 '흥얼흥얼' 매달린다고 하셨다.

- **장미의 성모님**(Virgen de la Rosa)

참으로 이 아침 신부님의 강론은 우리에게 더 많은 신앙의 나침반이 될 것 같다. 성당문을 나오면서 지하에 있는 동굴과 장미의 성모(Virgen de la Rosa)를 보고 가자고 하여 지하로 발길을 돌렸다.

'장미의 성모'는 산토 도밍고 성당 지하 동굴에서 발견 되었다고 한다. 가르시아 왕이 성모님의 모습을 발견한 동굴 입구에는 무릎을 꿇고 기도하는 가르시아 왕과 그의 아내 도냐 에스파니아의 조각상이 있다고 한다. 그리고 그 동굴 안에는 나헤라 왕궁에서 가져온 13세기 고딕 양식의 '장미의 성모상'이 있다고 한다.

그런데 너무 이른 아침시간이라 안내자가 없어 동굴에 있는 '장미의 성모'를 만나지 못하고 아쉽게 순례의 발길을 돌려야 했다. 오늘 아침도 여느 때와 같은 마음으로 다부지게 배낭을 메고 길에 나섰다. 버스가 우릴 내려놓는 곳은 '나헤라'였다. 차에서 내려서 여장을 고치는 사이에 길 주변 어느 집인지는 몰라도 유난히 '노오란 장미'가 내 눈에 들어왔다.

오늘 '장미의 성모님'을 못 만나고 나와 서운할까봐 길에서라도 사알짝 보여주신 모양이다. 마치 오늘 날 유혹이라도 할 것처럼 말이다. 그 노오란 색은 참 오묘한 노랑이었다. 정말 눈에 넣어도 아프지 않을 것 같았다. 담 곁으로 다가가 냄새를 맡아보니 이건 더 기가 막혔다. 붉은 장미에서 나오는 향기보다 훨씬 향기가 깊고 고급스러웠다. 나도 이처럼 고급 향이 내 몸 전체에서 풍겨 나왔으면 좋겠다. 마치 코티 분을 바른 것처럼 코끝에서 그 향이 감돈다. 성모님의 향기가 바로 이런 향기일까? 따로 향수는 좋아하지 않지만 이 향이라면 하루 내 곁에 있어도 싫증 날 것 같지 않다. 차에서 내리자마자 유독 내게만 보여주신 '노란 장미의 성모님!' 이라 이 아침 내 맘에 더 여운이 크게 남는다. 다른 사람들은 그냥그냥 앞장 서 가려고 이미 길목으로 나서고 있었다. '장미의 성모님'을 못 보고 가는 내 마음을 달래주려고 그리도 예쁜 '노란 장미 성모님'을 내 눈 가득 담아 주셨나보다.

그 때 현지 가이드 '소피아 홍'이 인원을 체크하기 시작하더니 갑자 기 이곳에서 준비운동 겸 몸을 풀고 가자고 한다. 그러더니 뜬금없는 노 래를 시작하는 것이었다. 지금까지 한 번도 들어보지 못한 아주 익살스러 운 노래였다. 아마도 우리 일행들이 지치고 힘들까봐 일부러 웃기는 가사 를 선택했을 수도 있다. 현지 가이드는 여성이면서도 굉장히 다부지고 용 감한 대장부 같은 그런 스타일이다. 웬만한 남자도 저리 가라 할 정도로 터프하고 아주 용감하다. 그리고 힘든 산악 도보 가이드를 하기 위해선 몸도 마음도 저 가이드처럼 힘차고 건강해야 할 것 같다는 생각도 들었 다. 준비운동 삼아 하는 노래와 체조는 바로 이거였다.

▪ 담대한 여장부 소피아 홍의 '도깨비 빤스'

도깨비 빤스

도깨비 빤스는 찔겨요. 찔겨요.
삼천년 입으면 뒤집어 입어요.
뒤집어 입어요.

도깨비 빤스는 찔겨요. 찔겨요.
삼천년 입으면 뒤집어 입어요.
뒤집어 입어요.

오늘 일정을 시작하기 전 우리 현지 가이드 소피아 홍은 '도깨비 빤스'라는 노래를 곁들이며 체조 아닌 체조를 시범으로 보여주었다. 아주 단순하면서 굉장히 유머러스하고 해학적인 노래인 것 같은데 가사가 너무 웃겼다. 저절로 웃음이 나와도 참고 있으려니 어쩐지 내 몸이 미처 따라가지를 못한다. 그러나 소피아 홍은 이런 운동을 해야 준비운동도 되고, 몸이 풀린다고 하며 더 힘차게 행동을 곁들이며 노래도 신나게 불렀다. 내용은 조금 웃기고 저속하다 생각됐지만 몸 풀기를 위한 준비운동이라 생각하니 엄숙한 순례길에서 함께 웃어보는 시간이 주어지기도 했다. 지도 신부님, 수녀님, 할 것 없이 다 이 체조를 즐겁게 따라 했다.

모두들 어색해 하면서도 준비운동을 겸한 이 '도깨비 빤스' 덕분에 모두들 입에 웃음들이 걸렸다. 아니 웃기만한 게 아니라 실제로 몸도 풀리는 것 같았다.

때론 이런 유머러스한 노래 한 자락도 비올 때 우산처럼 지니고 다녀야 할까보다. 어떤 자매는 잘 배워서 '레지오' 할 때마다 한 번씩 웃으며 시작하고 싶다고도 했다. 어떻든 모든 사람이 한마음이 되게 하는 데는 이처럼 웃음과 해학이 때때로 필요약인 것 같다.

모두들 몸이 풀렸는지 앞서거니 뒤서거니 하며 가볍게 걸어간다. 너무도 소피아 홍의 힘차고 정열적인 성격 덕분에 따라서 안 할 수가 없었다. 앞장서서 진지하게 행동과 함께 하는 그 노래는 배꼽을 잡을 정도였다. 준비운동 겸 노래에 맞추는 체조는 정말 웃겼다.

도깨비 뿔을 상징하는 두 손을 머리 위로 올려가며 '도깨비 빤스'를 할 때, 뿔을 상징하던 두 손이 순식간에 '삼각 빤스'로 변해야 한다. 그래서 도깨비 빤스는 찔겨요. 라는 한 소절을 할 때 행동 변화가 몹시 빠르게 전개된다. 온몸으로 그 빤스 질긴 시늉을 할 때는 옆구리에서 좌우로 손을 쭉쭉 뻗어가며 고무 빤스처럼 질긴 시늉을 하며 좌우로 질긴 고무줄을 있는 대로 늘이는 시늉을 하며 몸을 푼다. 그러면서 '삼천년 입으면 뒤집어 입어요.'를 이어서 하는 것이다. 삼천 년은 왼손 오른 손을 3자처럼 겨드랑이 쪽에 손을 가져다 대고 좌우로 돌리다가, 앞으로 가져와 도르래 감는 시늉을 하며 '앞으로 감다. '뒤로 감다'를 반복하며 뒤집어 입는다는 노랫말에 맞는 체조형식의 그 노래를 끝마치곤 한다.

우리는 모두 천진스런 그 웃음과 체조로부터 하루를 시작하는 것이다. 그 틈새에 난 정말 동굴의 성모님을 만나 본 것처럼 아름다운 장미향을 송두리째 가슴에 담으며 오늘 하루 도보 순례를 잘 할 수 있을 것 같은 전조증상이 앞선다. 발걸음이 다른 때보다 가벼워 걷는 마음이 매우 편안하다.

도보 순례로는 오늘이 꼭 삼 일 째 되는 날이지만, 첫날부터 너무 강행군을 하는 바람에 혹독한 예방주사를 맞은 덕분인지 오늘 걸음걸이는 참 편안하고 좋다. 발걸음도 다른 날보다 가볍게 느껴진다. 나헤라를 벗어나면서 소나무 숲이 있는 붉은 흙길을 걸으며 우리는 언덕길을 올라서 가고 있다. 사방이 툭 트인 농촌 길로 접어들었다.

넓은 농지들로 가득한 평원이 펼쳐진다. 나지막한 언덕을 끝없이 걸어야 하지만 조금도 싫증이 나질 않는다. 마을도 별로 없고, 높은 산도 없는 끝없는 평원이어서 그런지 지평선이 눈앞에 끝없이 펼쳐졌다.

날씨는 그리 덥지 않았고 바람도 산들산들 불어주어 걷기에 최적인 날씨였다. 넓은 길에서 갑자기 좁은 농로가 이어지면서 좁은 농로 이곳저곳에는 심심찮게 작은 꽃들이 웃어주고 있다. 민들레꽃 같기도 하고 씀바귀꽃 같기도 한 노란 꽃들이 끝없이 우리에게 힘을 불어넣어 준다.

주위를 둘러보고 있자니 우리의 농토와는 조금 땅 색깔이 확연하게 다르다. 밭농사를 끝낸 어떤 밭은 이모작의 작은 밀의 싹이 돋는지 연두색을 띠고 있고, 또 밭갈이를 해 놓은 땅은 붉으스레 황토색을 띠고 있고, 눈에 펼쳐지는 땅 여기저기가 마치 파스텔 물감을 풀어 펼쳐놓은 듯 하늘빛과 너무도 아름답다.

나헤라의 땅과 하늘

지평선 너머로 보이는 파란 하늘에 하얀 흰구름이 노닐고, 그 곁으로 펼쳐진 초지와 붉은 밭흙이 풍겨내는 지평선 아래의 땅 모습이 정말 아름답기 그지없다. 그 아름다운 자연의 아름다움이 길을 걷는 순례자들의 눈길을 다 빼앗는다. 정말 나헤라에서부터 아소프라까지 가는 20여리 되는 그 평원이 너무도 그림처럼 아름답다. 공기도 너무 상쾌하다. 한적

한 시골길을 이렇게 천천히 걷다보니 너무도 여유로움이 흘러넘쳤다. 앞에 보이는 산이 하나도 안 보이는 평원이라 그런지 지평선이 확연하게 펼쳐지며 하늘이 땅 부분 보다 훨씬 넓어 보인다. 정말 인자하고 겸손한 땅의 풍경인 것 같다. 이렇게 하늘빛이 아름다운 건 정말 처음이었다. 파란 하늘아래 펼쳐진 밭들이 다랭이 다랭이 너무 아름다운 채색을 하고 멋을 부리고 있다. 정말 이렇게 자연에 마음을 홀딱 빼앗기며 평화롭고 천천히 걸어보기는 정말 처음이었다. 정말 진정한 겸손의 시선은 어느만큼 일까?

겸손의 시선

김숙자

내 마음에 색이 있다면
어떤 색으로 물들어 있을 까
내 마음에 길이 있다면
어떤 길이 나 있을까

하느님 닮은 하늘 길
천사 닮은 하얀 도화지
낮아서 편한 나혜라 길
평화로 걷는 지평선
주님 사랑 따르는 길
집착도 내려놓을 사랑
순간을 살듯 사랑하고
영원을 살듯 용서하며
주님 사랑 따르는 겸손의 길

어느 것 하나 그림 아닌 게 없었다. 아소프라 순례길은 두 갈래로 나뉘어졌다. 하나는 카냐스를 거쳐 산 미얀 수도원을 돌아보고, 다시 카냐스로 돌아와 시루에나로 가는 길이고, 다른 하나는 아소프라에서 시루에나로 바로 가는 길이다.

6세기 중엽 산 미얀은 지금 수소(위라는 의미)로 알려진 곳에 수도원을 세웠다고 한다. 이 작은 수도원은 여러 세기에 걸쳐 보수되었고, 화재 이후 11세기 산초 대왕이 복원하면서 증축하였다고 한다. 유소 수도원은 나헤라 가르시아 왕의 명으로 16세기에 건축 되었다고 한다.

이곳은 현대 스페인어의 탄생지이며, 또한 6세기의 수도원이 현재까지 보존되어 있기에 1997년에 유네스코 세계 문화유산으로 등재된 곳이라고도 한다. 집들이 순례길을 따라 양편으로 늘어서 있는 전형적인 순례 마을인 아소프라에는 17세기에 건축된 천사의 성당(Parroquia de Nuestra senora de Angeles) 등이 있었다.

아소프라를 지나 넓은 평원을 한참 걷다보니 왼편으로 큰 골프장이 보인다. 그리고 철로 만든 순례자 모습이 오려진 구조물이 보인다. 잠깐 다리가 아파 글라라와 나는 이 철로 된 구조물에서 사진 한 장씩을 찍고, 신부님의 모습도 한 장 사진에 담아보기도 했다.

이쯤해서 골프장이 보이면 잘 정리 된 주택가도 볼 수 있고, 옛 시가지가 함께 어우러진 이 마을 시루에나에서 점심을 먹고 다시 걷는다고 하였다. 우리는 먼저 온 일행들이 기다려준 그 알베르게를 찾아들어갔다.

우리는 점심시간이 항시 겨운 시간에 식사를 해왔기 때문에 배가 몹시 고팠다. 그런데 오늘 점심에는 눈이 휘둥그레 질 만큼 맛있는 통닭 튀김이 나왔다. 그것도 개인당 푸짐하게 반 마리씩이나 나왔다. 너무도 먹음직스러웠다. 감자튀김과 푸짐한 야채까지 모처럼 점심이 딱 부러졌다.

적포도주 한 잔씩과 정말 맛있게 먹었다.

양은 조금 많아서 고기를 많이 남겼지만 정말 맛이 있었다. 그런데 앞에 가던 순례자 여섯 명이 이곳을 찾지 못하고, 앞서서 계속 직진해 가 버렸다고 한다. 앞만 보고 계속 걸어가던 관계로 그 지점을 이미 진입해 버린 지 오래라고 한다. 너무 선두와 거리가 멀어졌기에 누가 대신 쫓아 갈 수도 없었다. 이제 그들 나름대로 걷다가 쉬고 있을 만한 곳으로 뒤따 라가기로 했다. 우린 이곳에서 쉬면서 이렇게 점심을 푸짐하게 먹었지만 앞서 간 우리 일행 순례자들은 얼마나 배가 고플까? 정말 길을 걷다가 이 렇게 길을 놓칠 수 있는 게 우리들의 처지였다.

아무도 와 보지 못한 길이기에 능히 그럴 수 있었다. 총 인솔 책을 맡고 있는 소화 데레사는 책임감 땜에 밥도 못 먹고 그들이 터덜터덜 걸 어갔을 그 들길을 뒤 따라 가느라 얼마나 혼찌검이 나고 있을까?

모두들 너무 고생들이 많다. 그리고 우리는 못내 미안하다. 점심이 맛있다고 잘 먹었지만 그들이 맘에 걸린 건 사실이다. 어서 오후에 잘 걸 어 그들을 반갑게 만나야지. 제발 어디서든 배고픔이라도 면하고 있어야 할텐데….

마음이 계속 편치가 않았다. 그래서 순례길에는 여러 어려움이 늘 도사리고 있다. 깊은 산길로 들어가면 강도를 만날 위험도 있고, 좁고 험 한 길은 그나마 길이 사라져버리기 일쑤이고, 물이 불어난 강물은 순례자 들을 괴롭히기도 했을 것이다.

▪ 산토 도밍고 데 라 칼사다(Santo Domingo de la Calzada)

순례자들을 위한 도시인 산토 도밍고 데 라 칼사다는 산티아고 순례 길에서 매우 중요한 지점 중의 하나이다.

오늘 우리가 찾아 걷고 있는 순례길이 바로 우리 순례자들을 위한 도시인 산토 도밍고 데 라 칼사다(Santo Domingo de la Calzada)라는 곳 이다. 오늘 우리가 걸어가야 할 종착지이기도 하다. 원래 이 도시의 이름 은 이 도시를 세운 도밍고 가르시아(Domingo García)의 이름에서 따온 것으로, 그의 삶은 곧 이 도시의 역사가 되었다고 한다.

도밍고는 1019년, 이곳에서 멀지않은 이웃 마을 빌로리아 데 리오하 (Viloria De Rioja)에서 태어났다. 성인전에 의하면 그는 목동이었고, 발바 네라(Valvanera)와 산 미얀의 수도원에 들어가고자 애를 썼으나 두 번이 나 거절을 당했다고 한다. 수도원 입회를 거절당한 도밍고는 1040년경 오 하(Oja) 강둑에 있는 숲속에서 홀로 은수자로 지내기 시작하였다.

그러던 중, 강을 건너느라 고생하는 순례자들을 보고 그들을 돕기로 결심했다고 한다. 순례길에는 순례자나 여행자를 노리는 위험이 늘 있었 는데, 깊은 산길에서는 강도를 만나기 일쑤였고, 좁고 험한 길은 그나마 도 사라지곤 했으며, 물이 불어난 강물은 항상 순례자들을 괴롭혔다고 한다.

산토 도밍고는 좁은 길을 넓히고 정비하여 안전하게 만들었고, 강에 는 다리를 세웠다. 후에는 순례자들을 위한 숙소도 마련하였으며, 1106년 에는 마침내 카스티야의 왕 알폰소 6세로부터 땅을 받아 성당을 지었다.

그러나 그 성인이 지은 건물이 남아 있지는 않으나, 12세기 말 이 자리에 카테드랄이 세워졌다. 산토 도밍고는 1109년 5월 12일 세상을 떠났다고 한다. 그리고 나서 그의 제자들은 이 마을을 유지하며 성인이 했던 일들 즉 순례자들을 돕는 일을 계속해서 이어갔다고 한다.

"영혼의 밭에도 가꾸지 않으면 잡초가 무성하다."

사랑의 성체꽃

김숙자

주님이 딛고 가라고
징검다리를 놓으셨네.
당신 보며 웃고 가라고
분홍 웃음 깔아 놓으셨네.

주님이 흘려놓은
피땀의 자국마다
붉으스레 꽃이 피는
성혈로 피우신 사랑의 성체꽃

나는 이 산티아고 순례 길에서 봉사하고 성인이 된 사람들을 여럿 만날 수 있었다. 산토 도밍고 데 라 칼사다와 산 후안 데 오르테가(San Juan de Ortega)가 그 대표적인 인물이다. 이번 순례길에서도 나는 많은 성인들을 만날 수 있었다. 길이 헷갈리는 곳에서 길을 가르쳐주는 성인, 지친 순례자들에게 물과 음식을 나눠주는 성인, 순례길의 이정표를 점검하며 잘못된 표시를 바로잡아주는 성인, 이런 길에서 성인을 찾기란 그리 어려운 일은 아니었다.

꼭 강에 다리를 놓는 일이 아니더라도 성인이 될 수 있는 방법을 이 산티아고 길에서 배우고 또 배우고 있다.

산토 도밍고는 바라던 대로 그가 만든 순례길 한가운데에 묻혔다고 한다. 후에 카데드랄은 성인의 무덤을 성당 안으로 들여놓기 위해 확장되었고, 이런 이유로 도시를 관통하는 직선의 순례길은 카데드랄을 돌아가는 현재의 곡선 형태로 바뀌게 되었다고 한다.

"나를 위해 흘리시던 눈물을 오래도록 기억하며 살겠습니다." (수난과 부활 19,28-24,53)

제8장

사랑이 뿌리내리는
하느님의 꽃

제8장

사랑이 뿌리내리는 하느님의 꽃

폰세바돈(Foncebadón)에서 몰리나세까(Molinaseca)까지 약 25km

▪ 우리도 기죽지 말고 꽃 한번 피워보자

사랑은 곧 나무의 뿌리와 같다. 뿌리가 깊이 박힌 나무라야 이 세상을 지탱하며 잘 살 수 있다. 사랑도 마찬 가지다. 사랑의 뿌리가 약하면 금방 쓰러져 죽고 만다. 뿌리가 튼실한 나무는 가지도 잘 뻗고, 열매도 잘 맺을 수밖에 없다. 그러므로 우리 모두는 뿌리가 튼튼한 나무처럼 활기차고 건강한 '사랑 나무'로 자라야 한다. 나태주 시인의 '풀꽃'이라는 시는 아마도 모르는 사람이 없을 정도이다. 몇 연 되지도 않은 짧은 시구가 그토록 사람들의 마음을 차지하는 건 어떤 이유일까?

풀꽃

나태주

자세히 보아야 예쁘다
오래 보아야 사랑스럽다.
너도 그렇다

누구든 이 시에 공감이 가나요? 처음엔 마음에 들지 않는 사람이라도 오래 오래 사귀다 보면 정이 들고, 추억이 생겨 좋아지게 된다. 그런데 우리는 조급증으로 남을 너무 쉽게 판단해 버리고 만다. 그래서 느긋이 시간을 두고 사귀어 보면 그 사람에게서 미처 발견하지 못했던 예쁜 향기와 예쁜 행동들이 숨겨져 나오게 된다. 그래서 좀 더 오랜 시간을 두고 관계를 형성해 간다면 나중에는 더 많은 사랑이 더 많은 추억이, 더 많은 아름다움을 발견할 수 있으리라 생각된다.

오늘 이토록 짧은 풀꽃 시가 주는 의미를 되새겨보고자 한다. 한낱 아무것도 아닌 보잘 것 없는 풀꽃 하나, 누구나 대수롭잖게 여기는 바람에 좀체 예쁘다는 감탄사가 부족하다.

그러나 나태주 시인은 짧게 3연으로 풀꽃의 전부를 요약해 버렸다. 그냥 보기에는 화려하지 않아서 얼른 눈에 띄지 않을 풀꽃! 그러나 자세히 보라고 요청한다. 그리고 또 오래 그 곁에 머물며 꽃을 보라 주문한다. 그렇게 풀꽃은 자세히 보고, 오래 보아야 더 예쁘다고 말한다. 그러면서 너도 그렇다고 모든 말을 짧게 일축한다. 이처럼 길다고 사람들 마음에 머무는 것이 아니다. 꼭 해야 할 말, 꼭 보아야 할 것, 이런 것들이 갖추어질 때 모든 것들은 예쁘고 생명력을 인정받게 되는 것이다.

정말 오늘 하루는 모두 걸으면서 절대 '작다고 기죽지 말고' 예쁘지 않다고 '기죽지 말고' 타고난 그대로 가슴을 펴고, 기를 펴며, 사람답게 한번 살아보라는 신부님의 당부이셨다. 그러면서 누구에게나 참 좋은 사람, 누구에게나 기쁨의 꽃 이 되는 하루, 누구에겐가 사랑의 꽃 이 되는 하루, 그런 하루가 시작되기를 바라는 마음으로 풀꽃 시를 소개해 주셨다. 그리고 그 꽃들이 '예수님의 꽃'이 되길 바라시고, '옆에 있는 사람들의 꽃'이 되길 바라시고, '길가에 피어있는 아름다운 꽃들보다 보이지 않는 아름다운 '하느님의 꽃 '자랑스러운 꽃'이 되는 하루를 살라 이르신다.

우리들의 주위에는 잡초가 자라기는 너무 쉽다. 우리 영혼의 밭도 가꾸지 않으면 영혼에 잡초가 무성할 것이다. 지금 내 안에 무성한 의심의 잡풀, 내 안에서 자라는 판단의 잡풀들이 무수히 많다. 선한 사람은 선한 잡풀, 악한 사람은 악한 잡풀, 선한 사람은 선한 곳간, 악한 사람은 악한 곳간에서 마음의 알맹이, 우리 마음 안에 있는 잡풀을 관리 하지 않으면 곧바로 악행으로 자라나온다.

선한 사람은 선한 잡풀이 솟아나오고 악한 사람에게서는 악한 잡풀로 덮이게 된다. 마리스텔라 입에서는 항시 흥얼흥얼 콧노래가 나온다고 하신다. 영혼이 맑을수록 향기 나는 노래가 흥얼흥얼 나오기 마련이다.

언제 그리도 마리스텔라를 많이 훑어 보셨는지 그 표정과 모습에서 항시 아름다운 향기가 솟아오르나보다. 내가 보기에도 세상을 맑은 눈으로 맑은 생각으로 바라보고 맑은 영혼으로 들여다보기 때문에 영혼의 때가 하나도 묻지 않았나보다. 이런 사람을 바오로는 어찌 사랑하지 않을 수 있단 말인가? 신앙과 영혼은 둘 다 관리해주지 않으면 신앙에도 우리의 영혼에도 잡풀이 무성해 지지만, 신앙과 우리의 영혼을 둘 다 관리를 잘해주면 아름다운 '사랑의 열매'가 튼실하게 맺힌다는 사실을 오늘 또다시 알게 되었다.

하느님의 기쁨이 넘쳐흐르면 '흥얼흥얼'
신앙과 영혼을 관리 안하면 '쭝얼쭝얼'

오늘 하루 이 말 한마디가 왠지 가슴에 남는다.

▪ 산의 능선에서 만난 폰세바돈(Foncebadón)

오늘은 폰세바돈에서 몰리나세까까지 걸어야 한다. 약 21km 정도라고 한다. 다른 날 보다 거리상으로는 조금 덜 걸을 거라는 예감이 들지만 실지로 길에 나서면 언제나 생각보다 벅차다. 폰세바돈은 산의 능선에 위치한 마을로 지리적으로 보면 마라가테리아의 마지막 마을이며, 이곳을 지나면 엘 비에르소 지역으로 들어가게 된다고 한다.

10세기에 레온의 라미로 2세는 이곳 폰세바돈에서 종교회의를 열었다고 한다. 11-12세기에 프랑스 출신의 은수자 가우셀모(Gaucelmo)는 이곳에 순례자 숙소와 성당을 지었다고 한다.

그는 산토 도밍고 데 라 칼사다와 동시대 인물로 험한 산을 넘느라 힘들어하는 순례자들을 위해 봉사를 하였다고 한다. 가우셀모는 십자가들을 사용하여 자신이 운영하는 순례자 숙소가 있는 지역을 표시하여 순례자들이 길을 잃지 않도록 도와주었으며 1103년 알폰소 6세는 가우셀모의 이러한 활동을 지원하기 위하여 그에게 지역관할권을 주었다고 한다. 그래서 중세 때에는 이곳에 세 개의 순례자 숙소가 있었다고 전해지나, 중세 이후 산티아고 순례의 열기가 식고, 19세기에 도로와 철도가 건설되어 이 마을을 통과하는 순례자가 줄자, 1960년도 이후부터 1990년까지 마을 주민들이 대부분 인근 도시로 이주를 하였다고 한다. 그러나 최근에는 다시 산티아고 순례자가 늘어나면서 마을의 건물들이 다시 보수되고, 마을의 활기도 다시 살아나고 있다고 한다.

폰세바돈에서 언덕을 더 올라가니 비교적 넓은 정상부에 도달이 되었다. 원형 돌무더기에 있는 5m 정도가 되어 보이는 높은 철십자가 보인다. 강한 햇빛에 반사된 탓인지 먼 곳에서 보아도 십자가가 매우 번쩍거린다. 높은 기둥 위에 철십자가가 유난히 눈에 두드러지게 나타난다.

이 철십자가는 순례길에서 매우 중요한 기념물 중의 하나로 1632년에 쓰인 소설에도 등장했던 것을 보면 아주 오래 전부터 이곳에 세워졌던 것으로 보인다. 원래 이곳은 마라가테리아와 엘 비에르소, 등 두 행정구역의 경계 지점으로 알려 졌었다. 실제로는 엘 비에르소는 조금 더 가서야 시작된다. 그래서 이곳에 경계를 표시하는 기둥을 세웠는데 이 길을 오가는 사람들이 무언가를 기원하면서 이 주변에 돌을 쌓았던 것으로 보인다. 그러니까 은수자 가우셀모가 이 기둥 위에 십자가를 얹었다고 전해진다. 철십자가 옆에는 가톨릭 성년을 기념해서 지은 산티아고 경당 (Ermita de Santiago)도 있었다.

■ **철십자가(Cruz de Ferro)를 지나며**

어제 현지가이드 홍 소피아가 내일은 무슨 돌 하나씩을 준비하라고 말을 했다. 진지하게 다 준비해야 한다고 강조 하는 게 아니라 대충 지나치는 말로 무슨 '돌 하나씩'을 준비하라는 것이었는데 건성으로 듣고 말았다. 나는 무슨 영문인지도 모르고 대수롭잖게 듣고 말았는데 오늘 우리가 지나치는 폰세바돈의 산 능선 길에서 마주칠 '철십자가'를 지날 때 자기의 소원을 적어 놓을 돌이었음을 이곳에 와서야 비로소 이해가 되었다. 이곳을 지날 때 이왕이면 소원하는 내 지향을 돌에 적어서 놓고 가라고 한 거였나 보다.

뭐라고 주은 돌에 자기의 '소원'이나 '지향'을 써서 그 철십자가 옆에 쌓으라고 한다. 그러면 하느님께서 그 소원을 들어주신다고 믿고 있는 관습에서 나온 행위인 것 같다.

우리는 어제 진종일 걸으면서 길까지 잃고 하는 가운데 정신이 없어서 '돌'을 준비하라는 걸 깜빡 잊어버렸다. 그랬더니 오늘 이 철십자가를 보니 준비 못하고 온 게 너무 속상하다. 사실은 그 기원이 자기 나라에서부터 마음먹고 준비해오는 돌이어야 그 정신에 더 잘 맞을 것 같다. 허무맹랑한 얘기는 아닐 것 같다.

유럽 사람들은 흔히 응어리진 마음이나 내 고민거리나 앞으로 그렇게 되었으면 하고 소원하는 사항이 있을 땐 꼭 그 돌에 사연을 적어 부적처럼 짓눌리며 고통 받는 그 상황을 철십자가 밑에 쌓으며 빌고 기도하는 관습으로 생겨난 관습의 장소인 것 같다. 힘들게 걷고 도착한 철십자가 밑에 우리 일행도 도착되었다. 영험한 기운이 감도는 장소여서 그런지 하늘은 유난히 맑고 깨끗하다. 실로 가을 하늘 중에서 하늘이 파랗기로 오늘이 최절정인 것 같다. 눈이 부실만큼 파란 가을 하늘 아래 순례자들의 원색 옷들이 철십자가가 서 있는 하늘아래 너무도 돋보인다. 아무 티 없이 청명한 하늘에 하얀 구름 몇 개가 푸른 하늘을 더 예쁘게 색칠하고 있다. 난 가져온 돌이 없어 그냥 그 주위에서 돌을 하나 주었는데, 정성이 깃들지 않아서인지 이미 소원을 빌기엔 너무 못 미친 행동을 하고 말았던 것이다. 막상 돌을 줍고 나니 그 위에 안 지워지게 쓸 수 있는 유성 마카펜도 준비를 못한 것이다. 이래저래 그 곳에서 빌릴 수도 없는 일이었다.

우리 일행들의 행동을 다 관찰할 수는 없었지만, 소원을 비는 돌을 갖다 놓은 사람도 있고, 나처럼 못하는 사람도 있었을 것이다. 볼펜으로 써 보려고 하니 써지지도 않을뿐더러 이미 준비된 자들의 정성에 어찌 그 지극한 마음이 하늘에 닿겠는가?

철십자가 앞에서 소원을 빌며 돌을 갖다 놓는 이들보다 그저 사진만 찍으려고 하는 이들이 더 많은 것 같다. 유난히 새파란 가을 하늘과 돌탑에 쌓인 철십자가는 너무 아름다웠다. 지나가는 순례자들이 한번쯤은 당연히 들러서 가는 길목에 있다. 파란 하늘에 내 파카색도 당연히 돋보였다. 그날은 노란색 바탕에 하늘색을 밸런스 있게 대어 만든 점퍼를 입었기 때문이다. 정말 눈이 부시다. 철십자가가 빛나고 있는 꼭대기를 바라보니 햇빛에 반짝반짝 더욱 윤기를 발산하고 있었다. 나도 이왕 여기까지 왔으니 돌에 비는 소원은 적지 못했어도, 마음속으로 라도 '이만큼 저를 지켜주시고, 행복하게 살게 해 주신 주님께 감사하다.'는 얘기만 줄곧 뇌까렸다. 정말 내가 지금도 내 소원만을 바라는 삶이라면 그건 너무 욕심이다. 이쯤에서 나는 감사의 눈물과 기도밖에 올릴 수가 없었다.

'주님, 이곳까지 저를 불러 주시고 지금껏 제가 바라는 소원을 다 들어주셨습니다. 감사합니다.' 라고 묵념을 드린 후 함께 온 순례자들과 함께 기념사진을 찍었다.

정말 날씨가 너무 쾌청하여 하느님께서 창조하셨던 모든 빛깔 중에 최고의 멋진 블루가 오늘 이 자리에서 가장 천연적 아름다움으로 더 빛나는 것이었다. 모든 이들의 얼굴에서까지 광채가 난다. '철십자가' 앞에선 우리들을 가장 사랑하시는 하느님께서는 우리들까지 가장 아름다운 모습으로 만들어주시고 계시나보다.

얼마나 많은 순례자들이 이 철십자가 아래서 자신들의 아픔과 고통을 위로받고 치유하고 갔을까?

어찌할 수 없는 숙연함이 여기서 감돈다. 이 철십자가는 산티아고 순례길의 중요한 기념물 중의 하나인가 보다. 이 철십자가 세워진 자리에 로마시대엔 '길의 신'인 머큐리 신전의 제단이 있었다고 한다. 그런데 훗날 수도자 가우셀모가 이걸 '십자가'로 대체한 것이라고 한다. 그래서 옛 순례자들은 이곳에서 야고보 성인을 통해 이 순례길의 무사 안녕을 빌었다고도 한다. 이곳이 높이 1500미터의 높은 고지이다 보니 그 옛날 순례자들로서는 더 힘들고 먼 여정이었을 것이다.

▪ 또 하나의 국위선양 태극기 부부

이번에 산티아고 도보 순례를 가는 우리 일행 중에 태극기 부부가 있었다. 그들 부부는 무슨 연유에서인지는 몰라도 처음 만나는 공항에서부터 배낭 뒤에 태극기를 꽂고 나타났다.

처음 그들과 안면이 있기 전까지는 그 영문을 알 수가 없었다. 또 우리 일행 중에서도 왜 태극기를 꽂고 왔느냐? 라고 묻는 사람도 내가 보는 앞에선 없었던 것 같다. 그러나 그들 부부는 수원에서 온 '안드레아'와 '마리아'였다. 시종일관 우리가 보는 앞에서는 물론이고, 길에서 세계 여러 나라 사람들을 만나고, 지나칠 때에도 태극기는 그들 부부 등 뒤에 여전히 꽂혀 있었다. 어찌 보면 알게 모르게 대한민국 우리나라를 인식 시키며 크게는 국위선양을 하고 있다고 느껴졌다.

그들 부부 중에서는 누가 태극기를 산티아고 도보 순례 길에 가져가자고 했는지는 모르겠다. 그러나 분명 부부라 해도 누가 먼저 그런 의견을 냈는지 더 애국적 견지로 의견을 제시했는지 우리로서는 알 수는 없었다, 그러나 매일 단 한 번도 거스름이 없이 비오는 날에도 태극기는 배낭에 걸고 나오며 산티아고 대성당 광장에까지 꽂혀 있었다. 참 대단한 국위선양을 했다는 생각이 들었다.

처음엔 반응들이 그렇게 뜨겁진 않으나 우리 자신서부터 우리 국기인 태극기에 대한 반향이 그리 높지 않았던 건 사실이다. 나부터서도 공직에 몸담으면서 행사 때나 국경일에 태극기 선호사상을 그 누구보다 높이 부르짖었건만 정작 피교육자들은 어찌 받아들여졌을지 모를 일이다. 더구나 최근 들어서 정치적인 견해에서조차 태극기 부대들이 등장하여 태극기를 남발하는 바람에 우리나라 국기의 소중성이 더 실추되고 있다는 생각을 떨칠 수가 없다.

그런 와중에 우리가 산티아고 도보 순례를 오게 되었고, 또 그 태극기 부부를 만나게 되었고, 그러다보니 아무도 그 문제를 개진하는 사람은 없었으나, 마지막까지 흔들림 없이 스페인 땅에서 우리나라 태극기를 소지했다는 것만으로도 그들 태극기 부부를 칭송해야 마땅하다고 본다. 그리고 더더욱 높이 사고 싶었던 장면은 우리의 모든 일정이 끝나는 날 그들 부부는 함께 고생했을 후줄근해진 그 태극기에 일일이 우리들의 사인이나 하고 싶은 말들을 태극기에 받아 적으며 우리들 산티아고 도보 순례 시 뜨거웠던 추억을 간직하고자 하는 그들 부부에게서 은근한 애국심도 엿볼 수 있었다.

나도 한 마디 그들 태극기에 멋지게 적어드렸다. '산티아고 도보 순례의 추억을 쉽게 잊지 말고, 생의 멋진 추억으로 흔들리길 바랍니다.'라고 적어 드렸다. 정말 우리 일행 중 이렇게 '태극기'를 배낭에 꽂고 도보 순례를 하는 분들이 우리 팀에 있었다는 게 오히려 자랑이 되었다.

오늘, 빛나는 철십자가 앞에서니 단연 우리나라 태극기가 눈에 띄고 너무 돋보였다. 코발트 빛 파란 하늘, 그 높은 철십자가 위에서 그 태극기가 한번 휘날렸으면 좋겠다는 생각도 들었다. 그런데 소형 태극기라 게양하기에는 턱없이 작은 거지만 왠지 이곳에서 너무 잘 어울렸다. 이럴 줄 알았으면 우리 도보 순례단 모두가 그 태극기를 꼽고 함께 걸었더라면 어땠을까? 라는 생각을 혼자 해 보며 잠시 이런 생각에 잠겼다.

'가톨릭 평화방송여행사'에서 이 도보 순례를 추진한 만큼 우리 모두에게 순례단 표시를 위한 여느 형식적인 '손수건' 대신 '태극기'를 꽂아 주었다면 어땠을까?' 하는 생각도 해 보면서 이건 어디까지나 내 생각일 뿐이다. 이 철십자가가 서 있는 산꼭대기에 오니 불현듯 휘날리는 태극기의 모습이 보기 좋게 느껴질 것 같아서였다. 철십자가가 너무 우뚝 솟아 있어 하늘에서 마음껏 펄럭일 수 있는 조건이 갖추어져 있다. 마치 우리나라의 '국기 게양대' 같은 느낌을 받았다. 처음엔 두 부부를 만난 곳마다 뒤에 태극기를 꽂고 다니길래 그냥 시큰둥하게 그런가보다 하고만 생각했더니, 세계인이 하나 되어 모두 모인 이런 자리에선 단연 태극기 부부가 돋보였다. 우리 보다는 한 차원 더 나라 사랑의 마음이 드높은 것 같았다. 또 다른 면선 분명 우리나라를 세계만방에 알리는 작은 국위선양도 하고 있는 셈이었다.

난 청아한 하늘 아래 유난히 반짝이는 철십자가 앞에서 시 한 수가 저절로 터져 나왔다. 하늘빛이 예쁘니 세상을 창조하신 하느님의 솜씨가 찬란한 하늘 아래 너무도 아름다웠다. 오래오래 잊혀지지 않을 것 같다

철십자가 앞에서
　　　　　김숙자

허름한 옷 하나 걸치지 않은
외롭고 가난한 순례자 모습으로
찢기워 헐벗은 나신 드러내고
사랑의 몸 감싸고 있는
코발트빛 하늘 십자가
높다란 산등성이 위에서
아름다운 하늘 휘감고
하늘하늘 웃고 계신다.

울퉁불퉁 까미노 길에선
내 손 꼭 잡아 주셨는데
반짝이는 철십자가 꼭대기에선
순례자 머리마다 차별없이
영성의 보약 되라 듬뿍듬뿍
사랑의 안수 퍼부어주신다.
배낭 뒤에 꽂혀있는 태극기도
팔랑팔랑 기쁨의 손사래를 친다.

　　산 위에 높이 솟은 철십자가를 지나 갈리시아 방향으로 순례길을 따라 내려가다 보면 여러 도시까지의 거리를 적은 표지판들이 서 있는 곳이 눈앞에 나타난다. 이런저런 생각에 아쉬운 철십자가를 지나 조금 걷다보니 산 중턱에 돌로 지은 허름한 알베르게가 하나 보였다. 거기엔 세계 여러 나라의 국기들이 마치 전시장이나 되는 것처럼 제멋대로 다 꽂혀 있다. 마치 토속신앙 성황당 같은 느낌을 지을 수가 없다.

만하린 알베르게

그 알베르게엔 늙스구레한 노인이 운영하고 계셨다. 이 주인은 과연 이 많은 세계의 국기들을 다 외우고 있을지도 또한 의문이다. 이들 부부는 이 국기전시장 같은 알베르게에서 우리나라 '태극기'를 하나 꽂아 주었다. 주인이 엄청 고마워하였다.

이곳을 밟고 가는 세계 어느 나라 순례자들이 한때만이라도 우리 태극기를 알아봐줄까? 하는 막연한 생각을 해 보며 씨익 웃어본다. 난 이곳 알베르게에서 기념으로 분홍색 실로 만든 '묵주' 하나를 사 가지고 그 알베르게를 나왔다.

이곳이 '만하린' 알베르게라고 한다. 1,510m의 봉우리에 지어진 허술한 숙소인데 노인 한 분이 모두 손으로 손수 만든 순례자들의 용품이 여기 저기 산발적으로 진열되어 있다. 늙은 노인 한분이 이 알베르게를 지키시다 만약 돌아가시면 과연 누가 이 봉우리에 와서 알베르게를 이어 운영할까? 걱정 아닌 걱정이 머리를 자꾸 따라온다. 높은 봉우리 길에서 또 가파른 길이 이어지더니 조금 아래로 걸어가니 또 사정없는 내리막길이 한동안 이어진다. 우리도 가파라서 지나가기가 이리 힘든데, 마리스텔라 부부는 이 길을 어찌 내려갈까? 근심 아닌 근심이 또 생겨난다. 그런데 이 비탈길에선 찾아보기 힘든 꽃이 먼저 나를 기다리고 있다. 우리가 힘든 내리막길을 내려가며 고꾸라지지 말라고 예쁜 꽃들이 힘을 내라고 분홍 빛 웃음으로 눈을 흘겨준다. 자갈과 약간의 잔디가 조금 깔려있는 자갈길과 드문 잔디 속에서 이파리도 내놓지 못하고 예쁜 꽃송이만 하늘로 떠받쳐주고 있는 이 꽃의 이름은 과연 무얼까? 자꾸만 꽃이름과 꽃말이 궁금해서 견딜 수 없다. 꽃 이름은 다음에 꼭 알아보더라도 꽃말이라도 하나 이곳에 지어놓고 가고 싶어진다.

"당신께 사랑을 드릴게요."라고 말하며 웃어주는 것 같다. 그래서 진짜 꽃말을 '사랑'이라 지어놓고 가고 싶다.

꽃 뜰

김숙자

바람이 물어다 심어둔
작은 사랑의 꽃 씨 하나
내 발길 닿는 능선마다
비탈진 산등성이마다
아름다운 사랑으로 물듭니다.

하늘 강가에 올라서서
지평선 넘어가는 순례자들
저마다 형형색색 고운
하느님의 꽃입니다.
산티아고 가는 길은
땀으로 피운 고운 꽃밭입니다

조심조심 내리막 자갈길을 내려가다 보니 어느새 우리가 점심을 먹고 갈 예쁜 알베르게가 보인다. 산등성이에 위치한 알베르게라 낮 온도지만 약간 춥게 느껴진다. 우리 일행이 들어가는 알베르게 앞에는 여러 가지 고운 꽃들이 우리 일행을 반겨 맞아주고 있다. 일부러 화분에 예쁜 꽃을 심어 오가는 이들에게 기쁨을 선사해 주고 있는 것 같다.

하도 제라늄 색깔이 예쁘고 하늘색이 고와 마치 천국에라도 와 있는 착각을 느끼게 할 만큼 아름답다.

안으로 들어가 보니 어느 새 우리 일행들의 모습이 여기저기에서 반가운 얼굴들이 보인다. 일시에 많은 인원의 순례객들이 들어오니 알베르게에선 도무지 정신이 없는 모양이다.

미리미리 예약을 했을 텐데 주 메뉴인 스파게티가 도무지 맛이 없다. 양은 엄청 수북하게 나왔는데, 산꼭대기라 대기온도가 낮아서인지 음식 모두가 냉장고에서 나온 음식처럼 차갑다.

음식은 그 즉석에서 만들면서 따뜻할 때 나와야 제 맛인데 인원수가 많은 순례객들이라고 푸대접을 받은 느낌이다.

하기야 이 많은 음식을 산꼭대기에서 일시에 해내려면 어렵기도 했으리라. 그러나 모두들 군말 없이 잘들 먹고 있다 그런데 도무지 내 입맛엔 왜 그리 안 맞는지 짜증이 나려한다. 어찌되었던 점심이니만큼 오후에 걸을 걸 생각해서 반은 약이라 생각하고 가까스로 먹었다.

유럽 사람들의 식습관대로 우리도 매 식사 때마다 포도주를 곁들이곤 했다. 지금은 마치 우리도 유럽피안이 다 되어가고 있었다. 드디어 적색 포도주 한잔씩이 잔에 채워지고 우린 또다시 "부엔 카미노!(Buen Camino, 좋은 여행 되세요)"를 외쳤다. 그런대로 피로에 지친 우리들은 잠시나마 이곳에서 쉬어갈 수 있으니 그것만으로도 너무 여유롭고 좋았다.

점심시간도 우리가 쉼을 갖지 못한다면 아마도 지쳐서 중도에 포기해버리고 말았을 것이다.

"누구든지 나를 따르려면 자신을 버리고 제 십자가를 지고 나를 따라야 한다."

부엔 까미노(Buen Camino)

김숙자

안개가 춤을 추는 산맥
별빛 또랑거리는 들판
발밑 사그락 거리는 오솔길
그 200킬로미터 길 끝에
날 기다릴 산티아고 대성당

숭결한 용기와
다부진 각오로 시작한
이 오묘한 길의 끝에서
침묵으로 찾고자 했던 답
반드시 내 안에 숨쉬리라.

제9장

도보 순례
절반의 성공을 거둔
포르토마린

제9장

도보 순례 절반의 성공을 거둔 포르토마린

사리아(Sarria)에서 포르토마린(Portomarin)까지 약 23km

'Temple Ponferrada' 호텔에서 아침식사를 마친 우리는 '폰페라다'에서 '사리아'로 이동을 하였다. 사리아까지는 약 117km를 가야하는 것이다. 1시간 넘게 전용버스가 달리는 길은 제대로 내다볼 수는 없었지만 유리창 너머로 보이는 높은 산과 그 능선 위에 하얀 풍차들이 바람에 평화롭게 돌아가고 있었다.

푸른 산과 잘 어우러져 그림처럼 반짝이고 있었다. 오늘 내 옷차림은 검은 바지에 분홍 바탕에 프린트 무늬가 예쁘게 깔린 파스텔 톤 바람막이를 입었다. 차 안에서 사진을 찍어 보려 해도 달리는 차의 속도와 유리창에 반사되는 그림자나 빛 때문에 여간해서 바깥 풍경을 잡기가 어렵다. 다른 팀원들은 힘겨운 도보에 지쳐 거의 대부분이 눈을 감았거나 졸고 있는 분들의 풍경을 느낄 수가 있다.

나는 거의 뒤쪽 좌석을 잡고 앉았기에 글을 쓰는 데는 적격이었고, 남을 신경 쓰지 않은 점이 특히 좋았다. 내 앞좌석엔 짝꿍 글라라가 앉아 있고, 그 옆을 지킨 이는 서울 화곡동에서 미용실을 경영하는 헬레나가 앉아 있다.

　헬레나는 생활에서 얻은 지혜로 속이 가득 찬 '똑순이'이자 '건강전
도사'이다. 헬레나는 첫날 피레네에서 너무 혹독한 맘고생을 하여 지금까
지 입술 주위의 물집이 다 낫질 않았다. 얼마나 힘에 겨웠을까?

　깊은 말은 다 나누지 못했지만, 혼자서 겪어냈던 '칠흑 같은 번민'을
혼자 견딘 심적 고통이 이만저만이 아니었다고 한다. 첫날 오리손 산장에
서 점심을 먹은 후 2시 경에 우리와 헤어졌던 것이다. 더 이상은 걸 을
수 없었다고 한다.

■ 실종 위기에 처한 헬레나 이야기

　오리손 산장에서 점심을 마친 후 우리 일행은 피레네 산맥을 넘기
위해 지친 발길을 다시 내딛었다.

　그런데 우리 일행 중 서울에서 온 헬레나는 본인의 몸 상태가 더 이
상은 오늘 도보를 진행할 수 없다고 했다. 그래서 더 이상 걸을 수 없는
사람은 하는 수 없이 택시를 이용하여 가기로 한 것 같다. 그래서 가이드
와 상의 끝에 현지 택시로 '피레네 산맥'을 넘어가기로 약속을 했다고 한
다. 그래서 도보로 피레네 산맥을 넘어 도착할 우리 일행과 '론세스바예
스(Roncesvalles)'에서 만나기로 했다는 것이다. 그 곳이 우리 도착지여서
전용버스가 우리 일행을 기다리는 곳이라고 약속하고, 택시를 탔었던 것
이다. 그런데 그 택시에 헬레나 혼자가 아니고 합승했던 현지인 남자분이
한 분 있었다고 한다.

　합승을 하고 갈 때 까진 그렇게 불안하진 않았는데, 합승했던 그 분

이 내린 곳에서 헬레나도 내려준 그 지역이 약속 장소와 맞지 않았던 것 같다.

헬레나를 내려놓은 택시는 이미 떠났고, 남은 헬레나는 우리 전용차를 찾으려 얼마나 애썼겠는가? 아무리 자기 딴에 찾아보려 했으나 도무지 눈에 보이지 않았다고 한다. 그때 내려준 그 장소에서 우리 전용차만 순순히 만났더라도 이런 불상사는 일어나지 않았을 텐데…. 그 뒤에 현지 전화가 없는 헬레나가 타인의 전화를 빌려가며 가이드에게 여러 차례 전화를 했건만 도무지 통화가 안 되었다고 했다.

일단은 헬레나를 택시에 태우면서 가이드 전화와 현지 기사 전화번호 등 여러 변수를 자세히 지참하고 택시를 탔어야 하는데, 모든 게 좀 부실했던 것 같다. 혼자 간 헬레나는 누구의 전화번호를 갖고 있었는지 도무지 모르겠다.

그런데 우리도 그 날 피레네에서 그렇게 늦게 당도할 줄은 누군들 알았겠는가? 피레네 산맥을 처음 넘어 본 우리가 어떻게 제 시간에 도착할 수 있었겠는가? 일행들마다 그 가파른 산길에서 개인차는 또 얼마나 심했겠는가? 가이드도 감히 도착 시간을 맞춘다는 건 어려운 일이었을 것 같다.

다들 파죽이 되어서야 간신히 넘어온 시각이 대략 밤 9시였잖은가? 정말 있을 수 없는 일들이 벌어진 것이다. 아니 우리가 예상치 못했지만 이런 일은 꼭 일어날 수 있는 일이었다. 어찌 도착 할 예상 시간을 신중히 예측하고 출발시켰어야지, 늦은 오후에 피레네를 넘게 하였는가? 우리도 원망이 터져 나왔었다. 이건 주최 측의 중구난방식의 계산 방식이었다.

오후에 우리의 갈 길이 너무도 바쁠 거라고 예상은 했었다. 이렇게 가다간 오후 도착 시간이 일곱 시 경이 될지도 모른다고는 했다. 그러나 우리는 모두가 처음 길이었잖은가? 그랬기에 아무도 도착이 그렇게 늦을 거란 걸 상상하지도 못했다. 뒤에서 늦게 간다고 채근 하는 소리로 짐작만 했을 뿐이었다.

그러나 우리 모두의 예상이 빗나간 거다. 앞만 보며 쩔쩔매고 따라 내려 갔을 뿐 천지 분간도 할 수 없었던 어둠과 공간에서 우리도 극도로 헤맸던 것이다. 이곳이 어딘지도 모르면서 그저 앞만 보고 따라 내려가기만도 바빴다. 안개 까지 심해 아무 곳도 보이지 않아 어디가 어딘지 모를 어둠을 뚫고 우린 피레네 산맥을 내려왔었다. 어둠까지 덮쳐버린 산길이라 더 애를 먹었다. 급기야는 핸드폰의 손전등을 키고서 밤길을 분간하고 있었다. 그런데 헬레나는 우리의 이 급박한 상황을 도저히 알 수가 없었으리라.

우리가 이렇게 늦은 야밤까지 헤매느라 전화조차 받을 수 없는 상황에 있었다는 걸 알 턱이 없었다. 우리도 헬레나를 까맣게 잊고 생각도 못했으니까 말이다. 이제야 생각해보니, 헬레나는 혼자서 실종자가 되어 얼마나 떨며 울었을까? 우리 일행도 나타나지 않고, 전용차가 있는 곳도 알 수 없었다 하니 얼마나 두려웠을까? 모두가 자기 앞에 당한 일 아니면 관심조차 없는 법이다.

아니 피레네를 넘어온 쪽 일행들은 넘으면서 가중되는 어려움에 지쳐있었고, 헬레나는 피레네를 넘진 않았지만 택시로 먼저 달려와 우릴 밤 9시까지 기다리느라 얼마나 애를 먹었을까? 이제서야 헬레나의 이야기가 귀에 들어왔다. 사람마다 모두 내 고생이 더 힘든 법이니까.

그날은 다들 힘들어서 누구 사정 들어줄 여력도 없었지만 몇일 지나고 우리와 합류한 뒤 헬레나의 입 주위가 온통 물집 투성이었다. 어찌 아픈 곳이 보이는 곳 뿐이었으랴. 마음도 몸도 지칠대로 지쳐있었던 것이다. 우린 그저 이 도보 순례과정이 힘들어 부르튼 것으로만 알았다. 그런데 삼일 째 되는 날 내 곁에서 자초지종을 들을 수가 있었다. 찬찬히 귀담아 듣고 보니 헬레나의 사정이 그제서야 귀에 담기기 시작했다. 전혀 예상치 못한 낯선 땅에서 헬레나 혼자서 그 많은 시간을 기다리며 떨었을 걸 생각하니 너무도 안쓰러웠다. 그런 상황 속에서도 헬레나가 취 할 수 있는 방도는 다 취해 보았던 것이다. 그런데 전화를 받아야 할 가이드들이 극한 상황 속에서 헬레나의 전화를 못 받아서도 일어난 일이었던 것 같다. 그러니 그 순간만큼은 헬레나도 국제적 실종자가 된 심경이었을 것이다. 더구나 스페인 낯선 땅 이름도 모르는 낯선 지역에서 일행도 없이 혼자 초조히 우리를 기다렸을 헬레나도 너무 안타까웠다. 그러나 그 날은 우리 일행을 만날 수 있었다는 것 하나 만으로도 하느님의 도우심이라 생각한다 했다. 예상치도 못한 극한 상황을 혼자 감내하며 그 많은 시간을 기다리며 불안 초조에 온몸이 녹초가 되어버렸다고 술회 한다. 본인 전화를 로밍하지 않아 할 수도 없지, 타국에서 말은 안 통하지, 빌린 전화마저 가이드와 통화가 안 되지, 어쩔 수 없어 무작정 기다려야만 하는 심경은 오직했을까? 문자를 보내 봐도 답은 안 오고 대략 난감이었을 것이다. 듣고 보니 우리들 고생도 고생이었지만 피레네를 못 넘고 택시를 탄 헬레나의 고충도 이만저만이 아니었다. 마지막 걸어 내려온 우리 일행이 밤 9시가 다 되어서야 내려오는 바람에 혼자서 낯선 땅에서 기다리며, 고립감에 생병을 다 앓고 말았던 것이다. 통화조차 할 수 없었으니, 혼자 기다리며 엄습해오는 공포와 고립의 무게가 얼마나 무거웠을까? 누구든 나 아닌 남의 고통의 무게를 우린 까마득하게 모를 수밖에 없다. 단지 더는 몸 상태가 피레네를 넘을 수 없어 택시를 탔던 게 화근이었다. 한두 시간의 오차가 아니고, 우리가 피레네를 넘어온 시간과의 갭이 너무 컸기에 기다리는 시간이 공포 그 자체였을 것이다. 족히 다섯, 여섯 시간을 기다렸을 것이다. 밤 9시경에야 하산이 될 줄은 우리도 몰랐으니까. 그것을 헬레나는 아무도 모른 낯선 곳에서 혼자 기다렸으니 말이다. 그 많은 시간을 혼자 어떤 망상인들 못했겠는가? 혼자서 견디려니 생병이 날 수밖에 없었으리라.

스페인 땅에서 언어는 안통하지, 혼자서 어디가 어디인줄 모르는 곳에서, 혼자 고립 내지는 억류된 느낌으로 보냈을 것이 분명하다. 그 기나긴 시간을 혼자서 견뎌내는 고충은 이루 말로 다 할 수 없었으리라. 오직했으면 입안과 입 주위가 다 부르트고 몸살과 두려움으로 생병까지 앓았을까? 그래서 그 다음 날까지 우리와 함께 순례를 하지 못하고 호텔에 남아 혼자 쉬어야만 했다. 이틀을 그렇게 앓고 난 헬레나가 삼일 째부터는 겨우겨우 힘을 얻어 우리와 합류하여 걷기 시작했다. 그러면서 내 곁에 앉아 그 날의 이야기라도 하니 살 것 같다고 한다. 우리는 이 기회에 더욱 더 가까워진 느낌이 들었다. 꼭 내 친 동생과 같은 그런 친근감으로 말이다. 헬레나는 내 옆 자리여서 그런지 내가 힘겹게 차에 올라올 때마다 따뜻한 물 한잔을 들고 있다가 환히 웃으며 건네주는 것이었다. 그러면서 '따뜻한 물 한잔'이 오늘 피곤을 풀어준다며 늘 뜨거운 물을 순례 마치고 돌아오는 순간까지 따뜻이 건네주었다. 참으로 위로를 받고 간호를 받아야 할 사람은 정작 헬레나인데 거꾸로 나에게 그리도 따뜻하게 다가왔던 그녀였다.

▪ 산티아고에서 만난 물 천사

헬레나는 내가 산티아고에서 다섯 번째로 만난 나의 따뜻한 '물천사'였다. 그 성의는 참으로 아무나 할 수 없는 일이다.

"나보다 못한 이 에게 먹을 것을 주는 일이 바로 나에게 해 주는 것과 같다."는 예수님의 말씀을 있는 그대로 실천하고 있지 않은가? 주님께서는 모든 사람마다 각기 다른 달란트를 다 주셨다. 우리 헬레나에게는 특히 사람을 기쁘게 해 주는 달란트를 주신 것 같다. 지쳐서 돌아올 때면 아플세라 미니 안마기를 대 주고, 아프다는 곳이 있으면 부황도 떠주고 사과 한 쪽이라도 나누어 주려고 온갖 지혜를 다 발휘하는 재간둥이다.

과일 칼을 갖고 오지 않았어도 호텔 임시 카드키를 사용하여 칼을 대신했고, 언제나 주변에서 힘겹지 않게 반짝이는 지혜를 발휘하곤 했다.

헬레나는 나의 친동생 정희와 본명이 같아서 특히 빨리 기억을 했고, 사소한 것에서 유난히 정감이 가는 아우가 되었다. 그래서 그런지 본인도 힘들테지만 그 때 그 때 서비스 정신을 발휘하여 따뜻한 물 한잔으로도 몸을 풀으라며 물을 건네주는 건 아무나에게 없는 센스와 봉사정신이다.

미용실을 경영하면서도 고객과 언제나 소통하고, 늘 고객을 왕처럼 섬긴다는 것이다. 얼마나 장인 정신이 두드러지는 사람인지 그것만 보고서도 많은 것을 느낄 수가 있다. 그러면서 하는 말이 "나는 앞으로 돈을 벌게 되거나 성공하면 꼭 고객에게 돌려주겠다."는 다부진 소망 또한 너무 아름답다. 동생이지만 정말 대견하고 사랑스럽다. 그리고 위아래 사람 대하는 게 남다르다. 내가 왜 더 중요하지 않겠는가? 그러나 늘 '큰 사랑'을 상대방 앞에 내놓을 줄 안다. 고객 사랑의 배려와 의지가 곳곳에서 묻어난다. 고객에게 입은 사랑, 고객에게 다시 돌려준다는 그 정신이 얼마나 아름다운가?

헬레나는 정말 어려운 세파 속에서도 꼭 성공하리라 믿어진다. 그런 정신자세야 말로 요즈음 우리 모두가 가져야 하는 기본자세가 아니겠는가? 분명 그런 의지를 실현하는 사람들의 뒤끝엔 꼭 성공이 뒤따른다는 사실을 나는 많이 보아왔다.

내가 살아온 이력과 경험을 거울삼아 찾아낸 내 철학과 노하우이다. 정말 피레네에서 도저히 오르막길을 더 이상 못 오를 것 같아 도중에 포기하고 '오리손 산장'에서부터 택시로 피레네 구역을 대신했던 동생 헬레나 얼마나 힘겨웠으면 온 입안까지 다 헐었겠는가?

하루 종일 서서 하는 사업을 쉼 없이 하고 오느라 온몸에 무리도 되었을 테고, 건강하다고 걷기를 다 잘하는 거 하고는 별개이다. 이 동생도 몸은 건강해 보였지만 평소 운동을 열심히 한 거 같지는 않다. 아니 그럴 시간이 없었을 것이다. 그래서 그 결과가 피레네에서 그대로 노출 된 것이다. 얼굴이 노랗게 뜨면서 호흡이 가빠져서 그대로 피레네를 강행하는 건 무리였었다. 어쩔 수 없이 발가락 아픈 나와 함께 택시를 타자고도 졸랐지만 난 도무지 그럴 생각은 없었다. '얼마나 이 길을 그리워하고 준비하며 찾아온 산티아고인가?' 내가 힘겹다고 첫 날부터 피레네를 포기 했다면 난 아마도 이번 순례를 완주하지 못했을 것이다. 어려웠어도 끝까지 해낸 승부 근성, 아니 집념 하나로 피레네에서 낙오되지 않았던 것이 내 완주의 지름길이었다. 첫 날 내가 걷기를 중도 포기하지 않은 걸 지금도 너무 잘했다는 생각을 한다. 헬레나는 그 다음 날도 호텔에서 안정을 취하고 도보 사흘 째 되는 날부터는 우리와 합류했다. 그 뒤서부터는 서서히 몸도 풀리고 긴장도 풀려서인지 가볍게 잘 걸었다.

오늘은 도보 순례 5일째 되는 날이다. 어제는 안개 길로 우리들에게 햇볕을 막아주시던 주님께서 오늘은 전형적인 가을 날씨 중에서도 아주 청명한 날씨를 선물해 주셨다. 걷기에는 다소 더울 수 있지만 오늘은 주로 산속 길이 많이 나타난다. 지명이 어디인지조차 모르고 출발하는 지점에 서면 무조건 앞만 보고 걸어야 했다. 이런 곳에 이 지역을 환히 알고 있는 현지 가이드가 있었다면 얼마나 좋을까? 그 점이 좀 아쉽다.

걷는 길이 어느 구간이라는 것과 도착 지점이 어디라는 것 밖에 모르는 채로 우리는 걷고 또 걷기만 했다. 산 길 주변에는 밤나무, 떡갈나무, 도토리나무 등이 둥치가 너무 커서 뜨거운 태양을 가려주는 시원한 터널이 되어주고 있다. 이런 곳은 참 시원해서 걸을만하다. 땅엔 이미 갈잎들이 수북하게 깔려 계절로선 가을이 맞는 것 같은데, 거리에 서 있는 이파리들이 아직은 푸른빛이 많아서 아마도 여름에서 가을로 들어서는 길목인 것 같다. 이곳은 우리나라의 위도와 같아서 늦여름에서 초가을로 넘어가는 계절과 아마도 비슷한 모양이다. 산속 길로 길이 깊어지면서는 길가에 소똥 말똥이 흥건하게 깔려 있다. 이걸 보면 얼마나 많은 낙농업을 하고 있는 국가인지를 알 것 같다. 우리가 걷는 길도 소나 말이나 개가 함께 걸으며 살고 있는 동물과 사람이 퍽 친화적으로 살아가는 우리나라의 옛 모습이 연상되기도 한다.

우리가 들어서고 있는 지방은 스페인에서도 갈리시아 지방으로 초지가 대부분이어서 눈에 보이는 소, 말, 양들을 키우며 낙농업을 주로 하는 지방임에 틀림없다. 그 때문인지 코를 막을 정도로 길에 소똥이 질펀하다. 행여 신발에 밟힐까봐 여간 신경이 쓰이지 않는다. 그리고 길가에 도토리와 알밤이 수두룩하게 떨어져 있다. 길손의 눈에 이렇게 많은 도토리와 밤이 눈에 띄는 걸 보면 이곳 주민들은 게을러서가 아니라, 손이 갈 시간이 없어 미처 떨어진 실과들을 다 수거하지 못하고 있는 거 같다.

사과나무 밑에도 먹음직스럽게 잘 익은 사과가 뒹굴어도 정작 주인은 아무 조치를 취하지 않는다. 아마도 우리 입장에서는 길을 걸어가는 순례자들 몫으로 그 길거리에 열린 과일들을 자연스레 주워 먹으라고 배려해 놓은 것 같기도 하다.

순례자 유혹한 길가의 사과나무

아무튼 사리아 지방은 사람들의 마음이 풍족하고 선할 것 같다. 오늘은 산속 길이 많아 그렇게 덥지도 않고 걷기엔 최적의 날인 것 같다. 스페인 북부지방은 로마시절에 제일 마지막으로 점령했던 지역이라고 들었다. 로마나 이슬람이 스페인의 북부지역을 맨 마지막으로 공격한 이유는 바로 이렇다. 이 지역이 춥기도 하려니와 지형적으로 아주 험난하여 공략하기도 어려웠을 뿐 아니라, 침략해서 성공을 거두었다 해도 얻어낼 것이 별로 없기 때문이었다고 들었다. 이 갈리시아 지역은 스페인에서 가장 선선하고, 습하며 바닷가와 가까워 늘 비가 내리거나 날씨가 급변하여 뇌우까지 심하다고 한다. 상대적으로 추운 날씨가 많아 물질적으로 빈곤한 곳이지만 영적으로는 아주 풍요로움을 간직한 곳이라고 한다. 이제 걷는 일에 좀 자신이 붙고 몸도 어느 정도 풀린 것 같다. 이제 하루 걷기 목표치가 아무리 높아도 해낼 자신감과 용기가 생긴다.

도보 4일 째 걸어본 내 걷기 실력으로는 이제 뒷자리를 면하고, 거의 선두 대열이나 둘째 대열쯤에 늘 내가 있는 것을 알았기 때문이다. 몸이 젊고 나이가 젊은 건 그리 큰 문제는 아니었다. 도보 순례는 제일 중요한 게 정신력의 문제와 평소 꾸준히 운동으로 다져온 몸 관리 상태인 것 같다. 내가 어떤 마인드를 갖고 걷느냐에 따라 하루 피로도와 능률이 나오기 때문이다. 이젠 나도 자신감으로 똘똘 뭉쳐 있다. 이건 순전히 순례 일정 절반 정도를 걷고 난 후 내 도보 결과에서 도출된 자신감에서 기인된 거다. 그리고 평소 많이는 아니지만 꾸준히 걷기로 생활운동을 하고 있었기 때문이다.

달려가던 우리 버스가 멎은 곳은 사리아였다. 오늘은 이곳에서부터 총 25km 정도를 걸어야 한다. 다른 때와 걷는 거리는 거의 비슷하지만, 도면상으로 볼 때 지형자체가 높은 지점에서부터 출발하기 때문에 사실

상은 그리 높은 봉우리를 거치지 않고 무난하게 내리막길을 걷는 도보 일정이다. 제일 높은 곳이 아 브레아(A Brea)에서 11.3km만 오르막으로 걸으면 그 다음 페레이로스(Ferreiros)에서부터는 완만한 내리막길이다.

오늘 사리아에서부터 산티아고까지의 거리가 꼭 100km 정도 남아 있단다. 그렇다면 어느새 우리가 순례 여정의 절반을 성공한 셈이다. 마음이 몹시 뿌듯하다. 이제까지는 얼마가 남았는지를 도무지 가늠 할 수 없었지만 100km만 남겨두었다니 실로 신이 났다. 얼마나 모두들 대견한지 종아리부터 만져보았다. 그간 걸었던 결과가 다부진 알통으로 만져졌다. 평소 걸었다 해도 흐물흐물하게 떨리던 내 종아리가 어느새 빵빵한 근육이 들어와 뭉쳐져 있는 것이다. '아, 걷기 운동이 이리도 좋은 것이구나.'를 실감하는 절호의 기회였다. 그 어려움으로 얻은 근육 덕분에 이젠 피곤도 덜하고 영양분이 종아리에 축적되어 더욱 힘이 되어 나오는 것이다. 자신감이 팍팍 샘솟았다.

우리가 100km를 왔다고 생각하니 너무나 장하다. 말이 100km지, 환산을 해보면 걸어서 400리를 걸어온 셈이다. 얼마나 어마어마한 거리인가? 이제 나머지 100km도 자만하지 않고 지금까지의 투지력으로 감을 잃지 않으리라. 하루 평균 25km 이상씩을 걸은 셈이다.

정말 눈앞이 캄캄했던 순간들이 한두 번이 아니었다. 참 대단하다. 첫날의 눈물겨움에서부터, 하루 25km씩을 힘겹게 오르고 내리고, 돌고 했던 일이 새삼 눈물까지 나려한다. 첫날 종횡무진 정말 종잡을 수 없었던 그 날의 혹사를 난 평생 잊지 못할 것이다. 지금에 와서 내 발가락을 쳐다보니 이제 그 붉게 성 나있던 상처가 약간 새살이 돋아나 하루 정도만 쉬면 쉽게 아물 것 같다. 그러나 매일 양말을 신은 채 그 두꺼운 등산화 속에서 내 발가락은 얼마나 생고생을 하고 있었니? 눈물 나게 고맙다.

내 깨끼발가락아! 나는 모처럼 내 발가락에게 감사하는 마음을 가졌다. 애가 지켜주지 못했다면 나는 아픈 상태에서 낙오되고 말았을 것이 뻔하잖은가?

몇 번을 생각해봐도 내 발가락에게 미안하고 고맙다. 끝나고 난 뒤 꼭 보상을 해 줄게. 편한 신발 속에서 아픔 없이 고통 없이 살게 해줄게.

내 깨끼발가락아! 이렇듯 좀 여유가 생겨 딴전을 피우는 사이에 주님의 따끔한 질책과 채근이 주어지고 말았다. 오늘 걷는 길에는 유난히 유실수가 많아 내 눈길을 유혹하기에 너무도 충분했다. 눈앞에서 빨간 사과가 주렁주렁 열려 있는 길을 걸어가자니 줍고 싶은 충동이 어찌 일어나지 않겠는가? 그러나 우리가 그 빨간 사과의 유혹에 못 이겨 예쁜 건 골라 배낭에 주워 넣고, 또 한 개씩은 먹고, 잠시 여유를 떠는 사이에 함께 길을 걷던 일행을 놓치고 말았다.

"진정한 행복은 끊임없이 내어놓는 길이다." (갈릴래아 복음선포 4,14-9,50)

▪ 길 위에서 길을 잃고 정신없이 헤매다
포르토마린(Portomarín)을 앞두고

이게 악마의 유혹이었을까? 잠시 잠간 에덴동산이라 여겼던 길 위에서 우린 맛있게 생긴 사과를 주워 먹고, 예쁜 사과를 줍느라고 너무 행복한 시간을 보내다가, 우리 일행을 놓치고 길을 잃어버렸다. 노란 화살표가 보이지 않아 우리는 사과나무가 즐비한 그 예쁜 길로만 걷고 또 걸었다.

마을이 나올 것처럼 아까 어귀에선 알베르게도 보였는데. 지금은 도무지 어디인지를 모르겠다. 멀리서 볼 때 동네도 보이는 것 같았는데 왜 그렇게 전혀 다른 생소한 동네 길 앞에 우리가 서 있을까?

글라라와 나는 순식간에 겁에 질려 조금은 떨고 있었다. 우리는 '아차' 길을 잘못 들어섰단 생각이 들었다. 다시 왔던 길로 만만치 않은 지점까지 거꾸로 다시 걸어왔다. 그런데 여전히 길은 보이지 않았고 노란 화살표도 전혀 나올 기미가 보이지 않았다. 다시 아까 갔던 동네 길로 다시 들어가 아무리 이 골목 저 골목을 뛰어다녀도 일행의 꼬리는커녕 그림자조차 만날 수가 없었다. 이윽고 우리 둘은 불안에 지기 시작했고, 겁도 나기 시작했고, 짧지 않은 거리를 왔다 갔다 배회하는 헛수고의 발길에 이제 입에서 저절로 탄식이 터져 나왔다.

길을 잃고 헤매다

글라라와 나는 서로 자기 의견을 개진해 가면서 알지도 못하는 길을 자꾸만 서성거렸다. 끝내는 저 곳으로 가야 맞다며 서로 자기 의견이 맞을 것이라고 방향 설정을 해 보았으나 그 것도 모두가 헛수고였다.

'이게 바로 하느님이 우리게 주시는 벌인 것 같다. 따먹지 말라던 실과를 따 먹은 결과로 낙원에서 쫓겨난 아담과 이브 꼴이 되어버렸다.'

다행히 종점이 '포르토마린'이라는 단어 하나만을 수첩에 적어둔 게 그래도 위급상황을 면하게 했다. 어디만큼을 다시 허겁지겁 달려가니 노인 두 분이 걸어가고 계셨다. '포르토마린'을 어디로 가느냐고 묻자, 우리가 전혀 생각지도 않은 길 방향을 가리켜주시는 것이었다. 반신반의 하면서도 어느 만큼을 가다가 확신이 없어 우린 다시 원점으로 돌아오기에 이르렀다. 아마도 노인들이 잘 모르고 가르쳐 준줄 알았다. 왜 그분들 말을 속는 셈 치고 그냥 끝까지 가 볼걸, 왠지 그 길은 우리가 다시 왔던 길로 내려가는 방향이라 우리가 무시를 해 버렸던 것이다. 그 죄의 대가로 우리는 민가를 다시 들어가 물어보려고 집집마다 들어가 봐도 인기척 하나 들리지 않았고, 마지막 일하고 있는 밭에 가서 한 아주머니께 '포르토마린'을 여쭈어보니, 그분이 가리키는 방향으로 나가라고만 한다. '길 없는 길'을 다시 배회하자니 서로 힘이 들어 우리 둘은 잠시 뾰루퉁 해지고 말았다.

누구의 잘못도 결코 아니었지만 결과적으로 너무나 많은 헛걸음을 해 버린 것이 둘 다 속상했던 것이다. 첫째 길에 시간을 낭비하고, 수고를 낭비해 버리고 나니 서로 열이 바짝 올랐다. 글라라가 조금 젊다고 쌩하고 먼저 가 버리기에 너무 야속했다. 우리는 너무 많은 길을 돌다가 기진맥진, 탈진까지 되려했다. 서로가 냉정함을 잃어버린 우리는 서로를 원망하며 자기 페이스대로 거리를 두고 서로 말없이 쌩쌩 걷기만 했다. 겁이 나서 그런지 지쳤던 발길에서 억지힘이 솟아났다. 아마도 홧김에 나오는 괴력이었으리라.

1) 마리아님, 매듭을 풀어주시옵소서

드디어 둘은 말없이 걷기 시작했다. 어디를 알고 걸은 게 아니라 무작정 목적지도 모르면서 발길 닿는 대로 걸었던 것이다. 정말 얼마를 헤맸을까? 비슷비슷한 농촌 길의 끝에서 노란 화살표 하나를 잃고 정신없이 헤맨 우리가 너무도 바보스러웠다.

꼭 '내 탓이오, 내 탓이로소이다.'를 해야 하는 상황인데도 둘 사이는 심드렁해지고 말았다. 이 어려운 난 상황에서 우리 둘의 의견이 투합 되어야 할 이 막중한 길 위에서 우리는 서로에게 무의식적인 불만을 표시하고 있었던 것 같았다. 정말 그간 내가 믿어왔던 상대방이 아닌 것 같았다.

사람마다 뿔이 나면 본성들이 다 나오게 마련이지만 우린 지금 누구의 잘못이랄 것 없이 길을 잃고 서성이며 서로에게 화를 표출하고 있는 것이다. 말이 오가지 않으니 오해만 더 겹겹이 쌓여 갈 뿐이다.

글라라는 마치 길을 혼자 찾아내기라도 할 양으로 속도를 내기 시작했다. 아니 앞에 간 우리 일행의 꼬리를 찾기라도 한 것처럼 혼자서 도망가듯 앞서 가버렸다. 순간 째앵 냉기가 돌며 혼자 말없이 가버리는 글라라가 몹시 미웠다.

"쳇, 제가 좀 젊다고 내 앞에서 속도 과시를 해?" 말은 오가지 않았지만 자기의 성격들이 저절로 길 위에서 저도 모르게 표출되고 있는 것이다. '쳇, 누군 뭐 성질이 없나?' 나는 도망치듯 사라져간 글라라가 미워 속으로 비토를 놓고 있었다.

이럴수록 우리가 의견 투합을 해서 종착점인 '포르토마린'에 제대로 도착하는 게 옳지. 저는 저대로 나는 나대로 별의별 생각을 하며 길 위에서 마음이 꼬여가기 시작했다. 그러는 가운데 난 상당한 거리를 글라라에게 뒤지고 말았다. 그렇게 뒤쳐져가며 알지도 못하는 '포르토마린'을 향해 큰길이 나올 때까지 걷고 또 걸었다.

누군가가 먼저 말을 꺼내기도 싫었을 것이다. '나는 뭐 자존심도 없나?' 우리 둘 간에 갑자기 길을 잃으면서부터 냉기가 감돌았다. 나는 나대로 오해에 오해를 낳고, 글라라 역시 어떤 생각에 화가 나 있을 게 뻔하다. 그러나 엄밀히 분석해 보면 길을 잃은 건 그 누구의 잘못도 아니었다.

잠시 잠간 둘이서 여유롭게 낙원을 보자 이브의 유혹에 못 이겨 잠시 선악과를 따 먹고 놀고 있었던 격이다. 그 죗값으로 행복한 낙원에서 쫓겨난 아담과 이브가 필경 이러했으리라. 정말 걷기 목표치 절반을 도달했다고 좋아했던 그 시간이 바로 몇 시간 전이었는데 맘적으로 내가 긴장이 풀렸었나보다.

앞도 뒤도 돌아보지 못하고 걷기만 했던 바로 긴장된 그 순간을 잠시 망각한 게 화근이었다. 이래서 사람에게 긴장이 풀어지는 순간이 무얼 시작하던 시작 '5분전'과 '5분후'가 가장 중요하다고 했다. 모든 크고 작은 사건들이 그렇게 긴장이 풀어지는 바로 그 짧은 순간에 일어나기 때문인 것이다. 이 일을 계기 삼아 어떤 일이 있어도 절대 단체에서 따로 풀려나 있지 않기로 마음먹었다. 다행히 우리가 걸었던 그 방향이 포르토마린으로 가는 길은 다행이 맞았던 모양이다. 머얼리 내다보이는 종점에 우리 버스가 떠나지 않고 다른 일행들을 태우고 있었다. 그제서야 안도의 한숨을 내쉬며 버스가 보이는 곳으로 마지막 줄달음을 쳤다. 내 다리는 천근만근이 되어 우리 차를 코앞에서도 보면서도 도무지 속도가 나지 않는다.

어찌 그러지 않으랴. 오늘 걸어야할 양보다 한 시간을 더 헤매며 긴장하고 걸었으니 어찌 다리가 안 아프랴. 아무튼 내가 저지른 죄값을 단단히 치루고 온 셈이다.

다른 일행들은 일정대로 도착하여 편안히 다른 코스를 더 거쳐서 버스에 오르고 있는 중이었다. 그러니 차 앞에서 만난 우리 일행들은 우리가 그토록 길 잃어 헤매고 돌던 사연을 아무도 알 턱이 없었다. 그렇게 우리가 헤맨 사이에 우리 둘은 긴 철교를 건넌 후 강 아래에 있는 멋진 지층과 자연이 빚어놓은 자연 휴식 공원을 관람할 수가 없었다. 참으로 아쉬운 일이었지만 철교위에서 아래를 내려나보니 아찔아찔 소름끼치도록 무서웠다. 그래도 일행보다 많이 늦었으리란 생각에 빨리만 가려고 겁도 없이 나는 그 철교 위에서도 달렸다.

나는 아스라이 멀어져가는 바깥 풍경을 내다보며 '포르토마린'의 아픈 기억을 억지로 추스르고 있었다. 철교 밑으로 내다보이는 지층의 절경을 우린 내려가 보지 못했지만 마리스텔라 내외는 저런 아찔한 계단을 어찌 내려갔으며, 어떻게 올라올 수 있었을까? 잠시 그들이 더 걱정 되었다. 남들은 모두 긴장이 풀어지고 몸이 풀렸는데 우리는 1시간 동안을 돌고 돌며, 헤매고 다녀서 차에 오르니 피곤이 최고조에 달했다.

사람은 어떤 어려움 앞에서 그 사람의 진가가 발휘된다는 말을 되뇌어 보고 있다. 지금 맘 같아선 짝꿍과 서로 아무런 사과가 없어서 이대로 말도 안 걸고 맘도 안 주고 싶었지만 한방을 쓰는 룸메이트라 큰 일정 중에 말없는 침묵이 금일 수만은 없었다. 지금도 내 마음이 풀리진 않았다. 서로가 그 일에 대한 진정성 있는 사과 과정을 따로 거치지 않았기 때문이다.

'매듭을 푸시는 성모님! 아무것도 아닌 우리 둘 간의 작은 매듭을 풀어주시옵소서.'

인간이 매듭을 빚어놓고, 만들어진 그 매듭을 무조건 성모님께 풀어 달라고 의탁만 하는 건 도리가 아니지만, 자존심상 누가 먼저 틀어진 마음을 자연스레 얘기 하지 않았다. 그래서 어떤 말로 간격이 풀려갈지 나도 잘 모르겠다. 다 같이 하느님을 향해 걷고, 기도를 하고 있는 한 자매인데 이런 사소한 일로 남은 앙금이 오래 가지 않기를 마음속으로 바라고 있다. 나는 매듭을 푸시는 성모님께 이 기도를 드리기 시작했다.

거룩하신 어머니, 어머니께서는 평생토록 하느님의 현존 안에서 생활하시며 더없는 겸손으로 하느님 아버지의 뜻을 받아들이셨고, 한순간도 악마에게 곁을 허용하지 않으셨습니다. 그리고 일찍이 아들 예수님과 더불어 친절과 인내로 저희가 겪는 어려움들을 하느님 앞에서 중개해 주셨고, 저희 삶의 매듭들을 풀어내는 모범을 보여주셨으며, 저희가 어머니 곁에서 성실히 머무는 한 저희를 평안하게 지켜주시고 주님 안에서 지내게 해 주셨습니다.

하느님의 어머니이시자 저희의 어머니이신 분, 저희 삶의 매듭들을 풀어주시는 거룩하신 어머니께 청하오니 자애로운 마음으로 '글라라와 율리아나 사이에 '길을 잃고 오랜 시간 서로 헤매다보니 서로간의 짜증 섞인 원망과 옹졸한 마음이 가져온 '속상함'으로 인해 생긴 순간적인 매듭을 받아주시어 악마의 공격으로 인한 매듭과 혼란에서 벗어나게 해 주소서 나아가 어머니께서 받으신 은총과 어머니의 중개와 모범을 통하여 저희 또한 모든 악에서 벗어나게 해 주시고, 하느님과 일치하지 못하도록 묶어놓은 온갖 매듭들을 풀어 주소서. 그리하여 저희가 결코 죄악과 잘못을 저지르는 일 없이 언제든 모든 것 안에서 주님을 발견하게 해 주시고, 저희 마음을 주님 안에 두게 해 주시며 형제자매들을 통하여 주님께 봉사하게 해 주소서. 매듭을 푸시는 분이신 성모 마리아님, 저를 위하여 빌어

주소서. 아멘!

　　나는 글라라를 뒤따라가며 계속 마음속으로 이 기도를 드리며 걸었다. 도보 5일차에 생긴 일은 두 번 다시 없어야 한다. 오늘 도보를 무사히 마치고 우리를 태운 버스는 다시 '루고'를 향해 달려가고 있다. '루고'는 스페인의 갈리시아 지방 자치 시에 있는 도시이다. 난 차속에서 피곤한 몸을 맡기며 휴식을 취했다. 어느덧 'Gran Lugo' 호텔에 도착하여 방을 배정 받고 몸을 풀었다. 내일까지도 이 호텔을 사용한다고 한다. 잠시라도 좀 편할 것 같다.

"하늘 나라는 겨자 씨와 같다." (마태 13,31)

제10장

멀어질수록
가까워지는
사랑 거리

제10장

멀어질수록 가까워지는 사랑 거리

포르토마린(Portomarin)에서 팔라스 데 레이(Palas de Rei)까지 약 25km

- 눈물로 씨 뿌리는 사람들 환호하며 거두리라

아침부터 가을을 재촉하려는지 부슬부슬 가랑비가 내리기 시작했다. 이런 날엔 걷기 대신에 어떤 운치 있는 카페에 앉아 토닥이는 빗줄기를 바라보며 아주 느긋한 하루를 보내보고 싶다.

하루 종일 책이나 뒤적거리며 카푸치노 한 잔 근사하게 마시고 싶다. 아직 힘겨운 도보 순례를 앞두고 가당키나 한 생각인지 아직도 정신적 기합이 덜 들어 가 있는 게 분명하다. 그런데 오늘은 왠지 10여 년 전, 뉴질랜드로 배낭여행을 떠났을 때가 자꾸 오버랩 되어온다. 그 땐 목적지를 정해놓긴 했지만 이처럼 피나게 목적지를 향해 하루 종일 걷는 게 아니고, 알레그로로 걸으며 뉴질랜드 곳곳의 목가적 풍경에 취해 마음에 많은 힐링이 되었던 그야말로 멋진 문화여행이었다.

지금은 그와는 정신이 전혀 다른 순례자의 정신으로 도보를 하고 있기 때문에 그 같은 여유는 부릴 수 없는 것이다. 그런데 오늘 아침은 비가 부진부진 내리기에 부려본 느긋한 여유에서 오는 감상이었다.

　오로지 하느님과 동석하여 함께 걸으려 나선 길이라는 걸 잠깐 내가 망각하고 있는 것 같았다. 그러나 날마다 너무 힘이 들어서인지 자꾸만 뉴질랜드의 그 깨끗한 숲 속에서 이렇게 똑같이 가랑비가 내리는 날 유황 냄새를 맡으며 비에 젖은 산야 이곳저곳을 자연에 내몸을 그대로 맡긴 채 알레그로로 걸었던 생각이 문득 떠올랐다. 그냥 그 곳의 목가적 풍경에 푹 빠져서 아마도 내가 뉴질랜드 품속에 매료되어 있었던 것 같다. 아직도 곳곳의 그 하얀 연기는 활화산이 살아 움직이고 있다는 증거였을 것이다.

　어제는 포르토마린으로 가는 길을 찾지 못하고, 글라라와 함께 길을 잃고 헤맨 걸 생각하면 정말 아찔한 생각이 든다. 한 시간 정도를 길에서 헤매다가 6시가 다 되어서야 간신이 포르토마린에 도착하였다. 바로 그 때 우리 일행은 하루 일정을 끝내고, 루고로 향하려는 전용차에 오르고 있었다. 그러는 바람에 포르토마린으로 들어서는 현대식 다리를 건넜으면서도 도무지 어떻게 건넜는지를 몰랐다. 그런데 오늘 아침 산티아고 순례길 중 아주 보기 어려운 꽤 넓고 유속이 빠른 강다운 강이 보였다. 오늘에서야 포르토마린을 흐르는 그 강이 바로 미뇨(Mino)강이었다고 생각된다. 그 강 언덕 위로 보이는 마을이 바로 우리가 어제 찾아 헤맸던 포르토마린 마을이었다.

　댐이 건설 되면서 벨레사르(Belesar) 저수지가 되었는데, 가뭄 등으로 수위가 낮아지면 저수지에 잠긴 옛 포르토마린(Portomarín)의 흔적도 볼 수 있다고 한다. 이 위에 긴 현대식 다리가 놓여있고, 새 포르토마린은 1962년 미뇨강의 언덕 위에 다시 세워졌다고 한다. 중요한 기념물들은 모두 원형 그대로 새 도시로 옮겨졌다. 이 지역에서 발굴된 많은 고고학적인 유적들은 이 마을의 오랜 역사를 말해주고 있다. 이미 2세기에 로마 제국이 이 강에 다리를 건설했었다. 후에 전쟁으로 파괴되었으나 1120년경 순례자들을 위해 다시 세워졌다고 한다.

오늘은 '산 니콜라스 성당(Iglesia de San Nicolas)'에서 미사를 보고 팔라스 데 레이로 출발할 예정이다. 산 니콜라스 성당은 언덕 위 중앙 광장에 탬플기사단의 기념비적인 산 니콜라스 성당이 보인다. 원래 수몰된 옛 도시에 있었던 것을 벽돌 하나하나 옮겨 현재의 그 자리에 그대로 복원해 놓은 것인데, 요새로 지어져 전시에 총을 쏠 수 있는 구멍이 있는 돌기가 있다. 옛 도시에 있을 때 산 후앙 성당, 갈리시아어로는 산 소안(성 요안) 성당(Lgrexa de San Xoan)으로 불렸다고 한다. 이 12세기 성당에서 주목하는 것은 문들에 있는 조각과 전면에 있는 큰 장미창이다. 성당은 산티아고 카데드랄의 영광의 문을 설계하고 만든 거장 마테오의 영향을 받았다. 정문 위 팀파눔에는 '왕이신 그리스도'가 그 주변 아치에는 요한 묵시록에 나오는 24명의 원로들이 중세의 악기를 들고 연주하는 모습이 묘사되어 있었다.

그곳의 주보성인은 '산 니콜라스 아기성인'이라고 한다. 오늘 미사 중 신부님 강론은 또 잔잔한 '시'로 시작되셨다. 정말 우리 신부님께서는 시심이나 감성이 시문학을 전공한 나보다 더 풍부하신 것 같다. 그 짧막한 시 하나를 건드려 그날의 강론 요지를 잘도 말씀해 주시는 탁월한 신앙의 안목과 기술을 겸비하고 계시는 분이신 것 같다. 오늘 주제는 잘 알고 있는 윤석중의 동시 '먼 길'이었다. 참으로 의미심장한 시였다.

먼 길

윤석중

아기가 잠드는 걸
보고 가려고

아빠는 아기 옆에
앉아 계시고

아빠가 떠나는 걸
보고 자려고

아기는 말똥 말똥
잠을 안 자고

　　정말 이렇게 간단한 동시를 오늘 아침에 인용하시며 하느님과 우리
들의 부모 아버지의 사랑을 잘도 피력하신다. 사람들마다 모두 믿음을 갖
고 있지만 비뚜러진 믿음은 사람을 죽이기도 하고, 올바른 믿음은 사람을
치유하기도 한다는 말씀을 하셨다. 지당하신 말씀이다. 신앙이 다 올바르
게 자라면 얼마나 좋을 것인가? 그러나 사람들의 마음은 다 같지 않아서
올바른 신앙을 갖지 못하는 사람도 더러 있을 것이다. 자신이 '사랑하기'
를 멈추지 않으면 '신앙은 불꽃처럼 끝없이 타오른다.'고 하셨다.

▪ 길 위에서 내 신앙 점검해 보기

신앙이란 그 분과의 만남이고, 그 분 때문에 따를 수밖에 없는 따름이고, 죽음조차도 극복해 낼 수 있는 모든 것에서 하느님의 뜻을 얻어내는 행위이다.

내가 아주 어렸을 때부터 남원에 사시는 우리 외할머니께서는 일찌감치 천주교의 독실한 신자이셨다. 그것이 계기가 되어 우리 어머니도 자연히 천주교에 입교하게 되고 우리도 자연스레 어머니의 손에 이끌려 교리를 받고 영세도 하였던 것 같다. 그러니까 내 신앙의 모태는 돌아가신 우리 외할머니이시다. 할머니로부터 신앙의 씨앗이 싹튼 게 분명하다. 지금 우리 어머니가 96세인데, 신약, 구약 성경을 다 완필하시고 자손들에게 직접 쓰신 성서를 오남매에게 모두 나누어 주셨다. 참으로 소중한 보배가 아닐 수 없다. 그리고 아직도 레지오 활동까지 하고 계신 걸 보면 그 믿음이 얼마나 탄탄한가를 짐작케 하고 있다. 그렇다면 정 유꾼다 외할머니께서는 얼마나 오래전부터 구교를 믿어 오셨는지 짐작이 가고도 남는다. 천주교의 전교 자료도 많지 않을 당시부터 믿음이 아주 돈독하게 생기신 것이다.

외할머니께서는 그 옛날 분 이신데도 한글을 터득하시어 우리 집에 오시면 전등 불 앞에서 늘 성경책과 전우치전, 장화홍련전 을 보고 우리에게 얘기 해주셨던 모습이 지금도 잊혀지지 않는다.

외할머니 본명은 '정 유꾼다'이시고, 우리 어머니는 오 마틸다이다. 자나 깨나 시간만 나면 늘 기도와 묵주신공으로 몸이 다져지셨다. 아침엔 조과, 저녁엔 만과를 꼬박꼬박 바치시며 두 분 다 아주 신실한 신앙인이셨다. 나는 늘 기도하는 그런 어머니를 곁에서 바라보며 우리 어머니께

'마틸다의 기도' 라는 시집을 발간해 드렸다.

시인 딸로서 온당한 일이라 생각한다. 그러니까 내 시의 바탕은 어머니로부터 샘솟는다 해도 과언이 아니다. 산티아고 순례 길에서 느긋하게 내 신앙을 점검해 보는 시간이 주어졌다. 그렇다면 그로부터 지금 나의 신앙은 얼마만큼 성숙되었나를 침묵의 길 위에서 묵상해 본다. 아무리 생각해봐도 아직까지도 나의 신앙은 많이 부끄럽다. 1961년 4월 1일 부활절에 아일랜드에서 오신 신부님께 영세를 받았다. 그러나 많은 선교 활동을 못하고, 이제 겨우 내가 낳은 자식들까지 영세를 시킨 정도에 불과하다. 내가 공직생활을 하는 동안 너무도 먼 거리를 출퇴근 하는 바람에 선교활동은 커녕, 겨우 주일만 지키는 신자 정도 밖에 신앙생활을 못했기 때문이다. 그러다가 이제 교직에서 퇴직 한 후에야, 구역장으로 봉사도 시작하고, 레지오 활동도 하고, 성가대에도 활동하며, 성지회에도 가입하여 성지 이곳저곳을 다니며 신앙 선조들의 믿음에 동참하고 있다. 그리고 이제야 신앙의 깊이로 입문을 하는 성경공부도 하고 있다. 이제 성서 40주간으로 신약, 구약을 재미있게 공부하고 있다. 이제야 내 신앙의 키가 조금씩 자라고 있다는 생각이 든다. 일주일에 금요일 하루는 신구약 성경을 체계 있게 배우려고 성경공부에도 열심히 나가고 있다. 이 과정이 끝나면 성서대학이나 영성대학에도 도전 할 생각이다.

외할머니의 신실한 신심에 힘입어 내 엄마도 천막시절부터 시작한 공소에서 우리를 영세 시키셨던 것이다. 지금은 내가 다녔던 성당이 옥터 성지로까지 발전 되었다. 그러니까 내가 자의적으로 신앙을 받아들인 게 아니라 근원은 외할머니로부터 뿌려진 신앙의 텃밭을 엄마가 열심히 가꾸셨던 거로 생각된다.

내가 동생들과 영세를 받은 시절은 1958년 부활절이었다. 아일랜드

신부님께 영세를 받았다, 엄마의 손에 이끌려 갖게 된 내 신앙, 무엇이 신앙인지도 모르는 채 교리공부를 받았고, 초등학교 저학년 때 영세를 받았기에 내 신앙의 키는 해를 거듭 할수록 얼마나 자랐을까? 카미노 길 위에서 침묵의 길을 걸으며 내 일생을 더듬어보고 있노라니 신앙의 키도 궁금해졌다.

정말 지금의 내 신앙은 횃불인지, 모닥불인지, 화로불인지, 담뱃불인지 한번 점검해보라고 하신 맹신부님 때문에 카미노 길에서 불현듯 키 재기를 해 보고 있다. 그래서 나 어릴 적부터 거슬러 올라가며 내 신앙을 점검해 보고 있다.

지금의 내 신앙은 과연 어떤 불로 타고 있을까? 부끄럽기 짝이 없지만 신앙은 끝없이 타올라야 한다는 말씀에 뜨겁게 공감하며 하며, 우리가 양손이 비어있을 때 기도를 하게 된다고 하신다. 양손에 물질이 가득차면 그 물질을 좇아가느라 기도를 놓치는 수가 있다는 말씀 일 것이다. 정말 의미심장하고 지당하고 옳은 말씀이다. 정말 가슴이 뜨끔뜨끔 해졌다.

오늘도 좌석 맨 앞에 다정히 앉아있는 '마리스텔라 부부'를 보면서 '사랑의 깊이'를 느끼신다는 여운을 남겨 주셨다. 우리가 미처 깨닫지 못하는 순간순간을 신부님께서는 잘도 꿰뚫어 보신다. 정말 마리스텔라 부부와 이번 순례를 함께 하면서 우리는 많은 것을 느끼고 가야 할 것 같다.

왜 하필이면 이번 기회에 마리스텔라 부부와 함께 걷도록 우리에게 이들을 보내주셨을까? 한번쯤 생각해 볼 숙제이다. 정말 하느님의 속마음은 무궁무진하시니까 우리는 늘 깨어있어야겠다.

▪ 사랑의 눈길로 세상을 바라보라

나는 교육자로서 늘 나의 가슴에 각인 되어 있는 자성 예언 하나가 있다. "사랑의 눈길로 세상을 바라보라."이다. 사랑의 눈길로만 세상을 바라보고 아이들을 바라보면 안 되는 일이 없다고 생각한다.

이 세상의 모든 불씨와 문제라는 문제는 사랑이 없는 싸늘한 곳에서 늘 일어나고 벌어지는 것이다.

오늘 하느님께서도 '먼 길' 떠나는 우리를 '사랑의 눈길'로 바라보실 것이라는 말씀으로 오늘 신부님 강론을 마치셨다. 정말 내 마음과 일맥상통하는 그 마음이다. 정말 신부님께서는 오늘도 따스한 동시 한 편을 인용하시면서 강론의 중지를 확 우리마음에 박아 주셨다. 정말 맹상학 신부님은 멋진 신부님, 멋진 사제이다. 앞으로 하느님께서는 더 멋진 그릇으로 활용하실 게 분명하다.

아침부터 안개가 잔뜩 끼어 어둡고 칙칙하다. 비가 내릴 것 같다는 예보도 있어 아침부터 우의를 꺼내 입었다. 이 카미노 길에서 비를 만나는 확률은 다반사라고 했다 그런데 우리가 걸었던 지금까지의 시간은 너무도 좋은 날을 하느님께서 가려서 만들어 주셨다고 가이드는 말했다. 다른 순례길 에서는 절반이 비라고도 했다. 그래서 우리는 정말 행운아라는 생각을 지우기가 어렵다. 오늘은 포르토마린(Portomarín)에서 팔라스 데 레이(Palas de Rei)까지 도보 순례가 예정되어 있다. 포르토마린에서 팔라스 데 레이까지는 약 29km를 걸어야 한다고 한다. 참으로 엄청난 걷기가 예정된 날이다.

어제 길을 잃어 엄청난 고생을 했기에 오늘은 일행들을 놓치지 않고 잘 가리라는 생각을 단단히 하고 길을 나섰다. 아침을 먹고 다시 순례를 하기 위해 포르토마린으로 돌아왔다. 포르토마린을 빠져 나갈 때는 마을로 들어올 때 건넜던 다리를 건너지 않고 그 우측으로 난 길을 따라가다가 나오는 다른 다리를 건너게 되었다. 숲길을 지나 나오는 도로를 따라가다 길 왼편에 공장건물들이 있었다. 더 가서 보면 톡시보(Toxibo)와 곤사르(Gonzar)를 후 얼마 안 가면 카스트로마이오르(Castromaior)가 나왔다. '카스트로마이오르'는 언덕 위에 작은 로마네스크 형식의 성당(Iglesia Romanica de Castromaior)이 있었다. 16세기 정도에 지어졌다고 하는 이 성당은 전면의 입구 위에 단순한 아치가 있고, 종이 하나 있는 종탑이 있을 뿐이었다. 언뜻 보기에는 돌로 만들어진 납골묘가 안장 되어있는 그런 인상을 지울 수가 없다. 규모가 작아서 그런 생각이 들었는지도 모르겠다. 이곳에서 한참을 숲길을 따라 올라가 산 하나 넘어가면 라메이로스(Lameiros)와 다음 마을인 리곤데 사이에 17세기에 만들어졌다는 라메이로스 십자가(Cruceiro de Lameiros)가 있다. 나와 글라라는 이 십자가 앞에서 기념사진을 한 장씩 찍고 지나갔다.

실로 까마득한 몇 백 년이 흘러간 그 시절에 만들어진 이 십자가를 보며 지나가자니 세월의 때가 그만큼 깊게 느껴졌다. 얼만큼을 또 걸어가니 중세 순례길에서 오랜 연륜이 묻어난 순례자 숙박마을이 나왔다.

마을을 살짝 빠져나와 다시 언덕길을 오르면 왼쪽으로 또 하나의 십자가가 보이고, 그 뒤에 묘지가 함께 있는 산티아고 성당이 보인다. 문에 옛 로마네스크 성당의 일부가 남아 있고, 성당의 다른 부분들은 18세기에 다시 지어진 것이라 한다.

팔라스 데 레이(Palas de Rei)에 들어서니 외각에 새로 건립된 체육시설이나 숙소들이 보이기 시작한다. 시내 끝 부분에는 구시가지도 나타난다. 현대적인 신시가지와 구 시가지가 함께 공존하고 있는 단정한 인상을 주는 도시이다. 그런데 아직도 다수의 선사시대 유적들이 남아 있어 오랜 역사를 증언이라도 해 줄듯 당당하게 서 있다. 정말 물질문명이 발달해 가는 이 시대에 오랜 전통을 이어가는 일이란 쉬운 일이 아니다. 그 많은 곳에서 불편함을 감수해 가면서 현대식으로 개조해 나가기 일수 인데, 이 산티아고 순례길에서는 아직도 수많은 성당과 순례자 숙소와 다리들이 비교적 잘 보존되어 있다. 많은 곳에서 불편함을 이유로 전통 건물을 허물고 현대적인 높은 건물을 세워가곤 한다. 다행스럽게도 이 길에서는 오랜 전통이 잘 보존 되어 있음을 볼 수 있다.

순례자들이 늘어가면서 복원작업도 진행 중에 있지만 이런 예 건물들을 중심으로 전통 축제나 종교 행사가 아직도 예전 모습으로 진행되는 곳도 있다는 걸 들으면서 유적의 중요성을 다시 한 번 생각해 보게 한다. 그리고 불편함을 감수하고 옛 건물과 전통을 지키고자 애쓰는 산티아고 주민들에게도 응원의 박수를 보내고 싶다.

1) 판초우의 카미노 길을 수놓다

오늘도 순례길에서는 각양각색의 판초 우의가 카미노 길을 '꽃길'로 만들었다. 앞에 가는 사람, 뒤에 오는 사람, 멀리서 오는 사람들도 모두가 원색이 많기 때문에 길가에 꽃이 핀 것 같다. 판초우의가 이렇게 꽃처럼 보이다니 정말 색다른 까미노길 풍경이었다.

비는 많이 안 오지만 날씨가 어쩔 줄 몰라서 계속 우의를 입은 채 걷다가 너무 더워서 작은 이슬비는 좀 맞아 볼 양으로 우의를 벗었더니, 하느님께서 특별한 배려를 하셨는지 점심 먹는 알베르게로 가는 시간까지 비를 보내지 않으셨다.

현지 가이드는 무조건 걸어가다가 오래된 다리가 나오면 그 옆에 알베르게에서 점심을 먹고 간다고 하였다. 이름도 모르는 채 오래된 그 다리만 찾아서 걷다보니 푸렐로스(Furelos)라고 하는 그 기원을 알 수 없는 오래된 마을 입구에 중세의 다리 폰테 벨하(Ponte Velha)가 있는데 그게 바로 "오래된 다리" '푸렐로스' 다리였다고 한다. 그 다리는 12세기에 건축되었고, 18세기에 부분적인 보수가 되었다고 하는 중후한 중세다리를 우리도 건넌 것이다. 다들 걷기에 지쳐서 점심을 먹으며 쉬고 가기 때문에 점심시간만큼은 모두 화기애애하다. 우리 일행은 모두 이층 한 좌석으로 앉게 배려해 주었다.

　모처럼 한 장소에서 얼굴을 마주하며 점심을 먹는 시간이었다. 점심시간에 누가 준비를 했는지 적색 와인 한잔씩을 들고 우리 순례자들끼리 브라보로 "부엔 까미노!" 하며 소리를 질렀다. 제법 카미노에 익숙해지고 있었다. 무르익어가는 대화도 어느 때 보다 정겹게 다가왔다. 다른 곳에서 먹던 것보다 바게트 빵이 부드럽고 참 맛있었다. 감자튀김도 짜지 않고 즉석에서 금방 튀겨주어 먹음직스럽다. 오늘 점심엔 파스타가 나왔는데 지난번 어디선가 먹었던 맛과는 상당히 수준 차이가 났다. 오늘 이만하면 점심으론 만점을 주고 싶다. 그 때 어디쯤에선가 '고향 깻잎' 냄새가 진동하다. 나는 가운데쯤 앉아있었기에 사이드 쪽을 바라보니 어느 팀에서 싸왔는지 통조림 깻잎을 나누어 먹고 있었다. 모두들 눈이 휘둥글 해질 무렵 그 양이 이곳까지 오려나? 하고 헛 입맛만 다시고 있었다. 그러나 우리의 수에 비해 턱없이 모자란 양의 깻잎을 내놓고 그들만 먹고 있었다. 안 보았으면 모를까 침이 꿀꺽꿀꺽 넘어갔다. 자기 옆 사람에게 한 잎씩 나누며 오던 깻잎이 바로 옆에서 끝이 나버렸다. 정말 눈요기만 하다가 헛침만 삼켰던 게 너무 아쉽다. 그랬더니 옆 사람이 어찌 알고 깻잎 한 장을 전해주길래 난 다시 글라라와 또 반 잎씩 나누어 먹었다. 정말 그 작은 거 하나에서 눈물이 날려고 했던 건 처음은 아니었지만 이번에도 섭섭하려 했다. 이렇게 깻잎 한 장의 미각이 고향의 맛을 되살릴 수 있을까를 생각해보며 역시 "우리 것이 좋은 것이여."라는 생각을 지울 수 없는 점심시간이었다.

정말 어려움을 느껴봐야 진정한 사랑을 알게 된다. 내가 살아왔던 시대는 어려움의 시대였지만 부지런히 노력하고 나쁜 생각 안하며 성실하게 일 한 사람은 그래도 배고프지 않게 먹을 수 있었고, 그래도 아끼고 나누며 살 수 있었다.

상추와 쑥갓 한 움큼도 이웃 집 담을 넘어가는 아름다운 시절에 그래도 어려움을 감내하며 살아온 것 같다. 그러나 하느님께서는 어려움만 주시지 않는다. 눈물로 씨 뿌리며 성실한 가슴을 가진 사람에겐 언제나 풍요한 미래를 안겨 주시곤 했다. 그러나 지금의 세태는 얼마나 많은 변화를 가져왔는지 한 번쯤 되돌아보자. 물질의 풍요가 가져다주는 물질만능의 시대상을 보라. 더 많이 갖고 더 누리고 있는 자가 정신적 빈곤과 박탈감으로 외로운 늑대가 된 사람이 얼마나 많아지는가? 이번 미국 라스베가스에서 일어난 대형 참사는 요즘의 세태를 잘 대변해 주고 있는 것이다.

그처럼 대형 콘서트 장에서 생각하기에도 끔찍한 무작위 총기난사로 수십 명의 목숨을 일순간에 앗아가고 고통 속에 미국사회와 온 세상을 경악케 하고 있지 않은가?

하느님을 잘 믿고 살아온 신앙인이라면 감히 이런 끔찍한 길을 왜 꿈꾸겠는가? 나는 반드시 "눈물로 씨 뿌리는 자 반드시 환호하며 거두리라."는 말씀을 오늘 되새기며 그 결과 역시 믿어 의심치 않는다. 그리고 우리는 모든 사람들을 사랑의 눈길로 바라보면 좋겠다. 사랑이 있는 사람들은 한없는 사랑이 더 샘솟아 오르고, 사랑이 떠나버린 사람들은 삭막해지고 각박한 삶을 살아가기 때문에 범죄에서 자유로울 수가 없는 것이다.

우리는 누구나 사랑의 시선으로 바라봄을 잊지 않았으면 좋겠다.

2) 높낮이 없는 아름다운 세상을 꿈꾸며

가톨릭 신자들은 신앙을 앞에 두고 커다란 공통분모를 갖고 있다. 가톨릭 신자라는 큰 공통분모 안에서 우린 다 같은 형제자매라는 가까운 칭호로 살아가고 있다. 이 얼마나 따뜻하고 듣기 좋은 말인가?

한 부모 안에서의 형제자매는 분명 아닌데도, 하느님 안에서는 분명히 한 재매요 형제이기 때문이다. 언제 들어도 이 형제자매라는 말과 호칭은 정겹고 따스하다. 가족의 의미를 신앙 속에 살려 놓은 아름다운 표현이기 때문이다.

직장의 높고 낮은 직함도 교회 속으로 들어오면 한결같이 형제가 되고 자매가 되는 마술의 언어! 사람의 높이를 낮추기도 하고 높이기도 하는 이 마력 앞에서 높은 자도 낮은 자도 따로 없어서 너무 좋다.

하느님 한분을 아버지로 모시는 자녀가 되고, 누이가 되고, 언니가 되고, 형님이 되는 형제자매라는 따뜻한 이 언어가 카미노 길에서도 여전히 정겹다. 엄밀히 말하면 우린 따뜻한 하느님의 형제자매임이 분명하기 때문이다. 귀천을 따질 필요가 없고, 빈부를 느낄 필요가 없으며, 공평한 가치를 가르치는 이 따뜻한 길에서 형제자매라는 이 언어는 더없이 소중하다. 누구나 자기의 신분을 다 내려놓고 보다 더 겸손하게 살았으면 좋겠다. 높은 자는 더 낮은 모습으로 내려서고, 낮은 자는 삶의 높이를 더 키워 나갔으면 좋겠다. 나는 이번 순례에서 세상이 만든 질서가 아닌 신앙의 질서에 새눈이 떠지기를 바라고 있다. 그래서 주님을 향한 시선만 놓치지 않는다면 한 가지 고통에 백 가지 기쁨을 얹어 주시는 주님을 꼭 만날 수 있을 것이라 믿는다.

"행복합니다. 마음속으로 순례의 길을 생각할 때 당신께 힘을 얻는 사람들!"
(시편 84,6)

제11장

인생에서
절대 피할 수 없는
외로움 끌어안기

제11장

인생에서 절대 피할 수 없는 외로움 끌어안기

팔라스 데 레이(Palas de Rei)에서 아르수아(Arzúa)까지 약 30km

▪ **슬픔을 내려놓고 행복하기 위해 걷다**

아침 안개가 자욱하다. 이렇게 안개 낀 날은 경험상 날이 매우 맑고 덥다는 예상을 하게 되는데 지금은 온 사방에 뿌연 안개가 베일을 쳐놓고 부끄러워 얼굴을 보여주지 않는다. 아끼고 아끼던 하느님의 보물을 오늘 한꺼번에 다 보여주면 너무 눈부실까봐 살짝 가려놓고 보일 듯 말 듯 가슴을 애타게 흔들고 계시는 것 같다.

우리 일행은 어제 '팔라스 더 레이(Palas de Rei)'까지 약 29km의 도보 순례를 잘 끝내고 돌아와 '마지막 만남'의 장소라고 약속했던 팔라스 데 레이에 있는 '산 티르소 성당'으로 아침 미사를 드리기 위해 버스가 달려가고 있다.

오늘은 도보 순례 일주일 째 되는 날이다. '팔라스 더 레이'에서 아르수아까지는 약 29km를 걷는 순례계획이 세워져 있다. 오늘도 만만치 않은 도보의 양이다. 그러나 어려워도 시작만 하면 끝은 따라오게 마련인가

보다. 이런 속도와 페이스로 중도 하차만 하지 않는다면 단 하루 남은 내일까지만 걸으면 우리가 계획하고 떠나온 '200km'의 대장정 마지막 코스 '산티아고 데 콤포스텔라'에 도착하게 된다. 그러나 오늘은 최장 30km 정도를 걸어야 하는 최악의 날이기도 하다. 최악이라는 말 대신 '하느님과 가장 오래 걷는 날'이라고 말해야 더 나은 표현인 것 같다.

하느님과 오래오래 대화하며 걷는 날이라고 정정을 하고 나니 새삼 마음이 바뀌어진다. 육체적 고통만을 앞세워 최악의 날이라고 표현했지만 그 고통이 긴 만큼 추억 또한 값지게 오래 갈수가 있는 것이다. 어찌 내 의지대로 여기 까지 올 수 있었겠는가? 오직 그건 하느님의 이끄심, 하느님의 부르심이 있었기 때문이었을 것이다. 하느님의 눈부신 그 사랑 없이는 모든 것이 불가능했을 것이다. 산티아고 순례 길은 정말 첫 발길서부터 모든 것을 하느님께서 주관하시고 움직여주셨다. 그 사실을 깨닫는 데는 그리 많은 시간이 걸리지 않았다.

공항에서 출발부터 그 걸림돌들을 우리가 도저히 치울 수가 없는 거였다. 정말 그 분의 손길이 아니고선 그렇게 말끔하게 정리가 될 수가 없는 것이다. 가는 곳곳에서 그런 일들은 다분히 일어났었고, 우린 느꼈고, 그 결과 또한 놀라웠다.

프랑스 툴루즈로 가는 비행기가 결항 되었을 때도, 우릴 들어갈 수 있게 해결해 주신 일, 우리가 공항에서 떨지 않도록 좋은 호텔을 다시 배정 받게 해 주시던 일등 말로 헤아릴 수가 없다. 그리고 매일 매일 이렇게 좋은 날씨로 예정했던 모든 일정을 그날그날 소화할 수 있게 해 주신 일 이 모두가 그분의 손길 아니고선 불가항력이라 생각한다.

우리가 아무리 바둥거리고 애를 태워도 해결 못하는 일들을 하느님의 방식대로 질서 있게 풀어가 주신다. 그래서 우리는 기도가 필요하고,

감사가 필요한지 모르겠다. 모든 걸 내 방식대로가 아닌 하느님 방식대로 맡기며 풀어 가시려는 그 시간을 우린 기다릴 줄 알아야 한다.

믿고 기다릴 줄 아는 사람만이 하느님의 오묘한 능력을 의심하지 않고 송두리째 믿게 된다. 오늘은 막바지 힘을 쏟아야 하는 날이다.

▪ 두 번째 카미노 길을 걷는 막달레나

모처럼 거창에서 온 막달레나와 함께 걷게 되었다. 막달레나는 자그마한 키와 연약한 체구로 보자면 카미노 길을 잘 걸을 수 있을까? 하는 의심먼저 갖게 되는 호리호리하고 가냘픈 체격의 소유자이다. 그러나 외모와는 달리 그는 퍽 따사로운 인성의 소유자이고, 매우 현명하며 사리분별과 신앙심 또한 대단히 깊어 보인다. 가정적으로도 형제자매 중에 신부님과 수도자가 나온 것만 보더라도 믿음의 정도가 주변에 안정되게 자리하고 있음을 알게 해준다.

막달레나와는 이번 산티아고 도보 순례에서 처음 만난 사이지만 이상하리만큼 정감이 가고 의사소통이 잘 되어 오래 알고지낸 사이마냥 친밀감과 정이 간다. 막달레나는 산티아고 도보 순례가 이번이 처음이 아니라고 한다. 작년에도 이 카미노 길 100km를 걸었다고 한다. 그런데 올해 200km에 또다시 도전을 한 것이다. 나는 깜짝 놀라며 이렇게 쉽지 않은 도전을 어찌 또 했느냐고 물었다. 그러나 막달레나는 구김살 없이 당당하게 자기 소신을 말하였다.

"율리아나 형님! 저는 힘들고 어려움이 닥쳐올 적마다 제 자신을 더 단련시키기 위해 이 길을 찾아옵니다."

"앞으로도 저는 이 길을 계속 찾아올 겁니다."라는 다부진 의지를 내게 재삼 피력하였다. 난 이 한마디만을 듣고도 너무도 단호한 그의 응답이 마음에 와 닿았다. 아니 그의 용기와 결정에 무한한 박수를 보내고 싶다. 연약한 여성의 몸으로 거창에서 힘든 농사일을 하면서 얼마나 어려움은 많겠는가? 농촌에 살아보진 않았지만 농사일만으론 일한 만큼의 능력과 대가가 안 나옴을 어찌 모르겠는가? 그래서 농한기도 아닌 9월에 농사일에 손 놓을 틈이 없는 그가 일손을 접어두고 이 어려운 도전길에 또 나선다는 건 보통 집념의 소유자가 아니라는 생각이 들었다. 난 친동생과도 같은 막달레나의 견고하고 탄탄한 정신력에 높은 점수를 주고 싶다.

웬만한 사람 같으면 이 순례의 어려움을 견디지 못할 것이다. 아니, 한번 도전할 때 그 어려움을 알았으니 두 번 다시는 안 올수도 있는데 두 번째 이 길을 또 걷고 있음에 자꾸 반문이 생긴다. 그러나 막달레나는 생활 속의 어려움을 침묵의 길을 걸으며 고뇌하고, 회개하고, 또다시 보속하며 자기 정화를 해 나가고 있는 훌륭한 하느님의 자녀인 것이다. 정말 하느님 보시기에 너무도 예쁜 마리아 막달레나인 것이다. 막달레나는 본명도 그에게 너무 잘 어울린다. 어쩌면 성녀 마리아 막달레나처럼 예수님께서 십자가에 못 박혀 돌아가실 마지막까지 십자가 곁을 지키지 않았던가?

그리고 예수님의 시신을 자기 새 무덤에 모실 때도 그 맞은편에 있었던 막달레나는 안식일 다음 날 이른 새벽에도 몇몇 여인과 무덤으로 달려가 그리스도의 시신이 없음을 발견하고, 무덤 밖 동산에서 슬피 울고 있을 때 부활하신 스승 예수님을 처음 만나 부활의 기쁜 소식을 제자들에게 맨 처음 전한 성녀 막달레나가 아니던가? 이렇게 예수님 곁에 늘 막달레나가 자리하고 있었던 것처럼 오늘 나와 함께 걷고 있는 막달레나가 너무 믿음직스럽다. 그래서 그런지 정말 신심도 남다르다. 이번 산티아고에 와서 신부님과 매일 드리는 미사 때에도 누가 시키지 않아도 어려운 전례 봉사를 도맡아 하다시피 한 막달레나이다.

이번 순례길에서 신심 깊은 막달레나를 만났다는 것도 어쩌면 나에게 큰 소득이라 할 수 있다. 정말 작은 거인이라 할 만큼 당당하고 야무지다. 순례 길에서 믿음으로 맺어진 사이인 만큼 집에 돌아가서도 서로 안부도 챙기고 살아가는 이야기도 종종 나누는 좋은 자매지간이 되고 싶다.

좁은 길을 함께가는 글라라와 막달레나

- **팔라스 데 레이(Palas de Rei) 산 티르소(San Tirso) 성당에서**

　　팔라스 데 레이는 외곽지역에 새로 생긴 체육시설과 숙소들이 보인다. 그리고 시내 끝 부분엔 구시가지도 나타난다. 팔라스 데 레이는 현대적인 신시가지와 구시가지가 공존하는 단정한 인상의 도시이다. 아직도 다수의 선사시대 유적들이 이곳저곳에 남아 있어 이 곳의 오랜 역사를 증언하고 있다.

　　'팔라스 데 레이' 라는 이 마을의 이름은 8세기 초 이 지역을 통치한 서고트 위티샤(Witiza)왕의 궁전인 '팔라티움 레기스(Palatium Regis)'에서 유래한 것으로 보인다. 중세때 산티아고 순례길이 마을을 통과하면서 크게 번영하였다고 한다. 그리고 로마네스크 양식도 이 길을 통해 전파되었다고 한다.

　　12세기 로마네스크 양식의 산 티르소(San Tirso)성당이 있다. 이 성당은 여러 번 개축을 하였으나 주 출입문은 원래의 12세기 성당에서 보존된 것이라고 한다. 성당 내부는 잔잔하고 단아한 모습의 소성당이었다.

　　오늘 날 이렇게 오랜 전통을 이어간다는 것은 정말 쉬운 일이 아니다. 많은 곳에서 많은 불편함을 이유로 전통 건물을 허물고 현대적인 높은 건물로 세워가는 이 시대에 다행스럽게도 산티아고 순례길에는 아직도 수많은 성당과 순례자들의 숙소와 다리들이 아직도 보존되어 있다. 최근에 순례자들이 늘어나면서 복원작업도 한창 진행 중이다.

　　이런 옛 건물을 중심으로 전통 축제나 종교행사가 아직도 진행되고 있는 것을 보면서 유적의 중요성을 다시 한 번 생각해 본다. 그리고 불편함을 감수하고 옛 건물과 전통을 지키고자 애쓰는 산티아고 순례 길의 주민들에게 큰 응원의 박수를 보내고 싶다.

오늘 아침 신부님께서는 강론에서 "우리가 왜 성지로 도보 순례를 왔는가?"를 먼저 질문하셨다. 새삼스런 질문은 아니라도 얼른 하나의 대답이 똑 떨어져 나오질 않았다. 순례자 모두가 다 각기 그 질문의 답은 다르겠지만 신부님께서는 더 물어볼 것도 없이 답은 하나였다.

"우린 모두 슬픔을 내려놓고 행복하기 위해 걷는 겁니다."

정말 꼭 맞는 답인 것 같다. 오늘은 도보 칠 일째 되는 날이지만 막바지에 힘이 더 들도록 많은 거리를 남겨놓았다.

나는 기본 체력이 최하위여서 누구보다 좀 빨리 지친다. 그런 만큼 음식에서 에너지를 더 섭취해야 하는데 먹는 양이 아주 적다. 그리고 남보다 빨리 배가 불러버린다. 그래서 식사량을 좀 늘려 많이 먹어 두려 해도 그 먹는 일도 내 맘대로 되지 않는다. 그래서 좀 쉽게 지치고 있다. 그러나 난 실망하지 않는다. 체력은 약해도 남보다 의지는 더 충만하고 강하기 때문이다. 무엇이든 하고자하는 일을 보면 욕구와 책임감이 남보다 강하다. 그래서 저 체질이라도 그 깡 때문에 끝까지 책임을 다해내는 근성이 내겐 있다. 그래서 어지간한 일에 포기란 없다. 한번 한다고 맘먹으면 실천은 두 말 없는 금이다. 누가 뭐래도 내 의지를 억지로 꺾어 놓을 수는 없다. 그러기에 느지막한 나이인데도 이 산티아고 길을 걷고 있지 않은가? 그래서 난 절대 실망하지 않는다. 모든 일들이 내 의지대로 나 혼자만의 힘으로 이룩되는 게 아니라는 점을 알기 때문이다.

하느님께서 성령과 함께 이루어 주시고, 어려운 이 길도 함께 걷게 하실 테니 사서 걱정할 필요가 없는 것이다.

"사랑은 주고도 모자라 끝없이 목말라하는 그리움입니다." (예루살렘 여정 9,51-19,27)

■ 성령이 우리와 함께 하시다

1) 영성 생활에서 내 자신 키워나가기

오늘날 선하고 진실한 많은 사람들이 신앙 앞에서는 자신이 신앙생활을 잘 해나가고 있는지 그러지 않은지 고민하고 있는 사람이 많을 것이다. 우선 나부터도 신앙생활을 잘 해나가고 있는 건지 늘 반문이 생기곤한다. 세상이 풍요로울수록 공존하는 불분명한 다양성, 가정과 공동체 생활을 어렵게 만드는 개인주의적 문화나 정서 그리고 기도나 신심 등에서 그리스도인으로 산다는 건 결코 쉬운 일은 아니다.

나에게 있어서 신앙생활은 다른 일을 생각하지 않고 오직 하느님만 생각한다거나 다른 사람과 함께 하는 시간 없이 오직 하느님과 많은 시간을 보낸다는 의미가 아니다. 그보다는 하느님의 현존을 믿고, 그 안에서 생각하고 살아가는 것을 의미한다.

신앙생활의 모든 행위 중에서 나는 기도가 중심이 되어야 한다고 생각한다. 우리의 모든 행위는 기도에 뿌리를 박고 거기서부터 출발을 해야 옳을 것이다. 기도는 우리의 활동과 동떨어진 행위가 절대 아니다. 기도는 우리를 활동하도록 만드는 모든 사물들과 모든 일들 한가운데 자리해야 한다고 생각한다. 그래야 기도 속에서 우리의 자기중심적 독백이 하느님 중심의 대화로 변화되기 때문이다. 성 아우구스티노는 1700년 전 "우리는 지식만으로 구원될 수 없다."는 말을 진리로 삼아 자신의 삶을 통해 그에 대한 주석을 달은 분이다. 아우구스티노는 두 번의 개종(회심)을 했다고 한다. 한 번은 머리로(지성으로), 다른 한 번은 가슴으로, 그는 스물 다섯 살에 지적인 면에서 그리스도교로 개종했다고 한다. 그는 많은 이교도 철학을 접하고 그에 따른 생활을 통해 그리스도교가 옳다는 확신을 가졌다고 한다.

이처럼 영성생활은 종착점이 선명한 단거리 경주가 아니라, 넓게 펼쳐진 지평선을 평생 동안 달려야 하는 마라톤 경주와 같은 것이다. 우리 모두가 그 길을 계속 달리기 위해서는 올바른 길 위에 내가 있다는 확신뿐 아니라, 하느님의 산을 향해 가고 있는 사람들에게 하느님께서 약속하신 견인력, 비유를 한다면 엘리야의 물방울(1열왕 19,1-8 참조)을 끊임없이 발견해야 한다는 것이다. 우리에게는 지식과 마음이 모두 필요하며 영성 역시 마찬가지일 것이다.

영성의 긴 여정을 가며 우리 자신을 지탱하기 위해서는 어떻게 마음을 추스를 것인가? 어떻게 지친 몸과 외로움과 나태함과 원한과 나쁜 습관을 뛰어넘어 자비롭고 기쁘고 자기희생적이고 창조적이고 성숙한 그리스도인으로 살 수 있을 것인가?

나는 이번 산티아고 순례 길을 걸으며 정말 나의 영성생활에 대해 많은 생각을 하며 걸었다. 진정한 나의 영적 생활은 어떤 훈련이 더 필요하며 앞으로 어떤 생활로 일관해 나가야 하는지를 길 위에서 많이 생각해 보게 되었다.

2) 나의 신앙행위에 더 필요한 것

오늘 날 살아있는 신앙을 갖기 위해서는 누구든지 자신의 인생을 깊이 있게 '행동하는 신앙'으로 만들어나가야 할 것 같다. 그 '행동'이란 우리를 기도와 자기희생과 공동체에서 떼어놓고, 우리가 성실성과 헌신적 삶을 지켜나가는 정원에서 피땀을 흘리지 못하게 가로막고, 우리의 영혼 속으로 깊이 들어가는 용기와 시간을 빼앗아 버린다. 즉 우리의 신앙을 가로막고 있는 것들은 결국 우리의 나태함과, 어떤 것에 대한 탐닉, 그리고 야망과 불안과 시기심이라 할 수 있다. 그리고 더 엄밀히 말하면 긴장 속에 살기를 거부하는 것이며, 소비주의이다. 세상의 사물과 견문에 대한 탐욕이자 특정한 생활양식을 갖고 싶어 하거나 사업을 지나치게 확장하려는 욕망이다. 그리고 누적된 피곤과 명성에 대한 강박증이고 스포츠, 오락, 어떤 쾌락에 대한 이끌림 등이라 할 수 있다. 이런 것들이 나의 신앙을 앞으로 더 나아가지 못하게 만드는 것이다. 그렇다면 나의 영성 생활에 장애 되는 것들을 뛰어넘으려면 어떻게 해야 할까?

나는 이 모든 것들을 뛰어넘게 하는 데에는 개인적 기도를 게을리 하지 않아야 함을 이 길에서 터득하였다. 결국 규칙적인 개인 기도가 없으면 우리 영혼은 더 이상 교감하지도 균형을 유지하지도 못하는 것이다.

정말 기도는 우리 영혼과의 교신 및 접촉, 건강과 균형을 유지하려면 우리는 마땅히 하느님과 의식적인 대화를 꼭 가져야 한다.(사도 17,28 참조). 오직 기도만이 우리 영혼을 생존시킬 수 있으며 기도만이 하느님과 함께 보내는 시간을 갖는 것이며, 기도를 함으로서 스스로의 삶의 중심을 잘 잡을 수 있는 것이다.

정말 깊이 있는 기도란 하느님과 특별히 가까이 있었던 체험의 시간이 아니며, 신비에 깨어있는 시간도 아니다. 다만 주님의 현존 안에서 머무르거나 느끼고 생각하고, 감지하고 체험한 것을 감추지 말고 주님 앞에 보여드릴 때 주님을 기쁘게 해 드리는 것이라 느끼고 있다.

주님께서 어떤 식으로든 어디서나 나를 사랑하고 계심을 나는 이 번 기회에 더 느끼게 되었다. 내가 비록 알아차리지 못하더라도 하느님은 여전히 내게 말씀하시고, 나를 보시고 항시 껴안고 계신다는 걸 알게 되었다. 오늘도 하느님의 어깨로 감싸인 품속을 하느님의 향기를 맡으며 함께 꼭 올인 할 것이다.

• 콩밭 매는 아낙네여

　오늘도 뙤약볕이 예견되는 날이라고 한다. 그런데 어인일인지 걷기에 필수 덕목인 모자를 빠뜨리고 나왔다. 항시 배낭 고리에 붙들어 매놓은 모자가 오늘 쓰려고 하니 없는 것이다. 참 난감했다. 어디다 두고 나왔는지 아무리 생각해보아도 생각이 나질 않는다. 할 수 없는 일이었지만 준비성에 벌써 군기가 빠진 것이 분명하다. 잃어버렸더라도 그 많은 날 나에게 뜨거운 햇볕을 가려 주었으니까 충분이 감사하는 마음으로 체념을 하고 있었다. 모두들 모자는 기본으로 쓰고 나와야 하는데 나만 까까머리다.

　보다 못한 내 짝꿍 글라라가 가다말고 센스있게 모자 하나를 꺼내주었다. 어찌나 반갑던지 또 길에서 짝꿍 천사의 덕을 단단히 보고 있는 셈이다. 내가 모자를 안 가져온 지 어찌 알고 하나를 더 준비 해 왔을까? 나는 '사람이 죽으라는 법은 없구나.' 하며 짝꿍에게 연신 고마운 인사를 보냈다.

　도보 막바지에 접어드니 벌써부터 군기가 빠졌던 모양이다. 아니 내 정신력에 슬슬 한계가 오는 모양이다. 오늘 아침 순례길에서 가장 첫 번째 준비물이 물과 태양을 가리는 모자인 것을 오늘 깜빡 잊고 빠뜨리고 나온 것이다. 그런데 오늘 난 준비성이 철저한 내 짝꿍 글라라 덕분에 간신히 위기를 모면했다. 글라라는 마침 모자를 두 개 준비 했던 것이다.

　그런데 짝꿍이 내게 씌워준 모자는 여느 모자가 아니었다. 콩밭 매는 사람들이 땀과 햇볕을 차단하기 위해 목까지 그늘을 만들어주는 부드러운 천으로 만들어진 보자기 형식의 모자였다. 평소에 약간 패셔니스타 쪽 성향을 갖고 있던 나는 처음에 그 모자 패션에 선뜻 마음이 동하지는 않았다. 그렇지만 스페인의 한낮 햇살이 보통 40도에 가까운데 모자 없이 낮에 걷는 건 불가능했기에 그저 좋다고 했다.

짝꿍 글라라는 본인 배낭 속에서 하나 더 가져온 모자를 꺼내 내게 씌워주기까지 했다. 참으로 고맙기 그지없는 일이었다. 그러나 필경 거울이 있는 곳이었다면 난 이 모자를 쓰고 내 모습을 요모조모 살펴봤을 것이 분명하다. 거울이 없는 도보 순례길에서 궁금해도 내 폼을 볼 수는 없는 일이었다. 그러나 여건이 되는 곳이었으면 분명 내 모습을 보면서, 웃어가며 몇 가지 평도 했을 것이 분명하다. "콩밭 매는 아낙네 같다."느니 하면서 칠갑산 노래까지 족히 불렀을 나였다. 그러나 순례 길에서 어울리지도 않은 무슨 거울타령이며, 패션 타령이 나올까?

아무래도 평상시 내 정신 상태와 패션 감각에 문제가 있는 게 백일하에 드러났다. 아무도 패션에 관심조차 갖지 못할 도보 순례자에게 겉모습이 왜 중요하겠는가? 내 자신만 그 모자에 익숙하지 않아 어색할 뿐, 다른 아무도 그 모자 가지고 이러쿵저러쿵 주고받는 말이 없었다. 당연한 일이다. 드디어 곁에서 함께 걷는 거창의 막달레나에게 내 모자 어때? 라고 묻고 싶었지만 선뜻 모자까지 내주는 글라라가 있어 패션에 대해선 궁금해도 함구 할 수밖에 없었다. 그러나 오늘 길을 걷는 내내 난 어색하고 머리로 온 신경이 다 쏠리고 있었던 게 사실이었다.

'문제는 내 자신에게 있구나.' 라는 생각을 하며 걸음을 독촉했다. 내가 평소 써 왔던 모자완 달리 촉감은 아주 부드러웠다. 그리고 목 부분까지 햇볕이 가려지니 훨씬 덜 탔을 테고 안 더운 것도 사실이었다.

언젠가 아주 더웠던 날 글라라가 등산모를 쓰고 걷다가, 땀이 너무 많이 나서 이 면모자로 바꾸어 쓰고 걷던 걸 본적이 있었다. 그 때 내가 "와! 완벽한 준비 해왔다."고 칭찬을 했던 때가 생각났다. 이미 글라라는 그 모자의 실용성을 익히 알고 있었던 터였다. 그러나 나는 이 면 모자가 이번이 처음이었기 때문에 어색해 하고 있었을 뿐이었다.

오늘 이 모자 없이 햇볕에 바짝 그을리고 더워 비지땀을 흘려봐야 될 내가 호강에 감싸여 별 타령까지 다 하고 있었다. 정말 내가 나이를 헛먹은 것이 분명하다. 지금 순례 길에서 패션을 걱정할 순간이 아니지 않은가?

"정신 차려! 율리아나야!" 하고 자신에게 채찍질도 하였다. 오늘 나는 짝꿍 글라라의 덕을 톡톡히 보고 있는 날이다. 생각보다 날씨가 더워 모자 없인 한 순간도 걸을 수 없었을 그런 날이었다. 그래서 오늘 내가 잘 얻어 쓰고 잘 걷고 있지 않았던가? 난 그저 실용적인 그 콩밭 모자로 햇볕 가림을 잘 하고, 그날 고맙게 아르수아까지 잘 도착 할 수 있었다.

집에서 여행 가방을 챙겨올 때, 다른 건 다 여유 있게 잘 챙겨 왔는데 모자는 달랑 하나만 준비해 온 게 불찰이었다. 왜 집에 많은 모자를 두고도 고작 하나만 가져왔는지 내 준비성이 완벽하지 않음을 깨닫는 날이었다. 그 콩밭 패션 모자는 차를 마시려고 들어온 알베르게에 도착해서야 벗었다. 그간 눌린 머리 모습이 아마도 가관이었을 것이다. 그러나 어쩌랴. 우린 순례자잖아. 패션이 왜 문제가 될 수 있을까? 도무지 율리아나의 정신상태가 아직 순례자로 탈바꿈 되지 못했다는 걸 다시 인정하고도 남는 순간이었다. 수녀님과, 막달레나, 글라라, 그리고 나는 차 한 잔씩을 시켜서 그 알베르게에서 잠시라도 다리를 펴고 나왔다. 순례자 모두가 쉬어가는 좀 여유로운 알베르게였다. 스탬프도 하나 덤으로 받았다.

차를 마시고나서 한 10리쯤을 더 걸어가니, 산 술리안 도 카미노 (San Xulián do Camiño)가 나왔다. 로마네스크 양식인 산 술리안 성당도 보였다.

▪ '산 술리안 도 카미노(San Xulián do Camiño)'에 전해진 이야기

카미노 길에서 전해지는 이야기는 참으로 다양하다. 어찌 어려운 그 길에서 일어나는 일이 한 두 가지만 있을까? 산 술리안 카미노 길에서도 참 슬픈 이야기가 전해지고 있다.

이 길에서 처음 만나는 건물은 산 술리안 성당이다. 이 성당은 잘 다듬어진 로마네스크 양식으로 지어진 성당이다. 이 성당은 화강암으로 지어져있다고 하고, 주랑과 큰 원형 앱스도 있었다. 산 술리안은 선원, 여관 주인, 서커스 단원들의 수호성인으로 성인에 관해서는 이런 이야기도 전해지고 있다.

술리안은 사냥 길에 사슴을 추적하다가 뜻하지 않게 '부모를 죽일 것'이라는 무서운 경고를 받았다고 한다. 이 예언에 두려움을 느낀 술리안은 부모와 고향을 떠나 아주 아주 낯선 곳으로 몰래 떠나갔다고 한다. 아마도 무서운 그 예언을 피하기 위해서였을 것이다.

자식을 못내 그리워하던 그의 부모는 마침내 그가 있는 곳을 찾아내고 아무런 연락도 없이 그가 있는 곳을 찾아왔다고 한다. 오랜 여행에 피곤했을 그의 부모에게 술리안의 아내는 자신의 잠자리를 내어 주었다고 한다. 그리고 얼마 후 집으로 돌아온 술리안은 자신의 부모가 와 있는 것을 까맣게 모른 채 침대에 두 사람이 나란히 누워 있는 것을 보게 되었다고 한다. 마치 그 모습이 아내와 아내의 정부가 나란히 누워있는 것으로 착각한 술리안은 그 둘을 인정사정 볼 것 없이 모두 살해해 버렸다고 한다. 이 사실을 뒤늦게 알게 된 술리안과 그의 아내는 이 죄를 씻기 위해 로마로 순례를 시작했다고 한다. 그 후에 그들은 가난한 여행자들을 위한 순례자 숙소를 열고 그들을 위해 봉사의 삶을 살았다고 한다. 마침내 천사가 찾아와서 그들에게 주님의 용서를 베풀어 주었다고 하는 얘기가 전해졌다.

참 마음이 짠하고 무거워졌다. 팜프레(Pambre)강 위의 작은 다리 폰테 캄파냐마토(Ponte Campana-Mato)를 건너면 작은 마을들과 경작지들이 끝없이 이어지고 있다. 코토(Coto)와 코르닉사(Cornixa) 사이로 갈리시아 자치지역 내 루고(Lugo)주와 라 코루냐(La Coruna)주의 경계를 지나가게 되었다. 얼마를 힘차게 걷다보니 레보레이로(Leboreiro)가 보인다. 이 건물은 12세기에 지어지기 시작해 15세기에 보수된 순례자 숙소의 벽이 아직 남아 있었다. 이 지역에서 영향력을 발휘했던 우요아 가문의 문장이 새겨져 있는 것도 볼 수가 있었다.

순례자 숙소 앞에 나뭇가지로 엮은 전통적인 '곡물 저장소'도 보인다. 마치 작은 초가지붕을 이엉 엮듯 엮어 만든 작은 곡물 저장소가 처음엔 닭을 기르는 닭장이 아닌가 하고 유심히 쳐다보며 지나갔다. 바로 옆에 또 13세기 경 산타마리아 레보레이로 성당(Igessia de SantaMaria do Leboreiro)도 보였다.

로마네스크의 흔적과 장식적인 식물 문양이 남아 있는 정문 위 팀파눔에는 성모자상이 놓여있었다. 레보레이를 벗어나 세코(Seco) 강 위의 작은 로마네스크 다리 푸엔테 마리아 막달레나를 건너가면 데시카보가 나온다고 한다. 모두가 함께 쉬어가는 길목이라 늦고 빠르고는 여기서 겨눌 수가 없다. 우리에겐 진정한 쉼도 필요하니까. 참으로 우리가 걸으며 거쳤던 주요 지점들도 참 많았다. 따라서 순례자 여권에 찍힌 스탬프도 날로 날로 많이 채워져 가고 있다.

알베르게나 성당마다 각기 다른 형체들의 스탬프가 우리가 걸어온 길 만큼이나 다양하다. 스탬프를 쳐다보니 걸은 만큼 보람 또한 크다. 며

칠 동안 이 프레덴샬을 얼마나 소중히 보관하며 함께 걸었던가?

이 '순례자 여권'을 바라보니 눈물이 날 정도로 고맙고 수고 또한 느껴졌다. 오늘은 발걸음이 그래도 희망차다. 내일까지만 걸으면 그래도 내가 바라고 원했던 그 종착지 하느님의 대성전 '산티아고 대성당'이 나오기 때문이다. 좁은 골목길을 지나려니 소떼가 줄지어 몰려온다.

▪ 좁은 카미노 길의 진풍경

카미노 길은 대부분 넓은 길보다 개발의 손길이 못 미친 아주 좁은 길이 대부분이다. 그만큼 경제적으로나 지형적으로 개발이 어렵기 때문이리라. 그래서 그 좁은 길에서 소떼들이나 순례자들을 만나기라도 하면 모두가 서서 기다려가야 한다. 기다릴 줄 알아야 한다. 서두르거나 바삐 가려고 한다면 작은 사고와 바로 직면할 수가 있기 때문이다. 오늘도 좁은 카미노 길에서 많은 소떼들을 만났다. 몸집이 작지도 않은 누렇고 하얀 황소들이 줄지어 걸어오고 있다. 뿔이 심술궂게 달려 있어 겁부터 나기 마련이지만 생각보다 그 소들은 비교적 순하고 몸집은 커도 좁은 길에 잘 훈련되어 지나간다. 그러나 우리는 길이 너무도 좁아 낮은 담벼락으로 바짝 몸을 비켜서야 했다. 아무리 해치지 않을 동물이라 해도 예고 없이 좁은 골목에서 만나니 겁이 난다. 지나치는 카미노 골목길이 워낙 좁아서 소들과 나와 거의 몸이 서로 부딪칠 정도이다.

예상대로 소들은 해를 끼치지 않고 순하게 유유히 골목을 빠져 나가고 있고, 그 뒤엔 소를 모는 사냥 개 한 마리가 뒤따라가고 있다. 사람 한 사람 몫을 단단히 하고 있었다. 유심히 그 모습을 바라보고 있노라니까, 그 개는 소몰이 훈련 개였던 것이다. 함께 가는 소가 열을 안 지지키고 사방으로 흩어져 갈라치면 얼른 뒤쫓아가 소들의 넓적다리를 살짝 물어 정신을 차리게 하는 것이다.

　깜짝 놀란 소는 '아차, 내가 열을 이탈했구나.'라고 생각하는지 잠시 편안하게 열을 이탈해 나갔다가도 철저한 개 감독님의 지적을 받고는 얼른 제 자리로 순순히 끼어들기를 하는 것이다. 참으로 짐승들이지만 고도로 훈련된 그 모습이 정말 보기 좋았다.

순례자와 함께 가는 소떼들

주인 한 몫을 개가 톡톡히 해내는 걸 보고 정말 놀라웠다. 짐승이지만 사람 한몫을 제대로 해내고 있었다. 그들만의 사회에서도 살아남기 위한 최후의 수단을 잘 지켜가고 있는 질서가 너무 아름다웠다. 사람에게서도 보호 받고, 차들도 피해가고, 오토바이나 자전거를 피하는 방법으로도 그 훈련 방식은 너무 필요하고 아름다웠다. 살아내기 위한 몸부림일 수도 있으나 어떻든 주인으로선 안전에 대한 자구책으로 개를 훈련 시켰을 것이다.

이곳 스페인에서도 인도에서처럼 온갖 개들, 고양이, 소떼, 닭들 이 모든 짐승들이 함께 공생하고 있다. 어떤 큰 제약에서 벗어난 아주 자유로운 공생을 하며 함께 살아가고 있는 모습이 보기 좋았다. 심지어 카미노 길에서 데리고 가는 개에게도 순례자 표시의 조가비까지 달아주며 함께 가는 걸 중요시하는 여유로운 사람들의 모습도 참 보기 좋았다. 역시 동물도 한솥밥을 먹으면 한 식구인 것이다. 그리고 특히 더 아름다운 것은 조금 신체가 불편한 사람들도 포기 하지 않고 열심히 나름대로 의지를 다 관철 시키고 있는 모습들이 특히 보기 좋았다.

■ 마리스텔라 부부에게서 천상을 꿈꾸다

오늘은 내가 더 힘을 내야하는 날이다. 바로 목전에 산티아고 데 콤포스텔라가 날 오라 손짓하고 있잖은가?

일주일째를 목적하는 바대로 걷기에 완료를 하니 이젠 조금 자신감이 붙었다. 그러나 어디 눈앞이라고 산티아고 대성당을 쉽게 보여주지는 않는다. 자칫하면 다시 나태해 지려하는 마음을 마리스텔라 부부를 보며 희망을 갖곤 한다.

마리스텔라 부부에게서는 우리가 감히 이해하지 못할 '인간의 불굴의 의지'를 발견할 수가 있다. 감히 제 몸 혼자 가면서도 어렵다는 말을 어찌 바오로 앞에서 할 수 있을까? 절대 그럴 수는 없는 것이다. 마리스텔라의 눈과 발이 되어 몇 배의 어려움을 묵묵히 견디어 오고 있는 바오로를 보라! 아니 둘이건만 길에선 이미 한 몸이 되어 낙오 없이 함께 가고 있는 마리스텔라를 보라! 우리보다 몇 배의 진땀을 더 흘렸을 것인가? 우리들보다 몇 배의 피눈물을 남몰래 삼켰을 것인가? 아무리 생각해봐도 평정심을 잃지 않고 한결같이 같은 발짝을 옮기고 있는 저 부부를 보라. 하늘나라가 결코 멀리 있지 않음을 보여준다.

함께 감을 잃지 않고 혼신의 힘을 다하고 있는 '임동준 바오로의 위대함'에 한없는 박수갈채를 보내고 싶다. "당신은 진정한 인간 승리자!"라고 말해주고 싶다. 그러나 바오로의 더 멋진 마음은 "나 비록 힘이 들지라도 마리스텔라에게 이 아름다운 산티아고 길을 보여주고 싶다."는 말을 했을 때 놀라지 않을 수 없다. 아니 같은 인간으로서 높이 우러르고 싶고 존경감까지 들곤 했다.

어찌 울고 싶은 순간들이 없었겠는가? 어찌 이 어려운 길을 선택한 걸 후회하지 않았겠는가? 그렇지만 그 어려움을 우리가 보는 앞에서 너무도 예쁘게 행복으로 바꾸고 있는 것이다. 바로 이 점을 더 높이 추켜세우고 싶다. 아니 우리가 추켜세우지 않아도 하느님께서 이미 뽑아 놓으셨을 것이다. 더 예쁜 상장과 은총을 주시려고 말이다. 바오로 자신이나 마리스텔라에게선 한시도 웃음이 떠나질 않았다.

　　마리스텔라와 바오로의 '함께 세상 바라보기'는 너무도 아름다운 드라마 같다. 땀으로 범벅되어 앞 뒤 분간할 수 없는 괴로움의 연장선상에서도 너무도 의연하고 차분하게 늘 웃음으로 인사를 대신해준다.

　　곁에서 보는 우리도 울고 싶은 여건에서 울지 않고 여전히 웃고 있으니까 그저 인생을 달관한 철학자 같기도 했다. 어찌 보면 아무도 모르는 성취감을 맛보며 어느 누구보다도 행복할 것이다. 바오로의 생각이 다른 사람과 너무도 달랐기 때문이다.

　　만약 겉치레에 더 신경이 쓰이고 나의 약점을 숨기려 한 사람이었다면 당연히 이번 순례도 마리스텔라와 동반하지 않았을 것이다. 그러나 바오로의 사랑은 '인간승리' 그 자체였다. 시간은 누구에게나 다 공평하지 않지만 이들 부부에게는 그리 녹록치 않아 보인다. 언제일지는 모르지만 이번 기회 아니면 마리스텔라와 '함께 세상 바라보기'는 아마도 마지막이 될 줄도 모른다고 한다.

　　이번 산티아고 순례길에서 만난 마리스텔라 부부에게 끝없는 하느님의 영광과 축복이 쏟아지길 기원하고 또 기원할 것이다. 보이는 세상만이 세상이 아니고, 마음으로 볼 수 있는 멋진 세상을 바라보는 아름다움과 하느님을 바라보는 '기적'이 이들 부부에게 계속되길 빌어본다.

"지극히 높은 데서는 하느님께 영광, 땅에서는 그분 마음에 드는 사람들에게 평화!" (루카 2,14)

- 기다리고 기다리던 아르수아(Arzúa)

    카미노 길에선 수도 없이 만나는 것들이 너무도 정답게 다가온다. 하늘, 구름, 나무, 작은 마을, 작은 꽃, 열매, 성당, 알베르게들이 자꾸만 지나가고, 또 만나진다. 마주칠 때 마다 사랑스럽고 또 정겹기 까지 하다.

    어느새 우리가 아르수아에 도착되어가고 있다. 첫눈에 아르수아는 현대적인 펜션과 알베르게 등의 순례자 숙소가 많은 계획도시 같은 인상을 풍겨준다. 일자로 곧게 뻗은 시가지가 다 끝나갈 무렵에야 세월이 묻어나는 건물들이 보이기 시작한다. 아르수아의 역사를 보면 콤포스텔라의 영광에 일조한 곳임을 한눈에 알 수가 있기 때문이다.

    오래 전부터 이 마을에 있었던 수도회는 콤포스텔라의 건설에 교두보가 되었다고 한다. 콤포스텔라로 순례자들이 모여들 때는 그 순례자들을 돕고 안내하는 도우미 역할을 묵묵히 실천하였다고 한다. 빛나는 조연의 중요성을 알게 해주는 도시가 바로 아르수아이다.

    아르수아의 기원은 선사시대로 거슬러 올라가는데 기원전 3500-1500년에 있었던 거석문화의 흔적들이 풍부하게 남아있기도 하다. 청동기와 초기 철기 시대의 정착민들은 요새를 중심으로 마을을 형성했던 것으로 보인다. 로마인들은 군사 주둔지를 만들어 인근의 금광을 관리하기도 하였다고 한다. 중세에 산티아고 순례가 활발해지면서 여러 분야의 장인들이 몰려들고 마을이 커짐에 따라 한때 '새로운 마을'이라는 뜻의 비야노바(Villanova)로 불리기도 하였단다. 그리고 한참 후에야 옛 이름 아르수아를 되찾아 지금에 이른다고 한다. 아르수아는 다음과 같은 이야기도 전해지고 있다.

1) 배고픈 자에게 주는 것은

마을을 지나던 한 배고픈 순례자가 어느 여인에게 도움을 청했다고 한다. 그 여인은 마침 남은 불로 빵을 굽고 있었지만 순례자가 배고파하는데도 "가진 빵이 없다."고 대답을 했다고 한다. 그 순례자는 허탈한 마음으로 돌아가며 "당신의 빵이 돌로 변하기를!"하고 말했다고 한다. 한참 후 그 여인이 빵을 꺼내려 화덕으로 갔을 때, 그 화덕에는 빵 대신 둥근 돌만 있었다고 한다. 그때서야 후회한 여인은 바로 그 순례자를 뒤따라갔지만 이미 멀리 떠난 후였다고 한다. 그 순례자가 과연 누구였을까? 주님을 만나고서도 정작 우리가 모를 수도 있는 것이다. 주님께서는 어떤 곳에서든 어떤 상황 속에서든 늘 우리와 함께 현존하심을 잊지 않아야 되겠다. 분명 배고파 빵을 구걸 하셨을 그 분이 바로 순례자의 모습으로 나타나지는 안했을까?

지리적으로 순례길의 목적지인 산티아고 데 콤포스텔라와 가까운 만큼 이곳에 오는 배고프고 지친 순례자들을 잘 맞이해야 한다는 교훈을 전하기 위한 이야기 일수도 있다. 그래서 우린 늘 깨어있어야 할 것 같다.

순례길 옆 도심 광장에는 작은 산티아고 성당이 있었다. 원래 성당은 지금보다 작았지만 옛성당이 너무 낡아 1955년에 복원을 시작해 현재의 모습이 되었다고 한다. 종탑과 제단도 원래 성당에 있던 것을 그대로 가져왔다고 한다. 특히 19세기 초 화강암을 다듬어 만든 옛 종탑은 벽돌 하나하나까지 그대로 새 성당으로 옮긴 것이라고 한다. 모서리가 작은 첨탑으로 장식된 사각형 기반에 종루가 올라와 있고, 그 위에 팔각형의 지붕과 철십자가 있는 첨탑이 세워졌다고 한다. 주제단화는 19세기의 것으로 이오니아식 기둥으로 장식되어 있으며 가장 위쪽 메달에는 클라비호 전투에서 싸우는 산티아고의 모습이 들어 있다.

그 아래에는 순례자 산티아고 상이 있었다. 18세기 로코코 양식의 제단화는 세 부분으로 구성되었는데, 기둥들은 메달과 왕관으로 장식되어 있다. 그리고 왼편 위쪽에 성프란치스코, 그 아래에 성크리스토폴, 가운데에 카르맨의 성모, 그리고 오른편에는 파티마의 성모, 그 위에 기적의 메달 성모상도 볼 수 있었다.

우리는 산티아고 성당을 지나 한참을 걸어가다가 점심을 먹자는 장소를 못 찾아 한동안 또 애를 먹었었다. 산티아고로 가기 위해서는 여러 번 길을 잃어버릴 뻔한 일이 비일비재하다. 표지판이나 노란 화살표 하나만을 의지해서 걷기 때문이다. 그 화살표도 장소가 매우 다양하다.

길바닥에 그려져 있을 수도 있고, 담벼락에 있을 수도 있고, 어떤 건물의 벽면에 있을 수도 있다. 그래서 그 날도 오른 쪽으로 돌아갔다가, 왼쪽으로 걸어갔다가 몇 번을 헤매고 난 뒤 한참만에야 물어물어 우리가 모이자는 식당이 나왔다. 이 식당에서는 스페인 갈리시아 지방의 특식인 '문어요리' 뽈뽀를 맛 보여준다고 한다. 참으로 기대가 크다.

■ 스페인 전통 문어 요리 뽈뽀(Pulpo)

내가 지금 걷고 있는 아르수아는 갈리시아 지방이다. 이곳의 특징은 해안선이 천 킬로미터가 넘게 이어지는 곳이다. 그래서 이 지방은 스페인의 북서부 대서양 연안의 차갑고 깨끗한 바닷물에서 얻어지는 해산물이 특히 신선하고 맛이 있다고 한다. 이 지역에서 맛있는 해산물로는 오늘 먹게 되는 '문어요리'가 유명하다고 한다.

이 지방의 대표적인 음식이 바로 문어요리 뽈뽀(Pulpo)라고 한다.

그래서 갈리시아 지역을 순례하다보면 식당의 주방장들이 김이 모락모락 오르는 삶은 문어를 통째로 들고 나와 순례객들을 유인하기도 한다고 한다. 우리도 유리창 너머로 문어 요리를 손질하고 있는 음식점을 여러 곳 보면서 걸어왔다. 우리가 찾아 들어간 식당은 매우 크고 넓었으며 이 집이 꽤 유명한 문어 요리 집인 것 같았다.

우리보다 먼저 도착한 일행들은 벌써 맛있는 문어 요리를 먹고 있었다. 오늘도 만날 장소 설명을 깊게 못 들어 길을 헤매느라 좀 늦게 도착되었다. 다들 똑똑하다고 들은 바를 이구동성 얘기 했지만 정작 문어 요리집을 못 찾고 말았다. 한참 이쪽저쪽을 기웃거리다 드디어 그 식당에 이르렀다. 그런데 네 명 한 팀이 안 된다는 이유로 일행이 네 명 모아질 때까지 문어 요리를 내 주지 않는 것이었다. 우리 음식 문화하고는 좀 달라서 소리쳐도 안 되고 독촉해도 소용이 없었다.

손님이 앉기만 하면 시킨 음식이 그냥 나오는 줄 알았다. 너무 배가 고픈 상태라서 주인에게 좀 독촉을 했더니, 전혀 무응답이었다. 할 수 없이 이웃집 잔치에서 맛있게 먹고 있는 그 요리만 쳐다보며 침만 삼키는 꼴이 되어가고 있었다. 속으론 부아가 좀 치밀어 올랐지만 아직 오지 않은 일행이 함께 와야 준다는 걸 무슨 수로 억지를 부리랴 싶어 참고 기다렸다. 드디어 몇 명의 일행이 들어와 앉자 드디어 기다리던 문어 요리가 나왔다.

냄새로는 침이 꼴깍꼴깍 넘어갔지만, 실제 나오는 걸 보니 그리 푸짐하게 내주지는 않았다. 물론 문어가 비싸니까 돈하고 관계가 되겠지만 점심에 '문어요리'라고 마음을 퍽 설레게 해놓고, 나오는 요리 수준은 우리 야유회에 가서 한 접시씩 성의 없이 담아 내놓는 수준이었다. 맘 같아선 삶은 문어니까 당연히 초고추장에 먹을 것이라 더 군침을 삼켰는데,

나올 줄 알았던 소스나 초고추장은 찾아볼래야 없었다. 문어 자체의 맛이 좀 짜기 때문에 그냥 아무 양념도 없이 그냥 삶은 문어만 썰어서 접시에 담아주고, 그 위에 이쑤시개만 달랑 올려놓았다. 맛있는 소스도 놓여있지 않았다. 아마도 담백한 문어 고유의 맛을 보라고 그러는지도 모르겠다.

배가 고픈 오후에, 그것도 아주 늦은 점심이라 그냥 소스도 없이 문어만 이쑤시개로 찍어 먹었다. 그래도 생각보다 문어가 연하고 담백하여 맛은 또 일품이었다. 자꾸 문어에 손이 자주 갔지만 양을 채워 줄 만큼 문어는 더 이상 나오지 않았다. 한 상에 한 번 내 주면 추가는 더 없다. 그리고 나서 바게트와 감자튀김이 더 나왔다. 상상만 크게 가졌던 스페인 문어요리는 여지없이 그 환상이 깨지고 말았다.

누가 도보 순례자에게 그 비싼 문어요리를 충분히 격식에 갖춰 먹도록 해 주겠는가? 나의 기대가 너무 컸던 모양이다. 그러나 저러나 힘내라는 뜻에서 문어를 점심으로 먹은 특식인 만큼 오후에도 더 힘을 내서 걸어야겠다. 문어의 팔팔한 힘을 받아서인지 나는 아르수아까지 27km의 일정을 거뜬히 소화해 냈다.

우리는 이제 산티아고로 들어가는 일만을 남겨 두었다. 내일은 마지막 피치를 올리는 내 생의 최고의 날! 산티아고 입성을 눈앞에 두는 그런 날이기도 하다. 끝까지 긴장의 끈을 놓지 않아야겠다.

어느 덧 오늘 일정도 서서히 마무리 되어가고 땅거미가 어둑어둑 해질 무렵에야 우리는 전용차에 오르게 되었다. 짝꿍 글라라의 모자로 무더운 하루를 잘 견뎌냈다. 그런데 이건 웬 보너스인가? 잊어버렸을 것이라고 까맣게 잊고 지냈던 블랙 야크 빨간 테 모자가 차의 뒤 칸 내 빈 의자 위에서 혼자 반갑게 날 맞이하며 앉아있다. 헤어졌던 님을 만난 것처럼 너무도 반가웠다.

"그럼, 그렇지, 함께 왔으면 함께 가야지."

너만 혼자 의리 없이 혼자가면 안 되지. 너 혼자 먼저 보내버리면 내가 섭섭해 어찌 살라고…. 나는 모자를 껴안고 반가움에 입을 맞추었다.

아침 순례 길에 서둘러 나가면서 내가 차에 고이 모셔 두었나보다. 그래, 하루쯤 너도 쉬어야지. 매일매일 그 따가운 햇볕과 씨름을 했으니 오늘 하루의 달콤한 휴식은 너에게 보너스다. 내일부터 우린 또다시 하나다. 마지막 순례가 끝나는 순간까지 함께 할걸 약속하고, 우린 함께 호텔로 들어왔다.

"그 분이 홀로 가신 그 길 나도 따라 가겠소"

제12장

아! 꿈에도 그리워했던
산티아고 데 콤포스텔라

제12장

아! 꿈에도 그리워했던 산티아고 데 콤포스텔라

페드로우소(Pedrouzo)에서 산티아고(Santiago de Compostela)까지 약 27km

▪ 야고보 성인 유해가 잠든 '별들의 들판'

　　오늘은 내가 산티아고 도보 순례를 하기 위해 집을 떠나온 지 꼭 열흘째 되는 날이다. 지금까지의 순례의 총 결산이 되는 오늘, 드디어 나는 그토록 가보고 싶어 했던 마지막 종착지 '산티아고 데 콤포스텔라'에 입성을 하기 위해 계획된 날이기도 하다.

　　주님과 함께 도보로 이 길을 걸어온 지는 만 8일 째 되는 날이다. 난 이 날을 손꼽아 기다리며 얼마나 목말라 했던 가? 이 날을 위해 얼마나 많은 날들을 애태워 왔던가? 난 이날을 위해 무수한 꿈을 꾸어 왔던 꿈의 날! 드디어 예정했던 200km를 걸어와 비로소 주님과 더 가까워진 대성당에 도착을 하는 날이다. 참 많이 떨리고 긴장도 된다. 그래도 '절대 긴장을 늦추지 말아야지.'라는 다부진 약속을 하고 길을 나섰다. 날씨마저 최고 좋은 날로 우리를 맞이하시려는지 오늘 날씨는 그야말로 쾌청한 초가을 날씨다. 춥지도 덥지도 않은 전형적인 가을 날씨이다.

오늘 미사는 산티아고 대성당에 도착해서 '향로미사'를 보는 날이므로 따로 우리들만의 미사는 없다고 했다. 어제도 우린 30km 가까운 쉽지 않은 거리를 도보로 걸어왔고, 오늘도 우리는 그에 준하는 거리를 완주해야만 한다. 그래야 산티아고 데 콤포스텔라에 입성을 할 수 있는 것이다. 우리 순례자 일행은 호텔 'Eurostars Gran Santiago'에서 조식을 일찍 마치고, 아침부터 서둘러 '페드로우소'로 이동을 하였다.

오늘 도보는 바로 페드로우소에서부터 시작을 하는 것이다. 그 지점에서부터 오늘 산티아고 대성당까지 마지막 피치를 올려야 하는 중차대한 날이다.

산티아고 데 콤포스텔라로 가는 길

이른 아침부터 부지런히 걸어도 늦은 점심때나 도착할지 모른단다. 아마도 긴장을 늦추지 말라는 얘기로 받아들이며 각오를 단단히 하고 길을 나섰다. 한낮은 날씨가 더울 것을 예상해서 두꺼운 점퍼는 입지 않아야 되지만 아침 날씨와 오후 날씨가 차이가 너무 많이 나기 때문에 늘 출발할 땐 긴팔을 준비해야 한다. 그래서 긴팔 티셔츠에 곤색 라프마 고어텍스 점퍼를 걸치고 나섰다가 금방 더워져서 다시 배낭에 접어 넣었다. 그 안에 덧입었던 홀가분한 회색 바람막이만을 입고 길을 걸었다. 몸이 많이 가볍게 느껴진다. 이렇게 옷 한 벌 차이로도 걷기에 방해가 되거나 능률이 오른다는 사실을 이곳에 와서 도보를 하면서 더 잘 알게 되었다.

이젠 걷기에 좀 요령이 생겨서인지 말은 적어지고 발걸음은 많이 빨라졌다. 아마도 그간 걸었던 다리에 힘도 붙고 자신감도 붙은 것 같다. 그래도 절대 자만은 이 길 위에서 금물이다. 그간 잔뜩 겁을 먹고 있었던 게 역력하다. 단 하루도 긴장의 끈을 늦출 수 없었기에 말이다.

그간 갖지 못했던 침묵의 피정이 오늘은 저절로 이루어지고 있는 셈이다. 그 간 일주일을 쉬지 않고 걸었던 내공이 생겨 몸도 가볍게 느껴지고, 제법 걷는 속도도 붙은 것 같다. 숲길을 지나면서도 많이 여유로움을 느낀다.

이 곳 숲은 얼마나 아름다운지 이파리들이 약간 가을 색을 띄고 있는지도 눈여겨보았다. 그러나 아직은 진한 녹색 향에 초록 기운이 펄펄하다. 아마도 우리에게 시원한 그늘과 싱싱한 힘을 불어넣어주기 위해 이파리들까지 힘을 내고 있는지도 모르겠다. 갓길에는 이미 깔린 도토리 잎과 도토리들이 왜 나를 도외시 하고 가나?하고 널부러진 채 눈길을 유혹한다.

고국에서 같으면 도토리를 보고 그냥 지나칠 내가 아니다. 유난히 '도토리 묵'을 좋아한 나로선 차마 손질도 못하면서 도토리 줍기는 아주

즐겨한다. 이 길을 걸을 땐 우리의 목적이 다른 데에 있으므로 그저 눈요기로서만 풍성하다. 지나치는 길마다 오래된 도토리나무가 풍채 좋게 어우러져 우리 발길에 모조리 밟혀나가고 있다. 참 아쉬운 장면이지만 어쩔수가 없다. 줍는 시간도 그렇지만 주어가지고도 집에 가져갈 수도 없다. 그러니까 푸짐한 눈요기로만 끝나야 한다. 고사리 밭을 지날 때도 마찬가지였다.

지금이 고사리 철은 아니지만 스페인 사람들은 '고사리' 나물을 아예 모르나? 하며 의아심을 갖기도 했다. 온 천지 사방이 고사리 잎으로 진을 쳤어도 벤 흔적조차도 없다. 아무튼 이 나라에 왔으니 두고 볼 수밖에 별도리가 없다. 숲이 많이 우거져 아름다운 터널이 나오거나 기념을 해둘 만한 곳에 이르면 어김없이 난 사진기를 꺼내든다. 지금 이 글을 쓰면서도 그 때 뜨겁게 찍어 두었던 사진을 보아가며 그때 그 길과 그때의 정경을 마음껏 떠올리며 미소를 짓고 있다. 그땐 힘들었지만 지금은 입가에 절로 미소가 떠오른다. 숲 속 길이 깊어져 갈 때마다 예쁜 산꽃들이 또날 유혹한다.

누르스름하게 단풍이 좀 물들고 있는 나무가 있는가 하면 마치 흰 눈이 소복이 덮여 하얀 눈을 뒤집어쓰고 있는 것 같은 멋진 나무도 즐비하다. 마치 은사시나무 같은 넓은 잎들이 길 주변을 에워싸고 있다.

좀체 이 아름다운 광경을 두고 갈 내가 아니다. 깡깡이 나무 같은 뾰족하고 단단한 잎에서도 마치 개나리꽃 같은 노오란 웃음꽃이 매달려 있는가 하면, 뱀의 꼬리 같은 보랏빛 꽃들이 길가에서 온통 박수를 보내주고 있다.

'내가 도보 순례를 힘겹게 하는지 아는가 보다.' 우리는 외국인들과 많이 섞이어 걷고 있다. 서로가 힘을 불어넣어주기 위해서 "부엔 카미노"

를 자연스레 외치며 제법 근사한 순례자로 변해 있었다.

함께 걷던 글라라와 사진을 번갈아 찍어주며 마지막 도보 길의 여운을 만끽하며 걷고 있다. 오늘도 주님의 배려 깊은 선물인지 안개로 사알짝 태양을 가려주시어 걷기에는 최적의 날씨인 것 같다. 이제 산티아고가 가깝게 느껴지는 킬로수가 보이기 시작한다. 산티아고까지 몇 킬로미터 남았다는 안내로 표지판이 바뀌어 가고 있다. 걸으면서 바라는 것이 있다면 '그 표지판'이 어서 0km를 나타내는 지점을 보기가 소원이다.

▪ 더러움을 닦아내라고(Lavacolla)

오늘 산티아고 데 콤포스텔라에 도착하기 위해서 걸어오는 남은 길이 오늘도 만만치는 않았다. 이 지역이 비가 많이 내리는 지역이라 했는데 이렇게 쾌청한 날씨가 남은 도보를 응원해 해 주고 있는 것 같다.

라바코야(Lavacolla)에 이르면 내 몸도 마음도 경건히 해야 한다고 들었다. 그러나 우리 순례자들은 여건이 땀을 흘리는 여건인지라 길에서까지 몸을 깨끗이 한다는 일은 참 어려운 일일 것 같다.

아마도 순례자들의 몸과 마음을 다함께 깨끗이 해야 한다는 자세를 가지라는 뜻이 숨어있을게다. 그래서 그 옛날 순례자들도 이 라바코야의 냇가에서 자신의 몸을 씻고 갔는가 보다. 이 길고 먼 길을 걸어오느라 쌓인 더러움을 인근 냇가에서라도 깨끗이 씻고 갔다는 그 지점을 지금 내가 지나고 있는 것이다. 그러나 우린 그럴 여유가 없다. 이미 어딘지도 모르는 길을 앞서가는 일행들을 따라잡기 위해선 혼자서 여기 머무르며 여유를 부릴 때가 아니다. 그저 마음속으로 자신의 더러움을 깨끗이 씻어내고, 그간의 죄들과 함께 벗겨내며 걸어가야만 할 것 같다. 'Laba'라는 동사의 뜻도 무얼 '깨끗이 닦아 낸다.'는 말에서 유래했다고 한다. 그러니 마음의 죄나 오명까지 깨끗이 씻어 내라는 주문일 수도 있다.

▪ 천상의 '부부 천사' 마리스텔라와 바오로

사진을 찍어가며 걸어가노라니까 난 항시 뒤로 쳐졌다. 앞서 가는 대열을 따라가지 못해 뒤쳐진 건 아니다. 그러자니 항시 뒤컨에서 걸어오던 마리스텔라 부부가 오히려 나를 앞지르고 갔다. 반가움에 인사를 나누고 둘이서 다정히 걸어가는 모습을 한 컷 누르고, 또한 앞서가는 그들의 아름다운 뒷모습도 카메라에 담았다. 모습만 보아도 끝까지 평정심을 잃지 않은 두 부부가 너무 대견하고 아름답기 때문이다.

만날 때마다 느낀 거지만 저들 부부의 모습을 보면서 정말 대단하다는 생각을 지울 수가 없다. 겉으로 나타나는 땀까지야 다 볼 순 없지만 마음으로 수없이 흘리고 있을 땀을 능히 인정하기 때문이다. 그러나 더 대단한 것은 그 힘든 상황 속에서도 항시 두 사람의 얼굴에서 미소가 사라지지 않는 다는 사실이다. 왜 고통이 없었겠는가? 왜 힘들지 않았겠는가? 왜 울고 싶었던 적도 없었겠는가? 이곳에 온 것 자체를 후회한 적도 없겠는가?

아무리 생각해봐도 우리들 몇 배의 힘이 들게 뻔하잖은가? 바오로가 마리스텔라를 조정하여 발작을 맞춰가며 함께 걸어야 하므로 그 조합된 힘이 몇 배로 더 필요할 것은 자명한 일이다. 그런데도 단 한 번도 그들 얼굴에 어두운 내색 한 번 보이지 않고 늘 웃음으로 답변한다. 정말 미소가 생활 속에서 그냥 만들어진 게 아닌데…. 저들 부부는 천상에서부터 부부천사로 맺어진 인연을 타고 났나보다. 인천 공항에서부터 지금까지 찡그린 모습을 단 한 번도 본적이 없다. 그렇다면 얼마나 이곳까지 오는 데 비장한 각오를 했겠는가? 모든 결단과 준비성에 일단 백점을 주고 싶다. 날이면 날마다 두 부부들의 패션 컨셉도 남다르다. 매일 같은 옷을 입지 않고 입히지도 않았다. 그리고 늘 두 사람의 모습이 커플룩이 되어 길에서 잘도 어울리도록 칼라에도 신경을 많이 쓰고 있었던 것이다. 아마도 마리스텔라 보다는 바오로가 색감에 더 예민한 것 같았다. 둘의 모자 패션도, 점퍼도, 티셔츠도 매일 그 길에서 앙상블이 되어 돋보였다.

난 나 혼자만도 너무 힘에 겨워서 누구를 감히 캐어 할 수조차 없었다. 그래서 내 페이스를 넘을 때도 있었고, 때론 못 미칠 때가 더 많았다.

그러나 둘의 '환상적 궁합'은 아마도 하느님께서 늘 "임마뉴엘"하고 계셨던 것 같다. 그래서 함께 붙들어주시고, 그 옆을 끝 날까지 함께 지키던 미카엘라와 아네스 두 천사들도 늘 그들의 힘이 되어 주었을 것이다. 솔직히 난 그들보다 많은 나이차를 갖고 있어서 육체적으론 감히 도와줄 엄두조차 내지 못하고 있었다.

다만 그들의 위로가 된 일이 있었다면 올 8월에 펴낸 따끈한 내 시집 "황홀한 유혹"을 마리스텔라 손에 쥐어준 일이었다. 그러면서 밤이면 한편씩 남편 바오로의 음성으로 낭송해 주라고 부탁을 했다. 그건 결코 내 뜻이 아니라 우리 주님의 뜻이었던 같다. "가장 어려움에 처한 사람에게 해주는 것이 바로 나에게 하는 것이다."라는 말씀을 생각해 낸 것이다. 비록 육체적인 수고로는 그들 부부를 도와주진 못했어도 정신적으로 나마 위로와 감동을 줄 수 있다면 그것도 기분 좋은 선물이 될 수 있는 것이다.

우선 내가 혼자 걷기에도 너무 벅차서 육체적으로는 남을 감히 도와준다는 게 어불성설이었다. 그래서 생각해 보니 그들에게 많이 미안하다.

고작 해주었다는 게 마리스텔라를 화장실에 두어 번 데리고 갔고, 어려운 국면이 닥칠 때마다 힘내라고 파이팅만 수없이 외쳐주었을 뿐이다. 그리고 내가 가장 힘들었던 날이면 다가가서 "오늘, 얼마나 고생했느냐?"고 물으면 오히려 "행복했어요."로 바꾸어 대답이 나올 때 이들 부부를 다시 보게 되었다. 묻는 내가 오히려 민망할 때도 있었다.

그러나 늘 나에 비해 고생했을 거라는 짐작만으로 "너무 힘들었죠?"라고 물으면 답은 "아니요, 즐거웠어요."란 답이 되어 나온다. 정말 내 곁에서 나를 돌아보게 하는 놀라운 천사들이고, 놀라운 주님이시고, 놀라운 은총이고, 놀라운 사랑이었다고 말할 수밖에 없다.

저들 부부는 이미 자기들만의 또 다른 세계를 내다볼 수 있는 혜안이 이미 생긴 것 같다. 그래서 늘 불편할 것 같은 가운데서도 웃음이 그들 곁을 떠나질 않는 것이다. 정말 배울 점이 너무 많다. 정말 높이 사야할 점들이다.

왜 멀리서만 천사를 동경하고 멀리서만 주님을 찾으려 애썼던가? 우린 가장 가까운 마리스텔라 부부에게서 하늘나라를 꿈꾸어야 하고, 하느님을 의식해야 하고, 하느님의 목소리를 대신 들어야 할 것 같다.

정말 이번 순례 길에 우리 바로 곁에 실천해야 할 천사와 함께 동행을 하고 있는 것이다. 저 해맑은 하느님의 웃음, 저 고운 하느님의 미소, 저 아름다운 하느님의 음성을 우리는 바로 곁에서 듣고 있는 것이다.

▪ 땅 끝까지 이르러 찬양하는 순례자들

이번 도보 순례 중 또 가장 '아름다운 일'을 꼽으라면 단연코 난 이 두 천사들을 꼽고 싶다. 첫 날부터 바로 마지막 날까지 마리스텔라 부부 곁에서 항상 그림자처럼 함께 했었던 수호천사들!

바로 아네스와 미카엘라를 맘껏 칭찬해 주고 싶다. 두 친구는 어떻게 맺어진 사이인지 나로서는 알 수가 없다. 친구인지, 동창인지, 성당의 한 교우인지, 아니면 세례 받을 때 대모, 대녀 관계인지 직장동료인지 그건 내가 알 수는 없다. 그러나 단 하루도 마리스텔라 부부 곁에서 한시도 그들을 떠나 있었던 적을 본 적이 없다. 얼마나 대단한 사람들인가? 이 산티아고 길에서는 나 혼자서 나를 가누기도 벅찬 길이다. 그러기에 누굴 돕는 다는 건 너무도 어려워 천사가 아니곤 행할 수 없는 일들이다. 그들은 누굴 돕는 다는 생각으로 마리스텔라 부부에게 임하진 않았을 것이다.

어쩌다보니 도울 수밖에 없었을 수도 있다. 아니 꼭 도와야겠다고 아예 맘먹고 도울 수도 있었으리라. 그러나 내가 하루 이틀 겪어보니, 남을 돕는다는 것은 애초에 이 길에선 무리라고 느껴졌다. 나도 힘겨워 쓰러질 지경인데 감히 다른 사람을 더 캐어 한다는 건 천사 아니곤 해낼 수 없는 어려운 일이라 생각 되었다. 그래서 이들에게만큼은 꼭 천사칭호를 붙여주고 싶다. 그것도 수호천사 말이다. 그러지 않으면 이 어려운 현실 속에서 과연 누구를 천사라 칭할 것인가?

첫 날 피레네의 그 어려움 속에서부터 바로 오늘 이 순간 까지도 항시 그들을 챙기고 기다리고 항시 그들과 함께 존재 했었다. 어렵고 힘든 순간마다 노래로 고달픔을 풀어주고, 다리에 쥐가 날 때는 늘 사랑의 마사지로 풀어주고, 스틱이 할 수 없는 역할을 곁에서 아네스와 미카엘라는 늘 하고 있었던 것이다. 그리고 가장 잘한 일은 늘 함께 '동행'하고 있었다는 사실이었다. 한 곳을 바라보고, 같이 발자국을 옮기며, 같은 속도로 함께 보조를 맞춰가며 '사랑의 산티아고'를 넘기 위해 참 멋진 동행을 하고 있었던 것이다.

우리는 뒤늦게 그들 천사를 발견했지만 아마도 하느님께서는 일찍부터 이들 두 수호천사를 마리스텔라 부부에게 미리 짝지어 보내주셨을 것이라고 믿을 수밖에 없다. 그것도 열흘씩이나 함께 말이다. 정말 하느님께서는 전지전능 하신 분이 틀림없다. 어느 것 어느 한 가지를 보더라도 계획 없이 만드신 것이 하나도 없다는 것이다. 정말 기묘하시고 또 기묘하시다.

▪ **기쁨의 산(Monte do Gozo)에 다다르다**

아, 내가 지금 걸어온 곳이 어느 만큼의 지점일까? 아마도 이 만큼을 걸어왔으면 도달 할 수 있다는 '기쁨의 산'이라고 일컫던 '몬테 도 고소(Monte do Gozo)'라고 하는 지점을 지나고 있나보다. 산티아고 데 콤포스텔라 서쪽 능선에 자리한 언덕인지 이곳을 '기쁨의 산'으로 부르고 있다. 오랜 기간 동안 고생하며 걸어온 순례자들이 자신들의 목적지 산티아고 데 콤포스텔라를 먼 곳에서나마 두 눈으로 확인하고, 마음속에 큰 기쁨을 느끼고 걷는 길이기에 이곳을 '기쁨의 산'이라고 이름 붙였다고 들은 적이 있다. 그래도 여기서부터 한 5km 정도를 더 걸어가야 산티아고 데 콤포스텔라에 도착 할 수 있는 것이다. 아직 기쁨을 내비치기에는 이르다.

혼자 걷노라니까 해가 뜨기 전 길 옆에 거미줄이 아침 햇살에 반짝이는 모습이 너무 아름다웠다. 나는 글을 쓰는 작가이지 사진작가는 아니지만 풀잎에 구르는 이슬과 어우러진 거미줄이 내 카메라의 시선을 집중시켰다. 스틱을 내던지고 결국은 흑백의 보이지도 않을 한낱 그 가느다란 거미줄에 또 시선을 빼앗길 줄이야. 율리아나는 어쩔 수 없는 시인이다.

내 눈에 비치는 실로 작은 아름다움을 절대 비껴가지를 못하는 것이다. 이게 바로 내 작가정신인가보다.

이것도 하느님께서 내게 주신 달란트이지 않을까? 아직도 안경 없이 글을 쓰도록 눈을 밝게 해 주시고, 아직도 좋은 일을 많이 하며 뛰어다니라 무릎을 건강하게 해 주시고, 감성 풍부한 글을 쓰도록 오감을 풍부하게 해 주신 그 은혜가 오늘 아침 더욱 빛난다.

지나치는 길 위의 거미줄 하나가 마치 주님께서 날 마중 나오신 것 같은 착각에 빠지게 한다. '사랑의 거미줄' 하나 발견하고서 나는 대열에서 또 사정없이 뒤처지고 말았다. '그래 이게 편하다.' 내 페이스대로 걷고, 묵상하고, 사색하고, 즐기고, 보고, 찍고, 오감으로 느끼며 가는 산티아고 길에서 난 무한한 행복감을 느끼고 있다. 구름과 잡풀 사이에서 함초롬히 이슬을 머금고 매달려 있는 저 거미줄을 보라! 어찌 하느님의 솜씨를 찬탄하지 않을 수 있을 것인가?

하느님께서는 내 곁에도 지금 함께 하고 계신다. 낙오되지 않고 가고 있는 율리아나가 예뻐 '예쁜 사랑의 거미줄'로 내게 오신 것이다.

사랑의 거미줄

김숙자

주님 만나러 가는 길목에서
오늘 주님을 먼저 만났습니다.
내가 한눈팔고 못 올 까봐
기쁨의 산까지 마중 오시느라
미처 세수도 못하셨습니다.

어제 닦지 못한 눈물
함초롬히 그대로 매달고
찢어진 옷자락 갈피 속에
그윽하고 따스한 그 눈웃음
아침 햇살에 너무도 눈부십니다.

오늘은 도보의 끝 날이라 그런지 길옆으로 보이는 몸통까지 잘려져 나간 옥수수 밭 정경 하나도 다 눈에 가둬 놓고 싶다. 언제 내가 또 이 길을 걸어볼 것인가? 두 번 다시 내게 이런 기회가 올 것 같지 않다. 그래서 오늘 산티아고로 들어서는 이 거리와 길은 유난히 내 눈에 밟힌다.

이미 사진 찍느라 같이 걷던 일행들을 멀찌감치 보내버렸고, 차라리 이렇게 혼자서 이 길을 편안하고 행복하게 걷고 있다. 아무에게도 방해받지 않고 하나하나 다가오는 이 정겨운 길의 풍경을 가슴에 카메라에 담으면서 말이다. 언제쯤 내가 콤포스텔라의 육중한 품에 안길 수 있을까? 아직도 그 길은 나에게서 멀리 있나보다. 보랏빛 벌개미취 꽃이 활짝 피어 나를 고향 마당으로 훌쩍 보내준다. 아무리 보아도 질리지 않는 그 보랏빛이 오늘 예사롭지가 않다. 보랏빛은 귀한 귀족색! 하느님의 보랏빛 옷자락일까? 아무래도 오늘 '향로미사'에서 이 보랏빛 향이 풍겨 나올 예감이다. 아무튼 지금부터 내게 보여주시는 그 모두는 내 골수를 타고 돌며 나의 영성생활을 풍요롭고 행복하게 해줄 요소들이라 생각한다.

맨 먼저 수녀님의 뒷모습이 내 앞에 보인다. 아마도 말씀은 없으셨지만 나를 기다려 주신 것 같다. 노란 화살표를 따라가 보니 어렴풋이 너른 주차장이 먼저 나를 반긴다. 그러나 '산티아고 데 콤포스텔라'는 아직 눈에 보이지 않는다.

주차장 안으로 들어가려다 말고 화살표 하나가 다시 눈에 뜨여 도로 왼쪽으로 커브를 돌아가 보니, 또 길을 건너야 하고, 동네를 돌아야 하고, 신호등을 건너야 하고, 상가를 지나야 하고 아무리 눈앞에서 그려지는 정경을 좇아 주위를 빙빙 돌아보아도 '산티아고 데 콤포스텔라'는 도무지 그 모습을 보여주지 않는다.

벌써부터 이 주위가 모두 콤포스텔라로 가는 길목인 것만은 틀림없

는데, 어느 자리에서 어떤 모습으로 손을 벌리고 날 맞아 주실 지는 아직
도 미지수다.

1) '하느님! 정말 어디에 계시옵니까?'

이만큼 걷고, 돌고, 건너고, 오르고 시내 근처까지 돌아가면 딱 하니
"여기다! 이리 오너라." 하실 법도한데 아직도 당신 만나러 가는 길은 멀
고도 험한 곳인가 봅니다. 이젠 지쳐서 도저히 한 발자국도 내딛을 수가
없다. 시내를 더 이상 걸어갈 수도 없다. 힘도 없고, 오면서 물 한 모금
입에 대지도 않았기에 더 내가 지쳐버렸나 보다.

쉬임없는 땀만 연신 흘렸을 뿐이다. 그래서인지 화장실 가고 싶은
생각도 나지 않는다. 낯익은 일행을 멀찌감치 보내버리고 홀로 걷는 이
길! 아무리 표지판을 보고 잘 가고는 있어도 도무지 오리무중이다.

이래가지곤 주님을 뵙기도 전에 내가 먼저 쓰러지겠다. 외형적으로
가장 멋진 곳에서 가장 멋진 모습으로 날 맞이할 것만은 틀림없으신데,
너무도 야속하게 당신 모습을 안 보여준 주님 옷자락에 화가 다 치밀어
오를 지경이다. 주님 찾아 열흘을 쉬지 않고 헐레벌떡 걸어왔던 지난날의
시간이 마치 기적처럼 내게 다가온다. 도저히 내가 혼자서 걸어온 길 같
지가 않다.

"그래, 주님과 함께 걸은 거야."

절대 나 혼자선 이 많은 길을 도보 8일 만에 걸어올 수가 없었을 것
이다. 이건 온전히 주님과 함께였기에 가능한 일이었다. 이걸 기적이라고
말할 수밖엔 다른 표현이 없다. 이윽고 글라라와 수녀님을 만나니 힘이
솟는다. 차 한 잔 마시고 가는 큰 길 카페에서 잠시 휴식을 가졌다. 마지
막으로 스탬프도 찍었다. 우리는 함께 힘을 내어 다시 걷기 시작했다. 보

여줄 듯 말듯 대성당은 또 약을 올리고 있다. 우리가 걷고 있는 지역은 산티아고 콤포스텔라 구역임은 틀림없는데, 도무지 기미가 보이지 않는다. 아주 머얼리 높은 산등성이에 어떤 까아만 조형물이 형체를 드러내기 시작한다.

이젠 '산티아고 데 콤포스텔라'가 정말 얼마 남지 않았음을 직감했다. 불현듯 울고 싶어진다. 내가 걸어온 발자국을 쳐다보고 누군가가 고생했노라고 치하를 해줄듯 싶다.

2) 교황 바오로 2세 방문 '기념 조형물'

드디어 높다란 산등성이에서 우람한 '교황 바오로 2세 방문 기념 조형물'이 손을 흔들어 주신다. 아마도 이곳이 카테드랄에서 10여분 떨어진 곳인가 보다. 그 조형물 가장 높은 상부에는 거룩한 십자가를 꼭 붙잡고 있는 '순례자 두 분'의 모습이 애처롭게 조각되어 있다.

불현듯 하늘을 쳐다보니 비행기 하얀 뒷자락이 새파란 하늘에 가로선을 그어놓는다. 뒤이어 또 한 비행기 행적이 세로 줄을 그어놓는다. 일시에 하늘에 상서로운 하얀 십자가가 반듯하게 그어졌다. 이게 필시 하느님의 반가운 손짓 아니실까? 글라라와 나는 기념사진을 한 장씩 찍고 '멋진 조형물'을 물끄러미 바라보며 '이 많은 길을 저분들이 먼저 걸어오셨구나.' 하는 생각에 눈물이 울컥 솟아올랐다. 지금보다 훨씬 더 열악했을 그 길을 따라 주님 말씀 전하려고 뛰다 걷다 하셨을 '야고보 성인'이 너무도 위대하게 생각되었다. 우린 그저 그 행적을 닮으려고 따라 온 것에 불과했다. 그렇지만 내가 직접 그 길을 걸어보니 문명의 이기가 없었던 그 시절에 힘겨운 '전례 활동'을 하셨을 그 길이 절대 쉽지 않았음을 이해하게 되었다.

산티아고 콤포스텔라로 들어가는 길은 정말 멀고도 험난했다. 비행기가 지나가 그어놓은 십자가 걸린 하늘을 바라보니 이곳이 천상이 아닌가 하는 생각도 들었다. 드디어 대성당의 모습이 높이 솟아있는 종탑과 더불어 모습을 드러내기 시작했다. 대성당으로 들어가는 아치형 통로 '아르코 데 팔라시오' 앞에는 두 사람의 바이올린 연주자가 아름다운 성가를 은은하게 연주하여 울려 퍼지고 있었다.

마치 우리의 입성을 축하라도 하는 듯 말이다. 기분 좋은 모습으로 들어선 '산티아고 데 콤포스텔라' 어디에다 눈을 두어야 할지 입이 쩍 벌어지고 말았다.

"언제나 임 계신 데 이르러 당신 얼굴 뵈오리까?" (시편 42.2)

제13장

주님과 함께 걸으며
나의 소울 로드(Soul Rord)
찾기까지

제13장

주님과 함께 걸으며
나의 소울 로드(Soul Rord) 찾기까지

산티아고 대성당에 도착하다

■ **산티아고 데 콤포스텔라 카테드랄**(Catedral de Santiago de Compostela)

　　화려할 줄 알았던 산티아고 데 콤포스텔라 카데드랄(Catedral de
Santiago de Compostela)의 건물 중심부는 아직도 파란 망사천을 머리끝
까지 둘러쓴 채 보수공사가 진행되고 있었다. 이곳 카데드랄의 역사는 곧
도시의 역사와 일치한다고 한다. 도시의 기원이 산티아고 사도의 무덤이
발견된 것과 연관이 되기 때문이다. 813년 은수자 펠라요(Pelayo)는 리브
레돈(Libredon) 언덕의 고대 로마 요새 유적 근처에서 신비한 빛을 발견
하게 되는데, 이 소식이 곧 이리아 플라비아(Iria Flavia) 지역의 주교 테
우테미루스(Teudemirus)에게 보고되었던 것이다. 주교는 관계자들과 함
께 이 지역을 조사하여, 세 구의 시신이 안치된 무덤을 확인하였다고 한
다. 이 중 머리가 잘려진 시신의 묘비에는 "여기 제배데오와 살로메의 아
들, 야고보가 누워있다."라고 적혀 있었다고 한다. 다른 두 시신은 산티아

고 사도의 제자인 데오도르(Theodor)와 아타나시우스(Athanasius)로 추정되고 있다.

아스투리아스와 갈리시아의 왕인 알폰소 2세는 이 무덤을 방문한 후이곳에 작은 성당을 짓게 하였다고 한다. 893년 이 성당이 축성 될 무렵, 베네딕도회 수사들과 이주민들이 점차 성당 주변에 정착하기 시작 하였단다. 곧 왕국의 여러 곳에서 순례자들이 찾아오기 시작하였고, 점차 이베리아 반도와 유럽 전체에서 순례자들이 모여들기 시작하였다고 한다.

9세기 말 알폰소 3세는 이곳에 더 크고 화려한 바실리카를 지었지만한 세 기 후 알만소르(Almanzor)에 의해 대부분이 파괴되었다고 한다. 그러나 다행히도 그는 사도의 무덤은 존중했기 때문에 파괴하지 않았다고한다. 그 후 베르무도 2세(Bermudo II)가 도시를 재건하였고, 크레스코니우스(Cresconius)주교 때는 도시를 보호하기 위해 성벽을 쌓았다고 한다.

콤포스텔라의 역사에 있어서 디에고 셸미레스(Diego Xelmirez) 주교는 중요한 인물이다. 그는 정치적 협력을 통해 1075년부터 시작된 대성당의 완공을 성사시켰던 것이다.

나는 이토록 거룩한 산티아고 대성당에 도착 되었다는 그 사실 하나만으로도 정말 만감이 교차 되었다. 누구의 이목도 의식할 거 없이 대성당 마당에 벌러덩 누워버렸다. 시선 따위는 전혀 아랑곳 하고 싶지도 않았다. 맘 같아선 잠시라도 발바닥까지 다 드러내놓고 신발마저도 벗어던지고 싶었으나 그럴 수는 없었다. 신발은 차마 벗을 수 없었지만 그간 오래도록 갇혀있었던 발목과 다리만은 좀 걷어 올리고 싶었다. 그래서 바지라도 절반 쯤 올리고 나니 조금 시원함이 느껴졌다. 그간 계속적인 운동으로 조금 굵어졌을 내 근육도 은근 슬쩍 드러내놓고 싶어졌다.

이 근육이 없었더라면 나를 이곳까지 걸어오게 할 수도 없었을 것이다. 장하다, 내 발! 장하다 내 발가락들! 특히 깨끼발가락은 더 고맙고 사랑스럽다. 나는 잠시 누워서 꿈인지 생시인지 모를 하늘을 물끄러미 바라보았다.

이곳이 도무지 천국인지 지옥인지를 가늠하기가 힘들 정도였다. 전면 측면 할 것 없이 웅장하기 이를 데 없는 산티아고 대성당! 나의 생각보다 훨씬 더 중압감이 컸다.

▪ 영광의 문(Pórtico de la Gloria) 앞에 멈춰 서서

'영광의 문'은 카테드랄에서 가장 유명한 부분이다. 12세기 그 전에 있던 로마네스크 문을 교체 하면서 장인 마테오가 만든 것이다. 3개의 문으로 구성 되어 있으며, 2백 개가 넘는 복잡하고도 다양한 색채의 조각상들로 장식되어져 있었다. 스페인 로마네스크 작품으로는 아마도 대표적이라 할 수 있다. 가장 가운데 출입문의 상단부 팀파늄의 아치에는 거장 마테오가 신약성서의 요한 묵시록을 근거로 조각한 200여개 상이 조각돼 있었는데 요한 묵시록에 나오는 네 명의 원로들이 악기를 연주하는 모습이 잘 나타나 있다. 그리고 그 아래에는 구세주 그리스도가 네 명의 복음서 저자들과 천사들에게 둘러싸여 있는 모습을 볼 수가 있었다. 그리고 그리스도의 아래 중앙 기둥 의자에 앉아있는 산티아고가 마치 손님들을 맞이하는 주인처럼 잘 묘사되어 있었다. 하기야 이곳이 '산티아고의 대성당'인 만큼 그 중요성으로 볼 때 마땅히 그리 나타냈어야 할 것이다.

영광의 문 왼쪽 문에는 구약성경에 나오는 장면과 그 인물들이 조각되어 있었고, 영광의 문 오른쪽 문에는 최후의 심판을 주제로 한 아름다운 천국과 지옥이 너무도 잘 표현되어 있었다. 그 곁으로 사도들의 모습이 보이기도 했다. 그리고 이 '영광의 문'을 통과할 때는 산티아고가 앉아 있는 의자를 받치고 있는 기둥을 사람들이 손으로 만지는 관습이 있다고 한다. 이 관습은 수세기 동안 반복되었기 때문에, 단단한 대리석에 몇 센티미터 깊이의 만진 흔적이 생겼다고도 한다. 이 기둥의 뒤쪽 아래에 있는 인물상은 이 '영광의 문'을 제작한 장인 마테오라고 알려져 있다.

이 영광의 문은 로마네스크에서 고딕 양식으로의 전환과정을 잘 드러낸 스페인의 채색 조각을 대표하고 있다고 한다. 그리고 대성당의 북쪽으로는 인마쿨라다(Inmaculada) 광장과 아사바체리아 문(Puerta de La Azabacheria)이 있다. 아사바체리아 거리를 따라 들어오는 순례자들이 가장 먼저 만나게 되는 광장이다. 이 광장을 마주하고 있는 카데드랄 전면에 '천국의 문'으로 잘 알려졌던 로마네스크 문이 있었으나 1758년에 붕괴되었다고 한다.

1769년 도밍고 로이스 몬테아구도(Domingo Lois Monteagudo)가 신고전주의 양식의 문을 설치했고, 그 뒤 그 문을 아사바체리아 문으로 불렀다고 한다. 그리고 이 광장 맞은편에서 산티아고 무덤이 발견되고 얼마 후 베네딕도 수사들이 세운 산 마르티뇨 피나리오(San Martino Pinario)가 있다고 한다. 처음엔 베네딕도 수도원이었으나 19세기 이후 신학교와 교회 관련 기관 사무실, 게스트 하우스 등으로 사용되고 있다고도 한다. 카데드랄과 이 건물 사이에 있는 아치 아르코 데 팔라시오(Arco de Palacio) 아래 계단을 내려가면 주 광장인 오브라이도 광장이 나오게 된다. 대성당의 서쪽에 위치한 오브라이도 광장은 카데드랄의 주 현관이 있는 서쪽 전면 모두가 오브라이도 광장을 향해 있다. 이 궁전은 12세기 로마네스크 건물로 디에고 헬미레스 대주교가 18세기에 원래 있었던 2층 건물에 위에다 한 층을 더 올렸다고 한다.

카테드랄의 서쪽 전면은 바로크 후기 양식으로 1750년 에 갈리시안 건축가 페르난도 데 카사스 이 노보아(Fernando de Casas y Novoa)가 만들었다고 한다. 그는 비교적 단조로웠던 로마네스크 양식의 요소들을 화려한 바로크 요소들로 바꾸고, 두 개의 탑을 더욱 두드러지게 했다고 한다.

계단은 훨씬 이전인 17세기 초에 만들어진 것으로 르네상스 양식으로 히네스 마르티네스(Gines Martinez)가 설계했다고 한다. 이 계단을 올라가면 주 출입문인 영광의 문이 나오게 된다.

■ 영성이 쏟아져 내린 산티아고 데 콤포스텔라 카테드랄
Catedral de Santiago de Compostela

대성당의 금빛 찬란한 중앙 제단에는 야고보(스페인어로 산티아고)의 좌상이 있으며, 제대 위에는 천사들이 받치고 있는 화려한 덮개 위에는 스페인 왕실 문장과 말을 타고 있는 산티아고 조각상이 있었다. 덩굴 줄기로 장식된 솔로몬 양식의 서른여섯 개의 기둥들이 옛 제대를 둘러싸고 있었다.

제대 중앙에 순례자 복장을 한 13세기 로마네스크 양식의 산티아고 반신상이 있었다. 뛰어 올라가 껴안아 보고 싶었지만 이미 제대 앞은 각국의 순례자들로 발 딛을 틈도 없었다. 매일 낮 12시와 7시 30분에는 순례자들을 위한 미사가 봉헌되고 있다고 한다. 천장에는 샹들리에와 향로가 달려 있었다.

분향 미사는 매 미사 때 마다 하는 게 아니고, 교회 전례력에 따라 일부 큰 축일과 대축일 그리고, 매주 금요일 7시 30분 미사 때만 향로 미사를 드린다고 한다. 우리는 운이 억세게 좋은 순례자들이었다.

우리가 대성당에 도착하던 그 날이 바로 '순교자의 날'이었기 때문이다. 그래서 우리가 산티아고 데 콤포스텔라에 입성하던 날 바로 향로 미사에 참석할 수 있었던 것이다. 그것도 한국 천주교회의 순교자들을 매우 높이 평가한 역사적인 향로미사로 오래 기억될 것이다.

우리들은 모두 대성당의 지하로 내려갔다. 지하묘지에는 순은을 입혀서 조각한 사도 야고보의 유골함이 안치 돼 있었다. 우리 일행들은 미사 시간이 좀 여유가 있었기에 지하까지 들어가 야고보의 유해를 담은 관을 손으로 직접 만져 보았다. 참으로 의미심장한 순간이었다. 마치 내 손을 잡아 끌어줄듯 한 끌림 현상이 잠시 일었다. 내가 마치 전선에 감전된 듯한 뜨거운 전율도 느껴졌다.

우리 일행은 내부 구조를 한 번 돌아본 뒤에 '순례자 인증서'를 발급받을 뒷동에 있는 순례자협회 건물로 안내 되어 따라갔다. 수많은 순례자들이 마치 엑스포 때 줄을 겹으로 서는 것처럼 끝도 알 수가 없이 많은 다국적 순례자들이 목마르게 줄로 늘어서 있었다. 순서대로라면 아마도 이곳에서 밤을 새우고도 남을 것 같다. 그러나 우리도 그 사람들이 줄서고 있는 것처럼 누군가의 뒤를 이어 겨우 줄을 잡아서 기다리고 있을 때였다. 어디선가 순례자협회 직원인 듯싶은 건장한 사람이 우리 앞으로 다가오더니, 한국인들 단체는 그 줄을 서지 말고 그 안에 있는 작은 경당 앞으로 따로 나오라고 하였다. 고맙게도 그 수많은 행렬을 거치지 않고 한국 순례자들만 따로 따로 개인 크레덴샬을 제출하니 쉽게 발급을 해 주어 그나마 빨리 '순례자 인증서'를 저마다의 손에 받을 수 있었다. 낯선 땅에서 마치 VIP 대우를 받고 있었던 것이다.

참 뿌듯하였다. 잠시 후에 대성당에서 '향로미사가 있다하여 골목길의 작은 가게에 들어가 선물을 사기로 했다. 갖가지 선물들은 다양하게 있었지만 꼭 필요한 선물만 조금 사고 일찍 대성당으로 들어가 내부의 모습을 샅샅이 돌아보았다.

우리는 자연스레 삼삼오오 짝을 지어 카데드랄 내부의 모습을 구경하기 시작했다. 제일 먼저 주제단 앞으로 다가가 무릎을 꿇고 제단 앞에 앉았다.

"주님, 여기까지 오기에 이렇게 많은 시간이 걸렸나이다."

"주님께서 이끄심이 없었던들 저 이 자리에 없을 것입니다."

"감사드립니다, 주님, 그리고 야고보 성인님! 저에게 내려 주신 이 큰 은총 너무 감사합니다."하며 자꾸 울먹여졌다.

대성당에 남아 있는 자리 중 정면은 이미 다국적 순례자로 가득 차서 잡지 못하고 측면 조금 앞쪽에 자리를 잡아 앉았다. 그래도 다행이었다. 자리가 없어서 서있는 사람들이 더 많은 것 같았다.

"오늘 주님 목소리에 귀를 기울여라. 너희 마음을 무디게 하지 마라."

산티아고 데 콤포스텔라

김숙자

앞서 가려던 발길
뚜욱 멈춰서서
목 빼고 기다리던 님
오늘 안 보곤 못살겠더이다
땀 절인 그림자로라도
당신 곁에 서성이고 싶어
부르튼 발 앞 세운지 꼭 열흘
짓밟히며 아팠을 순례의 상흔
상처로 얼룩졌던 내 발가락
차마 당신께 모조리 봉헌합니다.

산등성이 외진 길 소쩍새
구슬피 울어 댈 적마다
산구절초 한 움큼씩 피어나고
영혼의 노래조차 품을 수 없어 허한 가슴
이제 당신 품에 포옥 감겨
내 마음 후미진 자락 끝까지
수많은 은총 뿌려주시고
굽이굽이 딛고 온 순례자 걸음
보고픔에 떨며 울게 했습니다.

제14장

꿈속에서도 그리워했던
향로미사

제14장
꿈속에서도 그리워했던 향로미사

■ '코레아'가 세계만방에 연발되던 '순교자의 날'

  산티아고에 입성하여 꿈에도 그리던 대성당을 만나는 순간 우리는
너무도 감동스러워 와락 눈물이 쏟아지고 말았다. 어려워 못해낼 줄 알았
던 '200km'의 도보 순례를 이 늦은 나이에 도달했다 생각하니 한꺼번에
울음이 복받쳐 올라왔다. 그간은 긴장을 풀지 못해 힘들어도 내색도 못해
봤는데 낙오 없이 '산티아고 대성당'까지 무사히 입성을 했다는 걸 생각하
니 너무 내가 장하다는 생각도 들었다.

  이 모두는 함께 나서며 함께 기도 하고, 미사봉헌하고 우리가 함께
해낸 금자탑이었다. 이젠 내 버킷리스트 하나가 뒤늦게 달성 되었다. 한
달 넘은 기간을 내서 800km를 다 걷진 못했어도 이만큼만이라도 내겐
금메달이다. 하느님께서도 내게 멋진 '금메달'을 걸어주셨다. 난 이제 더
이상의 욕심은 부리지 않겠다. 또 200km를 달성했다고 자만하지도 않을
것이다. 어디까지나 짧은 기간 내에서 달성한 그 값어치를 더 높게 산다
는 생각이다.

나보다 더 젊은 사람들이야말로 그 다음 단계를 또 꿈꾼다 해도 누가 토를 달으랴. 그러나 나에겐 그런 시간과 기회가 짧지 않은가? 자신은 자신이 가장 잘 아는 법이다.

나는 이번 도보 순례로 정말 내 인생 큰 도전은 이제 멈출 것이다. 하지만 하느님께서 어느 기회에 또 불러주신다면 그건 절대 거절 없이 흔쾌히 응할 것이다. 그땐 이렇게 모두 함께 걷는 기회 아닌 남편과 함께 하느님의 손을 잡고 걷는다면 그건 얼마든지 오케이다. 그러니 내 인생에 도보 순례가 끝이란 말이 아니고, 킬로미터를 정해놓고 그 시간 안에 달성해야하는 그 긴장된 도보를 않겠다는 얘기다. 다시 또 느긋한 노후에 남편 베네딕도와 다시 한 번 여유로운 산티아고 길 순례가 주어진다면 그건 얼마든지 찬성이고 나의 바램이다.

부부가 함께 하는 길이기에 어떤 난관이 오더라도 그땐 걱정할 필요가 없을 것이다. 죽기 전에 다시 한 번 이 길이 주어지기를 바라면서 다시 기도의 끈은 놓지 않겠다. 얼마나 많은 은총의 길이었는지는 걸어보지 않으면 도저히 모를 일이다. 이 경험은 아마도 내 인생에 길이길이 나의 '멘토'가 될 것이다.

미사 시간이 다 되어가자 입장한 순례자로 대성당이 꽉 차고도 좌석이 모자라 선 사람 또한 많았다. 그래도 우린 일찍 입장하여 좌석을 차지한 게 얼마나 다행인지 몰랐다. 함께 가신 우리 맹 신부님께서도 향로미사에 다른 신부님들과 함께 미사를 집전하실 것 같다. 이윽고, 신부님 네 분 신부님들께서 빨간 제의를 모두 같이 갖추시고 입장을 하신다.

이어서 향로를 공중 좌우로 밀어 이동시키며 굴리실 향로단 네 분도 단 아래에 착석하셨다. 그분들은 진한 갈색 제의를 입으셨다. 그분들이 신부님이신지 아닌지 그건 내가 알 수 없었다.

이윽고 성스러운 미사가 시작되었다. 우리는 꿈만 같았다. 감히 대성당에 와서 이런 향로미사까지 행운이 미치리라곤 상상도 하지 못했다. 이 모든 게 우리의 일정과 착착 맞아 떨어졌다. 그리고 그 날 대미사 집전 신부로 우리 맹상학 사제도 함께 한다는 사실에 어깨가 으쓱 하기도 했다. 입당예절이 끝나고 오늘의 복음을 한국에서 오신 우리 맹신부님께서 한국어로 또박또박 읽으시고, 그에 따른 강론도 멋지게 해내셨다.

세계 여러 신자들이 다 합석하고 있기에 한국어가 소개됐는지는 측면 좌석이라 잘 알 수는 없었다. 드디어 오늘의 강론을 하시는 스페인 신부님의 강론시간이 돌아왔다.

스페인 신부님께서 강론을 하시는데, 왠지 모를 낯익은 '코레아, 코레아'가 계속 연발 되면서 강론의 모든 부분을 코레아, 라는 단어가 자꾸 자꾸 거명 되는 것이다. 그 것도 한 번 두 번이 아닌 최고로 따진다면 한 열 번 이상을 '코레아'라는 단어가 연발되었다. 다른 분들은 아는지 모르는지 모르겠지만 우리 한국인들은 스페인어를 알아듣지 못해 아쉽고 답답하기만 했다. 왜 그리도 강론에 '코레아, 코레아'가 거론되는 그 때로서는 알 수가 없었다. 이윽고 강론이 끝나니 우레와 같은 박수소리가 대성당을 쾅쾅 울릴 정도였다. 우리는 코레아가 왜 그리 많이 나왔는지 의아스러웠지만 스페인어를 모르니 오늘 이 시간엔 문맹의 괴로움을 당할 수밖에 도리가 없었다.

영성체를 나누어주시는 분이 수녀님들까지 굉장히 많았어도 영성체 시간은 아주 오래도록 지속되며 퍽 은혜로웠다, 우리도 그 먼 곳에서 날아와 도보 순례를 끝내고 참으로 은총어린 주님의 영성체를 받아 모셨다. 정말 다른 그 어떤 때보다 감동 그 자체였다.

내가 가톨릭 신자가 되어 이 향로미사에 참석한 걸 어느 때보다 감사와 영광된 순간이라고 생각한다.

▪ 아! 지금도 감동으로 떨려오던 향로미사

영성체 의식이 끝나고 남은 시간은 우리가 그토록 바라고 기대해온 향로에서 품어져 나오는 향을 받는 시간이 돌아왔다. 아까 준비하고 계시던 갈색 향로단 네 분이서 남쪽으로 끈을 잡고 가시더니 향로에 불을 붙임과 동시에 동아줄에 묶여있던 향로를 마치 서커스 하듯이 공중에서 공중으로 좌우상하를 그네 타듯이 향로가 보내지고 향로가 돌아오고 하면서 그 하얀 연기와 함께 미사 때 향을 내품어 주시는 그 의식을 너무나도 거대하게 그 큰성당 안을 좌우로 춤을 추며 향을 피워 올린 것이다. 얼마나 하느님께서도 좋아하실까? 이렇게 엄숙하고도 거룩한 향로미사는 정말 난생 처음이었다.

잠시잠간 사진을 찍어보다가 약간의 동영상으로도 담아 보았다. 이렇게 진행하기를 과연 몇 분 동안 이었을까? 재볼 수는 없었지만 우리의 영혼까지 빨아올리는 긴장된 순간이었다. 우리가 이곳까지 찾아오며, 젖었을 땀 냄새와 나의 묵은 때까지 이 향으로 모두 깨끗이 씻어낸 기분이다. 아니 그간 지었던 죄의 때까지 아주 말끔히 씻어내는 그런 순간들이 눈앞에서 벌어지고 있었다. 정말 은혜스럽고 행복한 향로 미사였다, 이 순간 내가 새로 태어난 느낌이다. 공중에서부터 대성당을 하얀 향으로 가득 채웠다. 향로가 우리 머리 위를 그네 타듯 날아 올 때는 저절로 머리가 숙여졌다. 자칫 순례자들 가까이 날아들 때는 머리를 다치지 않을 까 의구심도 들었지만 숙련된 그 분들의 솜씨가 어찌 섯부른 사고로 이어지랴.

절대 그럴 수는 없을 것이다. 그리고 하느님께서 그런 일을 용납도 안하실거니까 걱정은 기우에 그치고 말았다. 그리고 그 엄숙한 의식을 거행한 '대성당' 향로미사를 생전 잊을 수가 없을 것 같다. 향로시간이 끝나자, 다시금 향로단들은 정중하게 향로를 내리고 다시 제자리로 엄숙하게 퇴장을 하셨다.

정말 잊을 수 없는 순간이었다. 향로가 하얀 연기를 내뿜으며 공중에서 서커스 하듯 왔다 갔다 하는 그 성스런 모습은 좀체 내 인생에서 쉽게 사라질 것 같지 않다, 어느 듯 미사가 끝나고 신부님들께서 제의를 벗고 대성당을 나와 우리는 마지막으로 대성당 주변에 있는 음식 잘 하는 집에 예약을 해놓았다. 이곳에 와서 처음으로 이렇게 맛있는 음식을 먹어보기는 처음이다. 잘 삶아진 돼지고기를 먹음직스럽게 개인마다 내놓았다. 남미 칠레에서 먹던 '아사도'와 같은 고기였다. 주 메뉴인 감자튀김도 맛있게 곁들이고, 이곳에 와서 맛보는 최고의 신선한 야채샐러드도 맛보았다. 더구나 놀란 것은 먹음직스런 천도복숭아가 개인 당 다 나왔는데 어린아이 머리만큼이나 크고도 아주 맛있었다. 정말 멋진 향로 미사 뒤의 멋진 식사까지 오늘은 우리의 최고의 날이었다. 좌담 시간에 현지 가이드에게 미사시간의 궁금증을 물어보았다. 왜 미사시간에 코레아가 그렇게나 많이 거명 되었냐고 물었다. 그랬더니 정말 오늘은 '코리아의 날'이라 해도 과언이 아니라고 했다. 이유인 즉, 오늘 미사가 '순교자의 날' 미사였다고 한다. 그런데 마침 한국 순례자들이 참석하고, 한국 신부가 함께 집전을 해서가 아니라 우리 한국이라는 나라가 천주교 신앙의 뿌리와 중심이 되고 있다는 말씀을 아주 체계 있게 하셨다는 것이다.

"세례는 그리스도의 죽음을 재현하는 형식으로 그 죽음에 동참하게 하지만, 순교는 그 일 자체로서 우리를 그리스도와 동일하게 만든다." (성 토마스 아퀴나스)

▪ 신앙의 뿌리 순교자의 나라 한국 천주교회
순교자의 날 대축일에

　매년 9월 20일은 '순교자의 날'이다. 그런데 이번 산티아고 성지 순례 기간 중에 마지막으로 도착한 '대성당'에서 '순교자의 날' 향로 미사가 거행 되었던 것이다. 너무도 영광스러웠다. 그렇게 우리가 일정을 맞추어 오려해도 아마 어려웠을 것이다. 그런데 그 어려운 도보 순례를 모두 마치고 마지막 산티아고 대성당에서의 향로미사가 마침 '순교자의 날' 대축일 미사였으니 어찌 그분의 이끄심이라 아니할 수 있겠는가? 선교사 한 명 보내지 않았던 동방의 아주 작은 나라 코리아! 그 열악한 신앙의 조건을 갖춘 한국이라는 작은 나라에서 그렇게 많은 순교자를 배출해냈던 역사 이야기가 그 미사에서 주류를 이루며, 그토록 오랜 시간을 통해 코리아가 세계만방에 강론으로 이어졌던 것이다.

　정말 9월 20일은 우리 한국의 '성 김대건 안드레아'와 '성 정하상 바오로'와 동료 순교자들을 함께 기리는 '대축일'이었던 것이다. 사제하나 없던 그 한국에서 조선의 첫 사제로 성 김대건 안드레아 신부를 중국에 가서 사제서품을 받아 사제가 되어 조선으로 돌아와 순교의 순간까지 한국교회를 위하여 이바지 한 내용도 다 꿰고 계셨다고 한다.

　순교자들은 과연 어떤 분을 순교자라고 부르는가? 순교자란 한 마디로 하느님을 증언하고, 하느님을 위해 목숨을 바친 사람을 말한다. 오늘

날 우리 시대엔 종교의 자유를 누리면서 생활하기에, 직접적으로 종교가 반대를 받거나 감옥에 가거나 사형에 처해지는 일은 없지만, 일상 속에서 우리는 다양한 어려움과 무관심에 직면해 있다고 볼 수 있다.

우리나라에 천주교가 들어온 것은 1784년이다. 그러니까 230년이 넘은 세월 전이었다. 일반적으로 어느 나라에나 천주교가 들어올 때는 선교사들이 먼저 들어와서 선교를 하여 차차 신자들이 늘어나기 시작하는 게 보통인데, 우리나라는 그렇지 않았다. 그렇다면 어떻게 우리나라에 천주교가 들어올 수 있었는가? 그 문제부터 잠시 짚어보고자 한다. 우리나라는 1700년대에 새로운 문화나 문물을 거의 모두 중국으로부터 받아들였다. 그래서 중국을 왕래하던 사람들의 손에 들어온 많은 문물 중에 이탈리아의 예수회 마태오 리치신부가 중국의 한자어로 쓴 「천주실의」라는 책이 있었다. 이 책은 중국 사람들을 위한 예비신자 교리서로 쓴 책이었다. 그런데 사색당파 중 남인 학자들이 중심이 되어 큰 관심을 가지고 천진암 '주어사'라는 암자에 모여 강학회를 갖기 시작했던 것이다.

오늘날로 보면 일종의 세미나 같은 모임이었지만 천주실의는 이들이 공부하면 할수록 이제까지 접해보지 못했던 우주관, 신과, 인간관을 대하면서 점점 천주학에 매료되어 더욱 연구에 매진하였다고 한다. 그들 중 이승훈이 중국 사절단인 동지사의 일원으로 중국을 가게 되어, 북경에 있는 예수회 소속 그라몽 신부를 찾아가 3개월 정도 필담으로 교리를 배운 후 한국 천주교의 반석이 되라는 의미로 베드로 이름으로 세례를 받은 것이 1784년이었다.

주님께서는 우리 민족 스스로 신앙을 받아들이도록 이끄시어 세계 교회 역사상 찬란히 빛나는 한 페이지를 장식하도록 배려하셨던 것이다.

이승훈은 세례를 받고 교회에 관한 많은 서적을 가지고 돌아와 천진

암 주어사에 모여 다시 강학회를 가졌던 이들은 그 뒤 김범우 토마스 집에서 모임을 가졌다. 그 뒤 이들은 선교사도 없이 스스로 공부하고 깨우쳐 교회를 열어가는 과정들의 놀라운 발상까지 하게 되었다. 그러나 북경의 주교는 가성직제도는 부당하다고 즉각 중단을 요구했고, 성 정하상 바오로는 북경을 무려 아홉 번이나 왕래하며 선교사를 보내달라고 요구를 한 바 마침내 1794년 처음으로 중국인 사제 주문모 야고보 신부가 들어오게 되었고, 10년 동안 선교사도 없이 사천 여명의 신자가 불어났던

한국 천주교회가 전라도 진산 땅에 살고 있던 윤지충 바오로와 권상연 야고보서 제사 문제로 하느님의 뜻에 어긋난다며 신주를 불살라버리는 사건이 일어났다. 그래서 반 유교적인 행동에 온 나라가 발칵 뒤집혀 이들을 귀양 보내고, 마침내 처형 되었다. 이게 천주교의 박해의 원인이 되어 대원군의 쇄국정책으로 인하여 더욱 천주교가 박해를 당하였던 것이다. 1791년 신해년에 처음으로 박해가 일어나 이승훈, 권일신 등이 귀양을 가 죽게 되면서, 1801년 신유년 박해, 1839년 기해년 박해, 1846년 병오년 박해, 1866년 병인년 대박해로 거의 만 명의 신자들이 순교를 하게 되었다.

이들 중 103명이 한국 천주교회 전래 200주년인 1984년 5월 6일 여의도 광장에서 성 요한 바오로 2세 교황에 의해 장엄하게 성인으로 선포되었다. 이후 쇄국정책을 고집하던 우리나라는 1876년 병자수호조약을 시작으로 문호를 개방하여 마침내 1886년 한불 통상조약을 체결함으로써 비로소 종교의 자유를 얻게 되었다. 100년의 모진 박해 끝에 얻어진 값진 신앙의 자유였다.

정말 선교사 한 명 없이 우리 신앙 선조들이 학문적으로 교리를 연구한 끝에 신앙을 받아들여 1784년 이승훈 베드로가 세례를 받음으로써

시작된 한국천주교회는 2016년 12월 31일 현재 신자수 574만 명에 이르게 되었다. 그리하여 9월 20일은 한국의 103위 순교 성인을 기리며 본받는 성 김대건 안드레아와 성 정하상 바오로와 동료 순교자 대축일인 것이다. 그러나 오늘날 우리 사회는 물질만능 사상이 팽배하여 무엇이 옳고 무엇이 그린지에 대한 가치판단의 기준이 극도로 흐려진 죽음의 사회이기에 우리 신앙인들이 신앙인답게 살아간다는 것이 매우 어려운 것도 사실이다. 그러나 신앙은 결단이다. 프란치스코 교황은 순교 영성에 대해 "순교자들에게 최고의 가치는 그리스도를 따르는 것이었다."고 말씀 하셨다.

우리가 진정 이 시대를 필요로 하는 것을 찾다보면 그 귀결점은 '하느님의 가르침'을 다시 한 번 확인 할 수가 있는 것이다. 그렇다. 우리 신앙인들은 바른 길을 선택하는데 주저해서는 안 된다. 순교자들의 삶이 우리의 정체성을 깨닫게 하고 우리가 갈 길을 말해 주고 있는 것이다.

정말 9월 20일은 우리 신앙 선조들의 빛나는 순교정신을 되새겨 보며 우리도 이 사회의 빛과 소금, 그리고 누룩의 구실을 다하는 참 신앙인이 되기로 다짐하는 뜻깊은 날이라는 것을 잘 알게 되는 기회가 되었다.

정말 2017년 9월 20일은 내가 진정으로 한국 순교자들이 얼마나 장한 일을 했는가를 확인하게 된 역사적인 날이 되었다. 그래서 103위 순교자에 의해 124위 순교성인을 복자로 반듯하게 올려놓은 한국은 참으로 위대하고 거룩한 순교 열정의 씨앗이 퍼진 나라라고 온 세계가 칭찬 하였다고 한다.

우리나라는 칭찬을 들어도 마땅하다. 이 땅에 선교사 한 명 없이 퍼뜨려진 신앙 선조들의 순교의 피가 이런 한국 교회를 탄탄히 반석위에 올려놓았다는 사실! 이건 세계의 주목을 받아도 당연하고, 칭송을 받아도 당연하다. 내가 찾아온 '산티아고'도 중요한 '세계적 성지'이지만 우리나라의 전국 111곳도 지금 성지로 지정을 받아 주목을 받고 있지 않은 가? 그래서 동방의 아주 작은 나라 대한민국에 교황님께서 두 번씩이나 내방하시어 그 순교자들을 성인품에 올려놓으시지 않았나 싶다. 이젠 세계 모든 나라에서 우리나라로 성지 순례를 많이 오리라 여겨진다. 그토록 세계 여러 순례자들이 모인 향로미사 때 '순교자의 날' 강론으로 한국의 순교자들을 그토록 칭송했으니, 그 스페인 신부님께도 감사의 인사를 드리고 싶어진다.

나는 지금 우리 본당에서 성지회에 가입하여 국내외 성지순례를 잘 이행하고 있다. 매달 한두 곳쯤은 꼭 둘러보며 순교 성인의 영성을 본받아가고 있는 중이다. 오늘 날의 순교 양상은 꼭 죽어서야 만이 순교가 아니다. 살아서도 순교 선조들의 얼을 잘 본받고, 그 분들의 영성을 잘 살아내는 내 신앙을 좀 더 높여가는 일이 진정한 가톨릭 신자로서의 삶을 잘 살아가는 길이 되는 것이다.

정말 조선의 첫 사제, 김대건 신부의 순교영성과 그리고 예수님의 제자 '성 야고보'가 걸었던 순교 영성을 우린 모두 본받아야겠다. 난 이번 산티아고에 와서 영적으로 많은 성장이 있었다는 생각이 든다. 결코 헛된 순례가 아니었다. 고달프고 어려운 '도보 순례' 여정이었지만 너무도 내 인생에 복된 시간이었고, 나의 영성을 높여가는 '축복의 시간'이었다고 고백하고 싶다. 정말 '산티아고 데 콤포스텔라'는 별들의 들판으로 813년 은수자 펠라요가 신비한 빛을 발견하고 그 빛을 따라가니 별빛이 한 무덤을 비추고 있었던 그 무덤이 바로 야고보(Santiago) 성인이 묻힌 곳이었다고 한다. 성 야고보(Santiago)가 있는, 별(Stella)의 들판(Compos) 즉, 산티아고 데 콤포스텔라(Santiago de compostella)인 것이다. 이제 그토록 오고 싶어 했던 이 별들의 들판을 등져야 하다니 약간 아쉬움이 남는다.

▪ 그 이름도 찬란한 '바티칸 전시회'

'땅에서도 이루어지소서 : 한국 천주교회 230년 그리고 서울'

내가 산티아고에서 도보 순례를 하는 기간 동안 바티칸에서는 더 큰 역사적인 전시회가 열리고 있었다. 바티칸에서 이렇게 조그마한 지역 교회에 관련한 전시회가 열린다는 것은 역사상 이번이 최초의 일이라고 한다. 1831년 9월 9일, 그레고리오 16세 교황 조선대목구 설정의 날을 기념하여 2017년 9월 9일은 바티칸에서 정말 세계가 놀랄만한 전시회가 열렸다. 이 역사상 너무도 소중한 바티칸 전시회는 한국천주교회의 230년을 세계에 처음으로 조명시키는 역사적인 전시회가 열렸다. 이 날 바티칸 전시회 개막 미사를 봉헌하게 되어 한국 천주교회는 참으로 뜻있는 날이 되었고, 세계적으로 그 의미가 높이 평가되는 기간이었다.

'바티칸 특별전' 개막미사는 이례적으로 성 베드로 대성당에서 봉헌되었다. 김희중 대주교, 한국 천주교 주교회의의장, 염수정 추기경, 이용훈 주교, 유홍식 주교, 박원순 서울 시장, 정종휴 교황청 한국대사, 그리고 교황청 임원등 600여 명이 참석하여 그야말로 대성황을 이루었다고 한다.

바티칸 특별전은 2017년 9월 9일-11월 17일까지였다. 그러니까 내가 땀을 흘려가며 순례를 하는 그 기간 동안 내내 바티칸에서는 그렇게 중요한 역사적 행사도 개최되고 있었던 것이다. 참으로 기묘하고 주님께서 하신일은 정말 놀랍기만 하다.

바티칸 박물관 기획전시관인 브라치오 디 카를 로마뇨 홀에서 펼쳐졌던 이 특별전에서는 '한국 천주교회 자생적 탄생'과 '순교와 박해의 역사', '교회의 사회 참여 활동'을 전 세계에 소개하는 장이었다. 전시된 유물도 187점에 이르는 대규모 기획전이었다.

한국 천주교회는 세계에서 유일하게 선교사 한 명 없이 스스로 탄생되었다. 이 특별전에서는 순교성인들의 그림과 편지, 다양한 유물을 통해 자생적으로 가톨릭 신앙을 받아들인 한국 천주교회의 독특한 역사를 세계만방에 당당히 선 보였던 행사였다. 이번 특별전에서는 서울특별시와 주 교황청 한국 대사관이 후원을 하고, 서울 역사박물관이 협력하여 진행했던 만큼 박원순 서울 시장과 심재철 국회 부의장, 우윤근 국회 사무총장, 박영선 의원, 유은혜 의원, 나경원 의원, 오제세 의원등 가톨릭 신자 국회의원, 송인호 서울 역사박물관장 등 많은 정. 관계 인사들이 개막 행사에 뜻깊게 참여하여 대성황을 이루었다.

정말 우리 한국 천주교는 세계 속에서도 단연 우뚝 설 것이며 역사에 길이길이 빛날 것이다. 그리하여 순교 성인들이 천국에서 춤을 추며 기뻐하게 될 것임을 믿어 의심치 않는다. 정말 한국 천주교 신자임도 너무 자랑스럽기만 하다.

"두 사람이나 세 사람이라도 내 이름으로 모인 곳에는 나도 함께 있기 때문이다."
(마태 18,20)

제15장

내 모든 것을 비우는
대륙의 끝
땅끝마을

내 모든 것을 비우는 대륙의 끝 땅끝마을

피스테라(Fisterra) 묵시아

무거운 짐진 자들아! 다 내게로 오라.
버리고 갈 것 다 버리고 홀가분하게 가거라.
– 유럽 대륙의 서쪽 끝에서

• 낮음 향한 '피스테라'에서 묵시아까지

　　우리 일행은 어제로서 역사적인 '산티아고 데 콤포스텔라'에 도착하
여 이제 도보 순례도 끝을 맺었고, 그토록 감동적인 '향로미사'도 잘 마쳤
다. 남은 일정은 이제 우리의 모든 자세를 내려놓고 비우기 위한 작업만
을 남겨 두었다.

　　스페인에 와서 야고보 성인의 발자취를 닮아 갈 한 가지 장소만 더
딛고 가려는 것이다. 바로 스페인의 땅끝마을 '피스테라'와 '묵시아'이다.
스페인에선 가고 싶어도 더 이상은 아무 곳에도 갈 수 없는 '땅끝마을' '바

다 끝 0km 지점'인 피스테라 곶을 향할 예정이다. 이 모든 일정을 하느님께서 함께 해 주시고 은총을 내려주시어 그토록 복된 나날 '열흘'을 복되게 보낼 수 있었다.

이제 우리는 귀국을 생각하지 않을 수 없었고, 고국까지 무사히 돌아가야 할 일만을 남겨 두었다. 오늘 찾아가는 피스테라와 묵시아는 피곤함에도 불구하고 한번쯤은 꼭 들려가야 하는 곳이라고 한다. 그간에 우리가 살아온 삶들을 잠시 잔간 멈추어놓고 스페인의 땅끝마을에서 한번 묵상해 보는 일도 일정에서 아주 중요한 절차인 것 같다. 그냥 순례만 마치고 바로 마드리드로 가서 고국의 비행기만 타는 일은 너무도 단순한 일이다. 이왕 어렵사리 도보 순례로 산티아고 데 콤포스텔라까지 순례를 온 이상 스페인의 땅끝마을 까지 한번 돌아보며 우리의 여정을 마무리하는 게 너무 타당한 생각이었다.

모든 일정을 보람 있게 끝나게 해주신 하느님께서 오늘은 지친 우리를 차에서 좀 편히 쉬어가라고 보슬보슬 보슬비를 내려주신다. 우산을 안 쓰고 도 맞을 수 있는 비라고 생각했지만 오래 맞으면 그래도 옷이 흠뻑 젖을 것 같다. 차에선 모처럼 감미로운 음악이 흐르고, 몸은 나른해 저절로 눈이 감겨온다. 가만히 지난 몇 날을 생각해 보니 어느 것 하나 은총 아닌 게 없었다. 어느 것 하나 하느님께서 주관해 주시지 않은 게 하나도 없는 거 같다.

정말 이번 '산티아고 도보 순례'는 온전히 나를 불러 세우신 것이다. "사실 부르심을 받은 이들은 많지만, 선택된 이들은 적다."(마태 22,14)라는 말씀이 너무도 가깝게 느껴져 오는 시간이다. 그러지 않고서야, 어린 손자 손녀 키우느라 눈코 뜰 새 없는 나를 어찌 이곳까지 불러 주셨을리 만무하다. 하느님께서는 참으로 기묘하시다. 내 마음을 어찌 그리도 잘 꿰뚫으시고 그토록 꿈만 꾸며 수포로 돌아갈 수 있을 이 산티아고 행을 이번 기회에 베네딕토 눈을 통해 불러주셨음이 확연하다. 어느 날 남편 베네딕도가 텔레비전을 보는 도중에 '평화방송'에서 200km 도보 순례를 기획하고 있다는 걸 보여주신 것이다. 이것저것 다 안 맞아 꿈만 꾸고 있던 나에게 '베네딕도의 앞장선 배려'와 '하느님의 이끄심'이 어느 순간 일치를 이룬 것이다. 그래서 이번 산티아고 도보 순례는 나에게 '온전한 은총'이라고 밖에 말 할 수 없다. 정말 이번 기회 아니었으면 내 생엔 더 이상의 도전도 꿈도 이룰 수 없는 언덕에 다다르고 말 수 밖에 없었는데 이건 오로지 '하느님의 선택' 아니면 '이끄심'이라고 밖에 귀결 지을 수 없다. 정말 감사하다는 말로만 모든 게 다 끝날 수 있을까? 그건 아니다. 다녀 온 후 내 신앙이 올바로 성장하여 좋은 열매로 보답을 하는 더 큰 일만 남겨놓았다.

이제 스페인의 모든 도로가 정점이 되어 끝을 보이는 이곳 피스테라! 눈앞에 펼쳐져 있는 바다가 비가 오는 날이라 그런지 어두컴컴하게 보인다. 왠지 끝을 보여주는 쓸쓸함 같은 게 주위에서부터 느껴진다. 피스테라 바닷가에서 잠시 내려 주위를 훑어보았다. 비가 오는 관계인지 땅끝마을의 여운인지는 몰라도 고적감과 쓸쓸함을 떨쳐낼 수가 없다. 그리고 우리가 모든 일정을 다 끝내고 찾은 도시라 그런 박탈감이 드는 것인지 어쩐지 외롭고 고독하다.

더구나 질척질척 비까지 내려 많은 곳을 다 들여다 볼 수는 없다. 바닷가를 돌아가는 좁은 길엔 마치 카미노 길의 연속과도 같았다. 비가 와서 그런지 순례객들은 그리 많지 않았고, 바닷가를 나는 갈매기와 배 몇 척만이 외롭게 떠가고 있었다. 잔뜩 찌푸린 하늘을 보고 있노라니 우리와의 이별이 퍽 아쉬운가 보다. 나도 이곳에 찾아온 심경이 쓰리고 아픈데 너는 오직 할까? 처음 얼굴한 번 보고 바로 이별을 해야 하는 연인의 마음을 이해할 것 같다. 나도 무척 떨리고 무겁다. '피스테라'는 바닷가에 있는 아주 작은 마을로 주택들이라고 했댔자 바닷가를 감싸는 정도로 아주 아담한 마을이다. 묵시아보다는 좀 더 크다고 한다. 이곳이 유럽 사람들이 살고 있는 지구의 끝이면서 대륙으로도 서쪽의 끝 마을이라고 한다. 그래 그런지 곳곳의 작은 바 앞에서는 차와 포도주들을 마시고 편안히 쉬고 싶은 곳인가 보다. 작은 마을에도, 알베르게, 호텔, 호스텔, 간판이 다닥다닥 붙어있다. 마을 사람들은 하나도 보이지 않고 갈매기 울음소리만 그윽하게 들려올 뿐 이었다.

"주님께서 이루신 일, 우리 눈에 놀랍기만 하네." (마태 21,4)

▪ 마음 짐 내려놓은 '피스테라 곶(Cabo Fisterra)'에서

피스테라(Fisterra)는 로마시대부터 이미 '세상의 끝'으로 생각되었다고 한다. 어원적으로 이 지명은 땅의 끝(라틴어, Finis Terrae)을 의미 한다. 좀더 정확하게 말한다면 유럽의 서쪽 끝이라 할 수 있다. 산티아고 순례지의 종착지는 산티아고 데 콤포스텔라였지만 순례자들은 세상의 끝인 피스테라까지 다녀갔고, 다녀가고 싶어 한다. 우리 일행도 최종 목표는 산티아고 데 콤포스텔라였기에 우리는 그 목표는 이미 달성을 한 셈이다. 그러나 정확히 지도를 보고 개념을 아는 사람들은 묵시아와 피스테라까지 걷기도 한다는 것이다. 그러면 더 좋았을 것이다. 그러나 우리에겐 시간적인 문제도 또한 생활에서 무시할 수 없잖은가?

난 이번 산티아고 데 콤포스텔라까지 걸은 것만도 너무나 흡족하다. 아주 뿌듯하고 홀가분하기도 하다. 마치 800km를 다 완주한 심정과도 같다. 더 이상을 생각한 다는 건 정말 욕심이다. 잔뜩 찌푸린 하늘과 어렴풋이 수평선이 맞닿아 있다. 바다와 하늘이 마치 손을 잡고 있는 것 같다. 사이좋게 말이다.

눈앞으로 작은 등대가 하나 바라다 보인다. 우산이 없어 작은 이슬비를 맞으며 걷고 있는데 조개 그림 아래로 '0.00km' 라고 쓰인 마지막 표지석이 눈에 띈다. 스페인 어로는 Cape Finisterre. 피니스테레 곶의 언덕인 해발 238m 몬테 파초(Monte Facho)에 도달했다. 이젠 스페인에선 더 이상 육상으로나 해상으로 갈 곳이 없다는 곳이다. 나는 기념을 하기 위해 그 곳에서 글라라와 함께 사진을 찍었다. 바닷바람이 너무 세게 불어 머리카락이 흔들렸다. 비에 젖은 표지석을 붙들고 사진을 찍는 마음은 그리 좋지만은 안 했다. 비를 맞고 서 있는 쇠로 만든 순례자 동상 옆에서도 사진을 찍었다. 마치 내 모습도 그 순례자와 지금 모습이 비슷하다. 바윗돌 옆에 떨고 서 있는 순례자의 모습을 보니 왠지 코끝이 찡해져 온다. 내가 돌아오는 길로 팔짱을 꼭 끼고 다정히 붙어 서서 바닷가 끝을 밟으러 가는 빨강과 초록 바람막이를 대비시켜 입은 마리스텔라의 뒷모습도 하나 찍어 두었다. 돌로 세워둔 십자가 위에는 순례자들이 버리고 간 옷가지가 걸려 있다. 글라라와 나는 돌십자가를 배경으로 한 사진도 한 장 남겨두었다. 조금 더 가니 바위 끝에서 등대(Faro de Finisterre)도 볼 수 있었다. 이 등대는 갈리시아 전 지역에서 바라볼 수 있는 유명한 랜드마크로 1853년에 세워졌다고 하며, 날씨가 좋은 날에는 그 빛이 30km 떨어진 곳에서도 보인다고 한다.

피스테라 곶은 수많은 산티아고 순례자들의 마지막 목적지이기도

하다.

약 90km 정도나 떨어진 이곳까지 순례자들이 왜 오기 시작했는지는 나도 모르겠다. 그러나 이 전통은 초기 그리스도교 시대부터 이어졌다고 한다. 걸어 나오는 옆 길 모퉁이에 걸친 돌산 위로 국제로타리 클럽에서 세워든 표지석도 보인다. 마지막으로 묵시아로 떠났다. 묵시아에는 돌로 지어진 작은 성당이 바닷가에 세워져 있다. 수 천 년 비바람에도 어느 지점하나 돌이 훼손되지 않았다. 바닷가로 또 내려가니 '성모님께서 돌배를 타고 오셨다는 돌로 만들어진 것 같은 배도 있었다. 성모님께서는 그 육중한 돌배를 어찌 타고 오셨을까? 젊은이들은 그 돌배 밑으로 기어들어가 성모님처럼 나오는 모습을 재연하며 서로서로 사진을 찍으며 즐거워하고 있다. 이제 세상과의 끝에 서서 과연 나는 이곳에 무엇을 던지고 버리며 갈 것인가 큰 묵상 시간이 돌아왔다.

▪ 욕심을 덜어내고 가다

진정한 행복은 끊임없이 내려놓는 일이다. 나는 겸허한 마음으로 돌아와 첫째 나의 과한 '욕심'을 먼저 내려놓아야겠다. 지금까지 살아오면서 품은 욕구와 욕심 하느님께서 죄다 들어주시고 죄다 이루어주셨는데 이제 더 이상 품은 건 나의 욕심이었다.

나는 피스테라와 묵시아에 와서 내가 지금껏 과하게 지니고 품어왔던 욕심을 내려놓기로 했다. 더 이상 내게 무슨 욕심이 더 필요하랴. 이만하면 누구도 부럽지 않은 모든 조건과 욕망을 하나도 빼놓지 않고 다 성취했고, 주님께서 다 들어주셨는데 더 이상 욕심을 품는다는 것은 과한 욕구란 생각이 들었다.

　나는 더 이상의 욕심을 부리지 않고 지금 채워주신 모든 상황에서 이제 하나씩 나누어주며 내려놓으며 이보다 더 못한 이에게 아니 필요한 이에게 하나씩 하나씩 내어 줄 것이다. 그것이 내가 이곳에 와서 배우고 가는 일일 것이다. 비움, 내려놓음, 나누어 줌, 베풂, 이것만이 내가 앞으로 살아가며 해야 할 일인 것 같다. 정말 피스테라와 묵시아까지 걸어서 온건 아니지만 오길 참 잘했다는 생각이 든다. 여기에 오니 바다 끝 바위 아래에 많은 것을 태운 흔적들이 보인다. 비록 보이는 것 무거운 것, 짐이 되는 것 등등을 태우고 가는지는 몰라도 정작 중요한 것은 마음속에 있는 욕심을 저 바다 끝에 던지고 가는 일이 더 우선인 것 같다. 그래서 이 기회를 통해 내가 그간 짐이 되게 살아온 것들이 무엇이며, 무엇들을 과감하게 버릴 것이며, 앞으로 어떤 자세로 내가 살아가야 하는지의 방향설정을 하고 가는 일이 제일 중요한 일일 것 같다. 나는 피스테라와 묵시아 유럽의 땅 끝에서 실로 많은 것을 배우고 간다. 아니 어떻게 살아야 할 것인지를 내 가슴에 예쁘게 채워서 갈 것이다. 이제까지 부질없이 더 부리고 더 채우려한 과한 욕심을 송두리째 내려놓고 아주 홀가분한 내가 되어 가볍게 날아갈 것이다.

　"하느님! 제게 가벼운 깃털처럼 가볍게 살아가게 하옵소서."

　내가 대한민국이라는 '대륙의 동쪽 끝'에서 날아와 지금은 '대륙의 서쪽 끝 묵시아에 서 있다는 게 너무도 신기하다. 꼭 태워야만 없어지는 버림, 꼭 실제로 버려야만 없어지는 그런 '버림' 말고 나의 정신 자세, 나의 신앙 안에서 영성의 가지가 더욱 울창해지기를 바랄뿐이다.

　내가 한없이 낮아지고, 더 버려야 할 욕구들을 오늘 이곳에 모조리 버리고 가려한다. 깃털처럼 가벼워지는 내가 되기 위해서….

비울수록 채워지는 행복

김숙자

일상의 무게를 가늠하며 산다는 건
아직도 욕심이 존재하고 있음이다
욕망의 늪은 끝을 보이기 싫어하지만
작은 입자 하나씩 덜어내는 일은
결코 잃음이 아니다.

비우는 일은 곧 채우는 일
꽃진 그 자리에 꽃대 서고
물 나간 자리만큼 넓어지듯
비워지는 자리마다
행복향기 들어와 앉는다.

삶은 이렇듯
조금씩 잃고 비우는 일
덜어낸 만큼 성숙해지고
모자라는 그 자리 채울 때마다
인생의 향기 넘쳐난다.

"이제는 제 눈이 당신을 뵈었습니다." (욥기 42,2,35)

제16장

우리는 다 같이
하느님의 작은 꽃

제16장
우리는 다 같이 하느님의 작은 꽃

▪ 사랑 노래 울려 퍼졌던 아름다운 파견미사
산티아고 '프란치스코' 성당에서

    꿈에도 그리워했던 '산티아고 데 콤포스텔라'에서 감격의 그 여운이 좀체 사라지지 않는다. 그러나 그토록 우리가 바라던 마지막 목적지 '산티아고 대성당에 도착하여 감동의 '향로 미사'까지 뿌듯하게 마쳤다. 그리고 각자가 그동안 애물단지처럼 달고 다니며 떨쳐내지 못하고 자신을 구속해 몸과 마음에 매달고 다녔던 무거운 '짐'들을 '묵시아'에서 모조리 다 비우고 왔다. 그랬더니 오늘은 몸과 마음이 정말 후련하다. 이제 남은 과제는 '성지순례단 해단식'을 겸한 마지막 '파견미사'만을 남겨 두었다. 따져보니 우리의 순례가 벌써 2주 정도 이렇게 빨리 지나가 버렸나를 생각하니 새삼 아쉬움이 가득하다. 어떤 일이든 마지막이라는 지점은 늘 아쉬움과 허전함이 뒤따르기 마련이다. 2주 정도를 비지땀을 흘려가며 울고 웃으며 주님 찾아 '산티아고'까지 걸어 무사히 입성을 마쳤다. '산티아고 대성당'에 도착한 우리 일행은 어쩌면 '동병상련'으로 함께 어우러졌던 끈끈한 인연들이다.

그런 잊지 못할 짜릿한 순간들을 함께 공유해서 그런지 아쉬움 또한 많이 남는다. 그간 걷기에만 집중하고, 일정만 잘 소화해내려는 결과에만 집착하느라 사실 개인들끼리의 교류 시간은 턱없이 모자랐다.

모두 한 곳을 바라보며 함께 걸어왔던 전국 각지에서 모여 결성된 순례단 형제자매들이기에 더 아쉬움이 많이 남는다. 한때나마 곁에서 함께 걸었던 추억이라도 있다면 아쉬움이 덜 하겠지만 관심 밖에 있었던 순례자들은 지금 까지 본명과 얼굴도 익히지 못했다. 더구나 전화번호마저도 나누지 못한 사이에 해단식 순간이 와버린 것이다. 이젠 모두 어쩔 수 없는 일, 냉정하게 정해진 일정 앞에서 이제 다른 도리가 없다. 우리 모두는 어제 '산티아고 대성당'에서 순례자들을 위한 '향로미사'에서 모두들 뭉클한 감동을 받았다, 그래서 오늘은 홀가분한 마음으로 스페인의 땅 끝마을 '피스테라'와 '묵시아'를 다녀오며 모든 것을 다 품어 날리고 비우고 돌아왔다. 이제 마지막 우리들의 아름다운 '파견 미사'만을 남겨놓았다. 어제 실시되었던 순례자 '향로미사' 때 미리 준비해 온 옷을 입지 못해 못내 서운했다.

우리 남편 베네딕도가 도보 순례 때 입은 등산복만 입지 말고 가장 한국적인 옷, 가장 나다운 옷을 한 벌 꼭 가져가라고 신신 당부를 해서 가져왔는데 입지 못해 무척 아쉬웠다. 그런데 마지막 파견미사 때는 입을 수 있는 시간적 여유가 생겼다. 세계인들이 많이 모인 그 곳에서 왜 우리 한복을 입었으면 좋겠다고 했는지 이제야 남편의 저의를 알 수 있을 것 같다. 가장 한국적인 것이 가장 세계적이라는 말이 실감나는 시간이었다.

그래서 짐 많다고 투덜대는 나에게 굳이 한복을 가져가 입으라고 하던 남편이 새삼 고맙기도 하다. 그 말 덕분에 내가 준비해온 옷이 비록 세계인들의 주목은 못 받았지만 우리만의 파견 미사 때 모든 걸 마무리하는 마음으로 예쁘게 입을 수 있어 더 좋았다.

이런 작은 배려가 큰 차원에서 보면 한류를 위한 일이기도 하려니와 철저한 준비성이기도 하다. 사실 향로미사 때 그 옷을 못 입은 이유는, 당일도 마지막 도보가 28km 쯤 남아있어 그 거리를 더 걸어야 했기 때문에 도저히 입을 수가 없었다. 땀에 젖어 피곤한 몸으로 힘들게 걸어 온 뒤에야 '산티아고 대성당'에 입성이 되기 때문에 그 옷은 생각할 겨를조차 없었다. 걷는 그 자체만으로도 너무 힘이 들어 아침에 그 옷을 배낭에 챙겨 올 수가 없었다. 그러나 오늘은 도보 순례가 모두 끝나고, 편안한 마음으로 '묵시아'를 다녀오는 날이다. 그래서 다시 대성당의 별관에 마련된 '프란치스코 성당'에서 우리들만의 파견미사가 거행된다. 그 시간이 별도로 우리게 주어졌기에 이때, 목련꽃 아름답게 수놓인 고운 한복을 그 시간에 차려 입을 수 있었다. 다들 따로 옷 바꿔 입을 생각은 엄두도 못 내는 시간이었다. 아니 바꿔 입을 시간도 없어 모두 묵시아를 다녀온 그 차림 그대로다. 그러나 난 깜짝 이벤트로 준비 해온 한복을 옷 위에 그냥 입었다. 이런 때 정말 의미 있게 독서라도 했더라면 더 좋았을 것이다.

하지만 이미 예정된 형제님께서 준비석에 앉아 계셨다. 어디까지나 그건 희망일 뿐이었고 난 준비해온 예쁜 옷을 차려입고 파견미사에 참여한다고 생각하니 정말 가슴이 설렜다. 공직에 있을 때, 큰 행사 때면 언제나 화사하게 입던 정든 내 의상! 검은 색 노방 천에 연 분홍빛 복합된 목련 수가 작품처럼 수 놓여 보는 이들의 찬사를 많이 받아왔던 옷이다. 남들이야 그냥 소홀하게 보아 넘길지 몰라도 적어도 나는 추억이 많은 이 옷을 오늘 파견 미사에 차려 입으니 정말 준비된 사람 같았다.

맞다. 나는 준비성은 정말 너무 좋다. 무슨 일이건 간에 조금 더 생각하여 아이디어를 발휘하면 늘 그 자리가 빛나곤 했다. 오늘 파견 미사도 마지막이라 생각하면 정말 아쉬움이 많이 남는다. 하지만 파견미사에 참여한 분들은 모두 우리 한국 도보 순례단 뿐이었다.

'프란치스코 성당' 담당 사제께서 다른 외국인들이 많이 들어왔지만 코리아! 코리아! 하시면서 한국 순례단들만 미사를 볼 수 있도록 배려해 주셨다. 참으로 감사할 일이었다. 그래서 더 우리들만의 오붓한 시간을 가질 수 있었다. 이것 또한 주님의 은총이다. 그것도 스페인 대성당 별관에 있는 '프란치스코 성당'에서 이렇게 한국인들만 특별대우를 받다니 너무나 큰 감동이었다. 한국 신부가, 한국어로 우리 한국인들에게, 그 중에서 우리 산티아고 성지 도보 순례단에게만 사랑의 파견미사를 스페인에서 거행했다는 일은 우리들 추억의 역사에 길이 남을 일이다.

신부님께서는 그동안도 미사에 온 신경을 다 기울이셨지만 이 성당에서도 성스럽고 은총 넘치는 파견미사를 집전해 주셨다. 정말 맹상학 지도 신부님의 노고가 가장 빛나는 날이었다. 그리고 또 하나의 이벤트가 갑자기 벌어졌다. 순례기간 동안 가장 노고가 많았을 '마리스텔라 부부'를 친히 제대 위로 나오라고 부르셨다. 끊이지 않는 박수갈채를 받으며 입장한 두 부부에게 사랑어린 인사말과 함께 노래 한 곡을 선뜻 부탁하셨다.

갑작스런 주문이어서 얼떨떨할 줄 알았던 이 부부는 당당하게 손을 잡고 제단 앞으로 올라가더니, 사랑의 두 손을 꼭 포갠 채, 근사한 인사말과 함께 '사랑 하는 이에게' 한 곡을 마치 연습이라도 해온 것처럼 잘도 불렀다. 반주도 없는 생음악이었지만 두 사람 사랑의 진정성이 너무도 잘 드러난 감미로운 노래였다. 우린 그동안 함께 피부로 겪어 왔던 고생을 생각하며 눈시울이 뜨거워졌다. 왠지 눈을 뜨고서 그들을 쳐다 볼 수가 없었다.

나는 자꾸만 울컥해지는 바람에 더는 노래가 들리질 않았다. 아니 더 들을 수도 없었다. 우리 모두를 감동의 도가니에 빠뜨려버린 것이다.

우리 모두는 누가 먼저랄 것도 없이 우레와 같은 박수갈채로 그들 부부를 축하하고 격려해 주었다. 사랑으로 뜨겁게 뜨겁게 결속된 '아름다운 부부'라는 걸 더 잘 알게 되었다. 앞으로 어떤 난관이 더 겹쳐 오더라도 그들은 잘 극복해 나가리라 믿어 의심치 않는다. 우리 모두는 한마음이 되어 그간의 고생을 한없이 칭찬해 주었다. 그건 우리 모두의 진정한 마음이었다. 이렇게 분위기가 익어 갈 무렵 우린 화기애애한 분위기 속에서 마지막 단체 사진을 찍으며 아쉬운 발길을 돌려야 했다.

우리 일행은 모두 차에 올라 귀국길 준비를 위해 늦은 저녁에 스페인의 수도 '마드리드'로 발길을 향했다. 참으로 귀한 발걸음 이번 산티아고 데 콤포스텔라의 도보 순례 여정은 분명 '하느님의 이끄심'이라고 말할 수밖에 없을 것 같다.

▪ 침묵이 가르쳐준 선물

산티아고 길은 그대로 내게 침묵이 되었다. 내 인생에서 처음으로 말을 하지 않아도 편안한 마음으로 순례 길을 걸었을 수 있었다. 하루를 오롯이 하느님과 함께 생활할 수 있었던 것도 이번이 처음이었다. 그러면서 참으로 많은 생각을 하게 되었다. 한편의 인간의 역사 속에 주님의 길을 터놓으신 위대한 믿음의 어머니를 만날 수 있었고, 그 어머니를 바라볼 수 있었다는 일상이 마냥 행복하기만 했다. 어려움 나날 속에서도 하느님을 높여드리면 하느님도 나를 높여 주셨다. 하느님을 높여드리기 위해 조용히 내 자신을 낮추는 겸손을 배워가고 싶다. 아니 성모님의 순명을 이어받아 내 안에서도 순명을 이루고 싶다.

하느님을 온전히 섬길 그 날까지 하느님의 뜻을 위해 내 뜻은 조용히 접을 것이다. 난 이번 순례길에서 신앙의 원리를 성모님에게서도 배우게 되었다. 신앙의 원리는 마치 시이소오와 같아 나를 낮추면 하느님이 올라갔고, 하느님을 높여드리면 하느님께서도 나를 높여주셨다. 앞으로의 내 삶은 하느님을 높여드리기 위해 조용히 자신을 낮추는 겸손을 살아가고 싶다. 그리고 성모님의 순명을 이어받아 내 안에서도 순명을 이루고 싶다. 하느님을 온전히 섬기는 그 날까지 하느님의 뜻을 위해 내 뜻은 조용히 접고 살아갈 것이다.

말없는 침묵이 가져다주는 침묵의 언어여! 침묵의 깊이는 곧 사랑의 깊이이다. 인간을 향해 말없는 사랑을 주시는 침묵의 언어, 무엇을 받아들여야 하는지? 무엇이 옳은 길인지 아버지의 뜻을 어떻게 받아들여야 하는지를 침묵의 길에서 나는 찾아냈다. 그리하여 내가 살면서 뱉어놓은 숱한 그 말들을 하나씩 하나씩 거두어 들여야 할 것 같다.

침묵이 주는 그 언어만이 진정한 사랑을 담을 수 있기에, 이제 당신의 그 진중한 침묵을 내 것으로 삼아 그렇게 살아가야 되겠다. 정말 침묵이라는 소중한 시간을 통해 나는 참 많은 것을 이 길에서 얻어가고 있다.

이번 산티아고를 걸으며 내게 가장 소중한 것은 하느님이 주신 그 침묵의 시간, 하느님과 함께하며 조용히 자신을 되돌아보았던 소중했던 그 시간은 너무도 내게 큰 선물이었다. 이제 당신의 침묵을 내것 삼아 열심히 살아갈 것이다.

"당신 말씀은 제 발에 등불, 저의 길에 빛입니다." (시편 106,1,2)

제17장

은총의
순간순간들을 뒤로하며
산티아고여 안녕!

제17장
은총의 순간순간들을 뒤로하며 산티아고여 안녕!

"너희 가운데 두 사람이 이 땅에서 마음을 모아 무엇이든 청하면, 하늘에 계신 내 아버지께서 이루어 주실 것이다." (마태 18,19)

▪ 사랑의 꽃 산티아고를 뒤돌아보며

　내게 다가온 산티아고는 온전히 사랑이었다. 오랫동안 내 가슴 깊은 심지에 홀로 찾아와 혼자 싹트고 가지를 벋어내더니 급기야는 내 인생 서걱서걱 기울어가는 노을빛에 세상에서 가장 황홀한 희망봉이 되어주었다.

　내 인생에 산티아고는 보잘 것 없고 빈약한 내 영성의 뜨락에 가장 아름답고 튼실한 사랑의 꽃을 넘치도록 피워 올려 주었다. 고통의 뜨락에서 피어난 향기 짙은 사랑꽃! 배려의 손끝에서 소리 없이 피어오른 살맛나는 사랑꽃! 어려움 함께 참아내며 탐스럽게 피어오른 사랑꽃, 봉사의 손끝마다 따뜻이 피어올랐던 사랑꽃, 외로움을 통과하는 자에게 찬연하게 피어난 사랑꽃, 나를 찾아가는 침묵 속에서 소리 없이 피어난 '영성의 꽃이 되었던 것이다. 산티아고는 나에게 아름다운 사랑을 일깨워주는 선생님이 되었다. 이제 나는 그토록 목말라하고, 그리워하던 주님도 만났고, 주님의 발자국 소리도 들었고, 주님의 따뜻한 음성도 들었다. 아니 어려울 적마다 내 곁에 서서 나를 받쳐주고 인도해 주셨던 그 따스한 손길을 잊을 수가 없다. 아니 절대 잊어서는 안 된다.

이제 산티아고는 내 인생 흔들리는 길목마다 나를 지켜주고, 그리움의 언덕에서 내 마음 속의 산티아고를 아름답게 추억하며 살 것이다. 내 인생의 커다란 지침과 좌우명을 가슴에 심어준 영성의 아름다운 꽃송이, 아름다운 스승! 견디기 힘든 시련의 골짜기에서도 내 인생의 나침반이 되어줄 산티아고여 안녕! 다시 만날 때까지 안녕!

"여러분은 우리 주님의 은총을 알고 있습니다. 그분께서는 부유하시면서도 가난하게 되시어 여러분이 그 가난으로 부유하게 되도록 하셨습니다." (2코린 8,9)

• 내 생의 아름다운 민낯

평범한 내 마음의 들판에 홀씨 되어 날아와 준 고마운 산티아고! 그 허허로운 산자락에 70도 각으로 비스듬히 누인 채 한 가닥 예쁜 꽃이 되어준 나의 멋진 버킷리스트! 내게 이렇게 멋진 연인으로 다가와 다시 내 가슴에 피어준 아름다운 사랑의 꽃 산티아고! 길다면 길고 짧다면 짧았을 200km 산티아고 도보 성지순례! 이 길은 내 인생의 멋진 도전이자, 나의 첫 번째에 올려진 버킷리스트 달성이었다. 자칫 지나쳐버리면 나 혼자만의 꿈으로 영원히 남을 수도 있었지만 '내 사랑 산티아고'는 드디어 내게로 와서 내 인생 후반부에 멋진 '꽃'이 되고 나의 '연인'이 되어 주었다. "참, 고맙다. 산티아고야!" 네가 없었더라면 내 인생의 칠십 고개, 나 무얼 하며 이렇게 재미있게 돌 수 있었을까? 남들은 이 나이면 벌써 인생을 다 살아버린 양, 희망의 등불을 모조리 꺼놓고 그을음 낀 등잔처럼 어둡고 우중충하게 살아가고 있는 모습이 대부분이다. 그러나 내겐 네가 있어 희 망의 '꿈 사다리'를 다시 딛게 되었지. 이렇게 은밀한 꿈을 고소하게 실천 해 볼 수 있는 다부진 내 집념이 있었기에 내 인생은 그리 척박하지도, 심심하지도 않았고, 외롭지도 않았다. 이제 나는 언제든 누굴 만나더라도 늘 신선하고 자신감 있는 목소리로 노년의 삶도 재미있고 얼마든지 멋질 수 있다고 힘주어 말 할 것이다.

지금까지의 난 아직 눈도 밝고, 귀도 밝아 보청기와 안경을 안 쓰고 있는 것도 아직 내게 할 일이 더 남아있다는 증거가 아닐까? 아직 내겐 꼭 어떤 것이라고 꼬집어 말할 순 없어도 아직 더 할 일이 남아있음을 암시해주는 것이리라.

우리 친구들 대부분은 지금쯤 허리 아프다, 다리 아프다, 무릎 아프 다를 노래처럼 하고 있지만, 나도 이제 청년 같은 노년의 삶을 살아갈 우 리 세대들에게 '희망의 등대'가 되어보고 싶다. 나는 아직 많은 '긍정 에너 지'를 가지고 있다. 그 긍정에너지 덕분에 내가 이렇게 노인 티 내지 않고 아직 팔팔하게 살고 있는지도 모르겠다. 그랬기에 이번 산티아고 도보 순 례에도 감히 용기를 갖고 참여했지 않았나 싶다. 비록 이번 도전이 '800km' 전 구간을 다 걷진 못했다 할지라도 '난 할 수 있다.'는 긍지와 자신감을 터득하고 돌아왔다. 정말 시간만 더 주어진다면 더 늙기 전에 나머지 600km도 마저 채워보고 싶은 생각도 아직 존재한다. 그러나 이건 아직은 너무 큰 욕심일 뿐이다. 이번 '200km'만 완주한 것도 너무 장한 일이라 생각한다. 이보다 더 격한 도전을 여기서 또 꿈꾼다면 그건 욕심이라 생각하고, 그 욕심의 싹을 싹둑 잘라내야 한다.

묵시도에서 나를 비워내면서 다짐을 했지만, 이젠 더 격한 욕심은 부리지 않을 생각이다. 이번 산티아고의 한 구간 한 구간은 정말 금쪽같은 내 인생의 '금자탑'이다. 그 굽이굽이를 오르고 내리고 돌며 걸을 때, 내 땀과 눈물은 그 얼마였던가? 그러나 그 고통 중에서도 난 하느님의 사랑과 하느님의 숨결을 수없이 느꼈다. 하느님의 손을 잡고 이렇게 함께 걸었던 일은 내 인생의 가장 귀중한 한편의 드라마였다. 떠나기 이틀 전 부주의로 일어난 상처가 크게 나서 그 아픈 발을 이끌고, 피레네 산맥을 한 발 두 발 넘고 넘으며 삼켰던 뜨거운 한숨과 눈물은 하느님이 내게 주신 값진 보물이었고, 하느님이 내게 걸어주신 값진 금메달이었다.

어느 지점 한 순간 한 순간 헛되이 딛어서도 안 되고, 헛되이 딛어 본 적도 없는 것 같다. 정말 이번 '산티아고 도보 순례'는 내 인생 후반부의 큰 자랑이요, 자부심이요, 기쁨이고, 아름다운 추억이었다.

"하느님께서 우리와 함께 하신다." (마태 1,22-23)

사랑꽃

김숙자

비천한 가슴에도
사랑으로 벙글고
당신 몸 꽃이되어
향기로 젖는 님이시여

죄의 둠벙에서도
눈물로 피어나
구원의 길목마다
하얀 웃음으로 젖는 꽃

내 몸 구석구석
은총으로 감돌고
부활 영광 우러르는
오, 아름다운 하늘 꽃

▪ 잔잔한 사랑으로 채워가리

난 이 기회를 통해 다시 한 번 내 인생 노년의 삶에 '사랑등' 하나 더 밝히며 살고 싶다. 그 어떤 어려움에 맞닥트리더라도 절대 좌절하며 물러서지 않을 것이다. 그리고 어떤 위기가 다가오더라도 절대 실망하지 않을 것이다. 엎어지더라도 다시 일어서는 오뚝이의 저력을 나는 발휘할 것이다. 뚜벅뚜벅 걸어서 나머지 은빛 인생을 사랑으로만 채워 갈 것이다. 그리고 이번 산티아고 도전기에서도 밝히겠지만 난 이번 기회에 내 삶을 아주 실용적인 가쁜 한 삶으로 과감히 바꿀 것이다. 이제껏 외모와 겉치레에 치중하여 신경 쓰고 살아왔다면 이젠 과감히 그 부담을 벗어버리고 아주 가쁜 한 민낯으로 편하게 살 것이다. 이젠 그런 겉치레에 치중하지 않고, 보이기 위한 삶에서 앞으로의 삶은 감추임 없는 내추럴한 삶으로 살아갈 것이다. 그러니까 이번 기회를 통해 내 생활 습관도 통째로 바꿔갈 것이다. 이젠 편한 신발 즉, 운동화 스타일로 과감히 바꿀 것이다. 그간 외모 때문에 예쁜 신발로 인해 오는 불편함을 얼마나 많이 감수 하였던가? 이젠 그 외적 욕구를 과감하게 실용으로 바꾸고 말 것이다. 이제 내 사전에는 외모를 중시하는 높은 신발은 없다. 이제 내 인생에는 걸어서 다니는 게 다반사가 될 것이다. 승용차를 타는 일도, 택시를 타는 일도, 가급적 줄이고 편한 운동화나 등산화 스타일로 생활패턴을 과감히 바꾸어 갈 것이다. 땅과 함께 편히 걷고, 또 걸으며 낮은 곳에서 주님을 편하게 바라볼 것이다. 그게 내가 사는 길이요, 부지런히 걷는 길만이 건강과 직결 된 삶이라는 걸 널리 알릴 것이다. 여지껏 부질없는 겉치레에 치중된 삶을 내가 살아왔던 것 같다. 이제야 비로소 나를 다시 되찾은 느낌이다. 얼마나 홀가분할 것인가. 얼마나 걷는 일이 위대한 것인가, 날마다 두 발을 땅에 대고 하느님께 기도하고 찬양할 수 있는 그런 삶으로 바꿀 것이다. 이번 산티아고 도보 순례를 하고 난 후 내 몸은 지금 날아갈 듯 가볍다. 왜 그럴까? 하고 아무리 생각을 해봐도 알 수 없었는데, 어느 날 문득 아랫배와 허리의 두두룩한 부분이 어디로 통째로 날아가 버렸다. 생각해 보고 또 생각해봐도 걸으면서 연소 작용으로 태워져 땀으로 모조리 날아가 버린 모양이다. 이제야 에스 라인이 제대로 잡힌 몸매로 바뀐 것이다. 남들은 돈을 주고도 안 빠지는 복부 지방이 송두리째 없어져 버린 것이다. 나도 너무 신기했다. 산티아고 구간 구간마다 진땀으로 조금씩 뿌려놓고 온 모양이다. 놀란 채 내 체중을 달아보니 겨우 2킬로그램 정도 변화가 온 것 같은데 불필요한 지방이 모인 그 부분만 마치 수술요법으로 떼어낸 것처럼 온데 간 데가 없다. 아주 홀가분하고 가볍다. 내가 이런 몸매를 언제 갖고 보았던가? 겉으로 보기엔 살이 많이 안 쪘었지만 그래도 은근히 아랫배 부분은 나름 부담스러웠는데, 지금은 한 치도 안 잡히고 모조리 땀으로 환원시켜 버렸나보다. 걷기가 이렇게 좋은 것이라는 걸 전도사로 뛰어야 할 것 같다.

산티아고를 걷고 나서 달라진 점이란 몸이 아주 가볍다는 사실이다. 마치 하늘로 날아오를 것 같은 가벼움으로 너무 건강해졌다. 이걸 바로 은총이라고 감히 말할 수가 있을까?

▪ **감히 은총이라 말하리라**

'말하지 않아도 괜히 행복한 것, 가만히 있어도 미소되어 날아오는 것' 어떤 고통이 다가오더라도 기꺼이 감당할 수 있는 것. 난 이 모두를 은총이라 말하고 싶어진다. 어떻든 주님이 내게 주신 은총인 것만은 사실이니까. 산티아고를 다녀온 뒤로 난 한 번도 힘들다고 투덜거리지 않았다. 한 번도 휴식을 따로 취하거나 피곤하다는 말을 해본 적도 없다. 추석과 연휴를 가족들과 함께 보내며, 김치 담고, 명절 음식을 푸짐하게 했으면서도 도무지 피곤함을 몰랐다. 그리고 다리에 단단한 근육이 생긴 점도 피곤을 덜 느끼게 했나보다. 그동안 생긴 다리 근육으로 하여금 지치지 않는 힘이 그 곳에 축척되어 있는 것 같았다. 도보 순례 후 참으로 건강이 좋아졌다는 느낌을 좀체 지울 수가 없다. 그간 예쁜 신발만을 선택하느라고 내 발이 얼마나 갑갑해 했을까? 산티아고 구간 여기저기를 딛을 때마다 내 발이 얼마나 숨 막혔을까?

그 힘겨운 피레네 산맥을 넘으며, 신발을 벗고 양말로 걷다가, 그것도 모자라 맨발로 걷기도 했다. 그러다가 아프면 다시 양말을 신고 질척질척 발이 빠진 곳도 시원해서 좋았다. 소똥 길, 푹푹 빠진 습한 늪지도 걷고 디디며 얻어낸 결과이다. 내가 산티아고를 출발하기 전 깨끼발가락의 깊은 상처가 낫지 않은 상태에서 피레네 산맥을 또 무리해서 걸었기에 오는 아픔도 다 견디어냈다.

이젠 못할 일이 없다. 힘겨우면 과감하게 발도 벗어젖히고, 맨발로 걷고, 내 발이 힘들다하는 좁은 신발은 이제 굿바이다. 신발과 발이 아파 늘 꼴찌를 못 면한 내가 이젠 걷기의 마니아가 될 것 같다. 그렇게 많은 거리를 걸었음에도 이렇게 몸이 거뜬한 걸 보면 도보걷기가 우리 건강에 최고라는 걸 난 이미 몸으로 터득한 것이다. 이젠 내 보폭으로 세상을 뚜벅뚜벅 걸어 다닐 것이다. 인생의 적당한 쉼은 생의 활력소를 가져다준다. 무슨 일에서든 총대를 쥔 지휘자가 되려면 현실에 다른 사람보다 더 밝아야 한다. 그리고 청사진을 잘 세워야 모든 일을 잘 마무리 할 수 있다는 것도 더불어 깨달은 것이다. 그리고 '우분트' 정신과 무엇이든 다함께 하는 '투게더' 정신을 한시도 잊지 않을 것이다. 사람은 적당히 힘들고 고독할 때 더 많이 성장하는 법이다. 정말 '주님이 홀로 가신 그 길, 나도 기쁘게 따라갈 것이다.'

마드리드 'Auditorium' 호텔은 마치 공항 같기도 하고, 단지 큰 아파트처럼 넓고 크다. 자기 룸을 찾아가는데도 수많은 동을 거쳐 아파트를 찾아 가는 것 같았다. 식사를 할 때에도 마주치는 세계인들이 마치 인종 전시장 같기도 했다. 음식도 다양하게 많았지만 여러 종류가 많은 만큼 찾아가서 가져오는 것도 번거롭기도 했다. 아무리 맛있는 음식이 곳곳에 널부러져 있어도 내가 좋아하는 건 몇 가지 안 되기 때문에 보통 음식만으로 배를 채워간 것 같다.

음식 마니아들은 몇 번을 돌더라도 맛이 있는 음식은 꼭 먹어보고 싶어 하는 것이 나와 좀 다른 점이다. 나는 많이 먹기 보다는 부담감이 없는 보통 음식만을 선호하고 있는 것 같다. 음식에 대한 욕심은 그다지 없는가보다. 그러나 맛있는 음식은 정말 행복하게 먹고 왔다.

마드리드 호텔에서는 도착된 저녁부터 아침까지 호텔식으로 먹고, 짐을 다 정리 한 후에 우리는 마드리드 공항으로 이동하였다. 그 곳까지 현지 가이드는 우리 일행을 잘 안내 해 주었다. 아마도 우리를 보내놓고 는 많이 앓을 것이다. 그냥 여행 가이드보다, 도보 순례 현지가이드는 너무 다른 것 같다.

우리와 똑같이 그 곳곳을 함께 발로 함께 걸으며 몸소 안내를 하고 있지 않은 가? 여성이면서 너무나 어려웠을 것이라는 생각이 이제야 든다. 마지막에 와서 라도 "그간 너무 수고했노라."는 말이라도 하고 싶다. 겉으론 건강했지만 긴장감과 마무리를 해 냈다는 책무감 땜에 아마도 며

칠은 꿍꿍 않을 것이다. 끝 무렵에서야 안쓰럽고 연민이 간다. 같은 여성이라서 그럴까? 현지 가이드의 중요성이 끝마무리에 더욱 돋보였다.

"고생 많으셨어요. 현지 가이드 자매님! 또 만날 때 까지 안녕!"

우리는 뮌헨 행 비행기 탑승 수속을 받으러 들어가며 현지가이드와 안녕을 고했다. 뮌헨 행 비행기에 탑승한지 2시간 30분 정도를 날아가니 어느 듯 우리를 싫은 루프탄자는 뮌헨에 도착했다. 짐은 이미 인천으로 붙였기 때문에 우리는 뮌헨에서 다시 한 번 인천 공항을 향하는 비행기를 타기 위해 다시 수속을 밟았다. 2시간 후에 우린 가족이 기다리는 한국 인천 행 비행기에 안전하게 탑승이 되었다. 이젠 모든 시름을 다 놓아도 된다. 이제 13시간 후면 그리던 내 나라 내 고향 땅에 도착할 수 있을 것이다. 이젠 편안하게 잠을 자든 책을 보든 남은 시간을 행복하게 보낼 것이다. 대부분 곁을 바라보니 자기 기호에 맞는 드라마나 영화를 감상하는 사람들이 대부분이다. 피로도로 본다면 바로 눈을 감고 잠에 빠져야 맞지만 내 입장은 도시 잠에만 빠져들기에는 너무 아깝고 소중한 시간이었다. 마치 14일이라는 날짜가 결코 길지도 않으면서 그렇다고 결코 짧지도 않은 시간을 스페인에서 보내고 돌아왔다. 그러나 그 시간 속에서 나는 엄청난 경험을 했고, 영적으로나 육적으로 너무나 큰 변화의 소용돌이에 나도 놀라움을 금치 못하고 있다.

이번 산티아고 도보 순례 길은 누가 안 간다는 날 떠밀지도 않았다. 그간 꽤 많은 시간과 세월을 기도하고 염원하고, 연민하며, 가고 싶어 몸이 달아있던 나였었다. 그러기에 남들과 감회가 같을 수가 없다. 당연히 달라야 한다. 아니 다를 수밖엔 없다. 그간 오랜 나날을 기도하고, 연민하고 보고 싶고 가고 싶어 몸을 떨어왔던 '산티아고 행'이지 않았던가? 나는 대단히 염원해 왔던 내 생의 첫 번째 버킷리스트를 달성한 소중한 이 순간을 쉽게 잊을 것 같지 않다. 돌아오는 기내에선 글라라와 나는 오른쪽 창쪽 자리에 앉아 와인도 한잔씩하고, 맥주도 한잔씩 기울였다. 와인이 들어가니 긴장이 풀리면서 몸이 나른하고 무척 행복하다. 마치 내가 개선 장군이 된 느낌이다. 긴박했던 순간들이 다 지나고, 이제 편안히 긴 여운에 잠겼다. 생각해보니 정말 보람된 순례여정이었다는 생각을 지울 수가 없다. 나는 한국까지 가는 비행기에서 차분한 마음으로 "마리아의 비밀"이라는 책을 탐독할 것이다. 이 책은 바로 앞자리에 앉은 이해수, 오양희 태극기 부부가 보던 책을 잠시 빌렸던 것이다. 고국으로 돌아오는 비행기 안에서 우리 '복되신 동정 마리아' 어머니와 함께 요런 저런 얘기를 나누며 그 분의 '비밀스런 이야기'에 귀 솔깃 맘 솔깃 함께 동석하며 재미나게 갈 것이다. 저절로 눈이 감겨오는 짜릿한 그 순간까지 말이다.

"말씀이 사람이 되시어 우리 가운데 사셨다." (요한 1,14)

▪ 산티아고 도보 순례에서 얻은 것

　길다면 길었고, 짧다면 한없이 짧았을 산티아고 도보 순례! 이것은 내 인생의 멋진 도전이었다. 오래전부터 내 인생의 버킷리스트에 올라와서 자칫 나 혼자만의 꿈으로 끝날 수도 있었을 '내 사랑 산티아고!' 드디어 내게로 찾아와 내 인생 후반부에 나의 '자신감의 꽃'이 되어 주었다.

　참 고맙다, 산티아고야. 네가 없었더라면 나 무엇으로 칠십 고개 잘 늙어 가고, 재미있게 돌고 있을까? 남들은 이 나이면 마치 인생이 다 끝난 것처럼 할머니로만 내려놓고 살지만 네가 있어 나는 새로운 꿈을 꾸게 되었다. 언제든 누굴 만나든 늘 신선함으로 노년의 삶도 참 살만하다고 힘주어 말할 것이다. 지금까지 내가 다리 아프지 않은 것도, 눈이 밝아 안경을 아직 안 쓴 것도 아직 내게 남은 어떤 과업이 남아 있을 거라 생각한다. 모두들 다리 아프다, 눈 어두워 책 못 본다고 투덜대지 말고 노년의 내 삶에 항시 감사하며 할 수 있다는 '긍정 에너지'를 더 퍼뜨리고 싶다. 이번 내 인생 버킷리스트였던 산티아고 도전은 비록 200km 도전에 그쳤지만, 결코 그 결과보다 난 과정을 더 중시 여길 것이다. 얼마를 걸었느냐의 길이와 양이 아니라, 어떤 마음가짐으로 최선을 다해 걸었냐가 더 중요한 것이다. 전 구간 800km는 아니지만, 200km 도전도 내겐 너무 소중하고 고맙다. 결코 소홀이 보지 않을 것이다. 이번 기회에 순례라는 의미와 정신에 더 큰 가능성을 보고 간다는 것이 더욱더 소중한 일이다. 이 짧은 거리에서도 수 백 번 내 곁에 다가와 함께 걸어주신 주님, 힘들어 할 때마다 수 백 번 일으켜 주신 주님, 아니었으면 난 아마도 완주를 못했을 것이다. 이번 산티아고 한 구간 한 구간을 넘을 적마다 걸음걸음이 내 인생의 눈물이었고, 기쁨이었으며 짜릿한 감동이었다. 나 이번 기회를 통해 나의 노년에 다가온 삶을 모두 '사랑'으로 교체할 것이다. 그 어떤 어려움에 맞닥트리더라도 절대 좌절하지 않을 것이며 어떤 어려움을 만나더라도 쉽게 무릎 꿇지 않을 것이다. 어떤 일에서든 절대 미리 포기하지 않고 오뚝이처럼 열 번도 더 일어설 불굴의 의지를 가질 것이다. 난 이번 기회에 내 인생의 좌우명도 바꿀 것이다. '운동화 인생'으로 완전 탈바꿈할 것이다. 이제 나에게 칠십 인생은 늘 발로 뛰는 인생, 발로 걷는 인생, 발로서 뛰며 좋은 일을 하는 삶으로 바꿔갈 것이다. '겉치레'와 남 보기에 좋은 '화려함'은 이제 내 인생에서 싹 지울 것이다. 이제 주님께서 홀로 가신 그 값진 사랑의 그 길! 나도 닮으며 꼭 따라 갈 것이다. 겉치레와 허상은 과감히 벗어버리고 나를 구속하지 않는 편안함과 진실과 직면할 것이며, 편안한 운동화로 내 삶을 데워 갈 것이다. 지금 도보 8일 간에 만들어진 야무진 근육질을 보라. 만져볼수록 너무 소중하다. 몸이 날아갈 것처럼 가볍다 이 모두가 내려놓은 후에 맞는 홀가분함과 편안함이 아니던 가? 스페인 땅끝마을 '묵시도'에서 내가 버리고 올 것을 다 버렸는가? 앞으로 더 버릴 건 무언가를 목록에 적어 이제는 가볍게 비우는 삶으로 후반부를 채워 갈 것이다. 쉽게 지쳐서 걷기를 소홀이 하는 삶의 방식을 과감히 떨쳐낼 것이다.

내게 꼭 맞는 편한 신발이 내 삶에 얼마나 소중한가를 산티아고 피레네에서 값지게 터득하였다. 한 발 한 발 내딛을 적마다 내 발이 얼마나 갑갑해 했을까?

한 기슭, 한 기슭 오를 적마다 내 발이 얼마나 숨 막혔을까? 그 힘겨운 피레네 산맥 돌고 도는 봉우리마다 내 발이 말하고자 했던 말을 내가 빨리 알아듣지 못했다. 출발 2일 전 손주 휘택이 생일 날 다친 깨끼발가락으로 그 무시무시한 피레네 산맥을 아, 아프다! 이 말한 번 못해보고 왜 못 오르느냐고? 왜 꽁지를 면하지 못하냐고 면박과 추궁과 반 협박을 몇 시간 동안이나 알게 모르게 받았지 않았던가? 왜 모두들 미련 맞게 목적지만 크게 잡아놓고 그 속에 모두의 템포를 맞추려 했는지 그 깊게 숙고하지 못한 계획이 지금도 불만이고 시정해야 할 점이라고 생각한다.

사람마다 개인차가 있는 법이고, 속사정이 다 있는 법인데 모두 다 함께 낙오 없이 오르려는 건 너무 큰 욕심이자 무리이다. 난 이번 산티아도 도보 순례길에서 참으로 인생의 중요한 새 이정표 몇 개를 더 성립시켰다.

첫　째 : 마음을 얻으려면 고통을 함께해야 한다.

둘　째 : 매일의 삶이 곧 순례이고 모험이다.

셋　째 : 길 위에서 필요한 건 결코 많지 않다.

넷　째 : 모든 것은 길 위에서 이루어진다.

다섯째 : 적당한 침묵은 나의 선생님이다.

여섯째 : 외로움과 결핍이 최고의 스승이다.

일곱째 : 적절한 곳에서 필요한 천사가 되라.

여덟째 : 위대한 영혼은 외로움이 준 선물이다.

아홉째 : 높은 봉우리는 사람을 많이 품지 못한다.

열번째 : 매일 한 뼘씩 낮아지고 한 뼘씩 내려놓아라.

무엇이든 희망의 노래를 부르며 '우분트'를 하다보면 안 될 일이 없을 것이다. 사람은 적당히 고독 할 때 '더 깊이 성장'하는 것이다. 뒤처져 가며 천근만근 무거운 다리를 이끌고 가더라도 자신에게 맞는 '침묵' 피정을 하며 쉬임없이 오르다 보면 꼭 인격의 완성과 '완주의 기쁨'을 만끽할 수가 있다.

"주님의 영광이 크시니 주님의 길을 노래하게 하소서." (시편 138,5)

제18장

아름다움은
또 다른 아름다움을
낳는다

제18장

아름다움은 또 다른 아름다움을 낳는다.

▪ 도보 순례 후 카톡 속 후일담

산티아고 인솔자: 안녕하세요? 소화데레사입니다. 주말동안 잘 쉬셨나요? 시차 때문에 밤마다 잠을 설치지는 않으셨는지? 긴장을 너무 풀어놓으셔도 건강에 좋지 않으니 가벼운 운동과 영양 있는 한식으로 즐거운 한국생활로 복귀하시기를 빕니다. 즐겁고 행복한 날들 되셔요.

김숙자 율리아나: 우리 예쁜 소화데레사 그간 고생 참 많았어요. 이 주간의 멋진 우리의 추억 생에 가장 아름다움으로 장식 될 거예요. 사랑해요!

산티아고 인솔자: 율리아나 선생님! 카톡 사진 꼭 영화 속 한 장면 같으시네요. 함께 걸어 주셔서 감사합니다.

김숙자 율리아나: 다시 보고 싶어진 마리스텔라, 바오로 님 전화좀 주세요. 마리스텔라 부부 너무 멋졌죠?

이희수 아네스: 예, 노래 부를 때 가슴이 뭉클했고, 눈물도 나왔어요. 참 아름다운 부부예요.

이희수 아네스: 은총을 너무 충만하게 받아서 그런지 밥맛이 없네요. 곧 좋아 지겠지요? 매 미사 때마다 감동의 강론으로 눈물짓게 하시던 신부님 다시 한 번 감사드립니다. 그리고 함께했던 멋진 분들! 안제나 주님과 성모님과 함께 행복하시기를 기도드리겠습니다.

신미자 미카엘라: 함께 한 순간들이 너무 감사한 순례길이었습니다. 첫 순례! 아름다운 사람들과 함께 하며 하느님이 주신 멋진 자연과 사람에 치유됨을 느낍니다. 서방님과 저녁 먹으며 800km 도전을 꿈꾸었습니다. 소화데레사가 알려준 산티아고! 홧팅을 오늘도 외쳐봅니다. 가슴깊이 평안을 빕니다.

이해수 안드레아: 서천 어메니티 복지마을, 성 라파엘 케어센터 개소 알려드립니다.(총원장 맹상학 신부)

이해수 안드레아: 찬미예수님! 요아킴 형님을 제외하고는 전화번호가 없네요. 아쉽습니다. 항상 건강하시고 은총의 하루가 계속되기를 기도드립니다. 순례기간 사용했던 묵주 및 기념품은 가족들에게 분양했어요. 가슴 속에는 그날그날의 감정과 태극기만을 보관하고 지낼 거예요. 선물중 제일 좋아하는 건 역시 루르드에서 떠온 기적의 샘물! 모두 보고 싶을 거예요. 수원에 오실 기회가 있으시면 연락 주세요. 식사는 책임져요.

산티아고 인솔자: 수원 왕갈비 기대할게요.

이해수 안드레아: 감사, 왕림해 주시기만 해도 영광인데 갈비쯤이야….

산티아고 인솔자: 변화는 있어도 변함은 없기를….

이선자 마리아: 소중한 사진과 아름다운 추억을 간직하며 변함없이 주님
의 손잡고 걸어가 함께 해준 모든 형제, 자매님께 감사드립니다. 작
은꽃 차장님 감사해요.

이희수 아네스: 나누니 추억이 더 풍성해지고 이 또한 감사해요.

산티아고 인솔자: 모두들 많이많이 감사드립니다.

김숙자 율리아나: 새록새록 더해지는 추억의 정경들이 우리 모두에게 아
름다운 추억이 되었군요. 이번 순례에 함께 동참하신 모든 형제자매
여러분 우리 도보 순례를 통해 풍성한 영성으로 우릴 이끌어 가시느
라 애쓰셨던 맹상학 신부님, 그리고 안해인 수녀님, 정말 수고 많으
셨습니다. 이 기억 이 추억, 오래오래 간직하며 꺼내 보겠습니다. 모
두 모두 안녕!

임봉순 막달레나: 아휴! 더더 단톡방! 난 정신없이 산더미처럼 쌓인 일
종일 동동거리다 내일로 미루고 이제….

임동준 바오로: '이래서 삶이 아름다운가 보옵니다.' 함께 순례 오신 형제
자매님의 따뜻한 배려와 자비로움이 저희에게 큰 의지가 되었습니
다. 저희가 내딛는 걸음걸음마다 주님이 함께 하심을 느낄 수 있었
고,또한 여러분들의 사랑을 가슴으로 느낄 수 있었습니다. 처음에는
나의 많은 것을 버리고, 비우고 했지만, 함께 순례하면서 많은 사랑
으로 꽉 채우고 돌아왔습니다. 또한 맹신부님께서 주신 큰 사랑과 격

려주심 감사드립니다. 더욱더 사랑하며 살겠습니다.

하늘에는 주님께 영광! 땅에서는 주님께서 사랑하시는 순례자에게 평화! 저희는 많이 행복했습니다. 여러분도 많이 행복했으면 좋겠습니다. 사랑합니다!

이해수 안드레아: 함께 한 제가 더 행복했습니다. 순례도 좋았지만 바오로 형제님 부부와 같이 한 시간은 잊을 수 없을 거예요. 주님의 도우심으로 건강 회복되시길 기도 중에 항상 기억하겠습니다. 행복하세요.

오양희 마리아: 맹신부님의 하느님 믿음 속에 사랑 넘치는 말씀과 치유! 내 두려움을 떨치려 수녀님께 의지하며 걸었던 시간! 우여 곡절 끝에서도 소화데레사님 의연한 자세에 감동 받았구요. 함께 순례하신 모든 분들 건강하시고 주님의 은총 많이 받으세요.

한성재 플로라: 제가 좀 겁이 많아서 첫 날 멘탈이 좀 나가있었는데 극적인 순간순간마다 예수님께서 길 위에서 또 다른 예수님들을 보내주셔서 큰 힘을 얻어서 내려온 거 같아요. 모두 감사해요. 약, 챙겨주시고, 걱정 해 주셔서 한국와선 너무 아무렇지도 않게ㅋㅋ 생활하고 있어요.

조규자 아녜스: 최고! 멋져요!

오양희 마리아: 부엔 까미노! 올라! 그라시아스! 행복한 가을 아침을 선물해 주셔서 감사합니다.

심해성 요아킴: 사람들이 이래서 '소화' 소화 하는 거군요.

산티아고 인솔자: 부끄럽습니당!

김영숙 세레나: 소화 데레사님 멋진 동영상 정말 감사 합니다. 오래 간직

하겠습니다. 3년 전과는 달리 정말 행복한 순례였습니다. 모두들 건강하시고 주님 안에서 늘 행복하시길 기원합니다.

안호인 수녀님: 하늘, 길, 사람…. 하느님은 그 모두 안에 계셨습니다. 좋으신 분들과 함께했던 따뜻하고 감사한 시간 모든 분들과 신부님께 감사드립니다.

한성재 플로라: "나는 길이요, 진리요, 생명이다."(요한 14,6)

김숙자 율리아나: 부엔 카미노!

부엔 카미노(Buen Camino)
김숙자

안개가 춤을 추는 피레네
바람 또랑거리는 아름다운 들판
발밑 사그락거렸던 오솔길
그 감동의 이백 킬로 길 끝에
그토록 오래 날 기다려 준
내 연인 산티아고 데 콤포스텔라

다부진 내 용기와
짝사랑으로 끝날지 모를
오랜 망설임으로 시작한
설레던 오묘한 길 저 끝에서
침묵으로 찾고자 했던 답
추억과 사랑되어 흔들리리라.

신미자 미카엘라: 예, 산티아고는 사랑입니다. 건강하시고 행복하세요. 혹, 다시 우연히 뵙게 된다면 무지 반가울 거 같아요.

임동준 바오로: 함께한 순례여행은 행복한 시간들이었습니다. 사랑과 배려하여 주심에 다시 한 번 감사드립니다. 주님의 은총과 평화가 늘 함께 하시옵소서, 나가려하니 아쉽네요. 좋은 추억을 내 삶의 왕성한 에너지로 만들어가겠습니다. 많이 사랑합니다. 건강과 평안이 늘 함께 하세요.

김미정 마리스텔라: 감사합니다. 사랑합니다.

오양희 마리아: 와우! 함께 걸었던 부엔 까미노 사진 속 밝은 모습들 행복한 사진 감사합니다.

신미자 미카엘라: 예수님의 작은 꽃 기도의 힘이 있는 신부님 강론 감사해요.

한성재 플로라: 사랑합니다. 건강하세요.

산티아고 인솔자: 늦은 밤 모두들 안녕하신지요? 말씀 드린 대로 본 카톡방은 이제 문을 닫으려 합니다. "나가기'를 눌러 주시면 됩니다. 모쪼록 영육간에 건강하시고 2017년 남은 세달 행복한 일 가득가득 하시기를…. 고맙습니다. 사랑합니다.

김미정 마리스텔라: 순례길 내내 때론 유쾌한 웃음으로, 때론 감동의 눈물로 우리를 들었다 놓았다 하신 신부님 이번 순례는 신부님 덕에 은총 속에 마칠 수 있었던 것 같습니다. 감사드립니다. 신부님 위해 기도드리겠습니다.

김숙자 율리아나: 맹신부님! 정말 눈물이 핑 돌 정도로 감동 그 자체이십
니다. 하느님께서 당신을 왜 오래 그 곳에 머무르게 하시나를 오늘
뜨겁게 느끼게 하네요. 저도 4년 동안 관내 초등학교 관리자로 교육
사랑의 씨를 뿌렸던 곳, '서천'에서 하느님의 종으로 아픈 이들의 목
자로 최선을 다하게 함은 당신이 가장 하느님을 많이 닮았기 때문이
라 생각합니다. 신부님! 사랑합니다. 그리고 존경합니다.

안기옥 글라라: 맹신부님 늘 건강하시기를 기도드립니다.

오양희 마리아: 코스모스 같은 맹신부님, 참 용기 주셔서 감사합니다.

임봉순 막달레나: 맹신부님의 소식 억수로 반갑구요, 뜻깊은 일에도 경쾌
하고 행복한 모습으로 어른들의 재롱둥이? 신부님으로 함께하는 그
날까지 행복하시길 빕니다.

조규자 아네스: 산티아고 천사님들, 보름달처럼 아름다운 분들! 명절에
행복하고 즐거운 시간 보내세요.

이해수 안드레아: 참 좋으신 목자 맹신부님, 오래오래 건강하셔서 많은
분들께 빛이 되길 기도드립니다. 본당 꿈은 글쎄요, 계속 꾸시면 못
가시더라도 조금은 마음의 위안이 되실거예요.

이희수 아네스: 맹상학 신부님은 '감동 제조기' 그 자체이시네요! 이 따뜻
함 오래 간직하게 될 것 같습니다.

김숙자 율리아나: 산티아고에서 함께 숨 쉬었고, 함께 울고, 함께 웃었던
우리 도보 순례단 여러분! 모두 모두 안녕! 그간 많은 배려와 사랑
쉽게 잊지 않을 거예요. 바이 바이.

오양희 마리아: 홍 소피아님, 덕분에 산티아고 순례 잘 다녀와서 감사하고,
　　건강하세요. 부엔 키미노! 계속 공유할 수 있었으면 좋을 것 같은데
　　아쉽네요. 200km 종주자들의 모임 만들게 되면 초대해 주세요.
소피아 홍: 오늘 파티마 성모발현 100주년 기념 미사 참석하러 갑니다.
　　모든 카미노 길 친구분들 위하여 기도 하겠습니다. Buen Camino!
안기옥 글라라: 안녕! 산티아고 데 콤포스텔라 소화데레사님 또 만나요.
산티아고 인솔자: 멋진 사진들 그리고 끈끈한 소식들 감사합니다. 그리고
　　신부님으로부터 온 소식을 전합니다.

　　마침 오늘 노인용 '보행기'가 도착했어요. 독거 노인분들(25대)+장애인
분들(7대)=총 32대 보행기를 우리 순례자들의 이름으로 기부 봉헌했어요. 참
고로 어르신들이 제일 갖고 싶어 하는 1순위가 보행기랍니다. 노인복지관 관
장 수녀님과 직원들 그리고, 장애인 복지관 관장님이 29명의 순례자들과 가
톨릭 평화방송 여행사에 진심으로 고맙다고 인사를 전하네요. 추석 명절 잘
보내세요.　　　　　　　　　　　　　　　　　　　- 맹상학 마르첼리노 신부

"저희는 진흙, 당신은 저희를 빚은 분, 저희는 모두 당신 손의 작품입니다."
　(이사64,7)

제19장

나의 열정과 영성은
아직 현재 진행형

제19장
나의 열정과 영성은 아직 현재 진행형

    모든 사람들에게는 저마다 하고 싶은 일과 해야만 하는 일들이 있다. 그러나 그 일들은 사람마다 능력마다 각자 다르다고 할 수 있다. 모든 사람들 개개인이 추구하는 삶과 가치관, 그리고 능력이 저마다 다르기 때문이다.

    나는 초등교육기관에서 정년까지 교육학 전반을 실천해온 사람이다. 그러기에 오로지 교육밖에 더 잘할 수 있는 것이 없다. 사십 여년의 긴 세월동안 신나게 코 묻은 아이들의 올바른 심성계발과 기초 교육 실천으로 온몸을 불태웠다 해도 과언이 아니다. 그러기에 아직까지도 교육자적인 식견을 가지고 올바른 가치관에 대단한 중점을 두고 살고 있다. 그러나 다행히 교육에 적성이 잘 맞았기에 후회 없이 교육에 이 한몸 불태우고 정년을 한 것이다. 남은 세월은 이제 하고 싶은 일과 그간 하지 못했던 일들을 찾아하며 남은여생을 참다운 신앙 안에서 아름다운 글쓰기를 하며 조용히 보낼 것이다.

    그러나 아직도 하고 싶은 일들이 자꾸 생겨나고 아직도 나의 가슴을 뜨겁게 달구고 있다. 이렇게 가슴이 뛸 때 못 할게 뭐 있을까?

이번 산티아고 도보 성지 순례도 그런 내 열정에서 출발된 것이다. 자기가 하고 싶었던 일을 실현해 냈을 때의 그 기쁨 그 쾌감은 이루 말로 할 수가 없을 것이다. 이번 성지 순례도 아주 오랫동안 간절히 원하고 꿈을 꾸어왔기에 가능한 일이었다. 그래서 이번 성지 순례를 하며 정말 어려웠지만 주님과 처음으로 함께 걸으며 내 자신을 돌아보았던 유일한 시간이었다. 그러니까 이번 기회에 내 영성의 키가 조금 자란 것 같기도 하다. 앞으로도 나의 영성의 텃밭을 곱게 가꾸기 위한 성지 순례를 많이 할 것이다. 주님께서 바라시는 일이 진정 무엇인가를 찾아가며 이제 나의 삶은 하느님에게 전적으로 봉헌하며 살 것이다. 지금까지는 교육자로서 늘 어긋나지 않는 바른 생활을 위해서 살아왔다고 해도 과언이 아니다. 그래서 어찌보면 편협적인 삶을 살아온 것 같아 자칫 싱겁기 짝이 없다. 그러니까 크게 못된 짓을 하거나, 남에게 해를 끼치는 일은 적어도 하지 않으려 애쓰며 살아왔다고 볼 수 있다. 그래서 직업병인지는 몰라도 누가 농담을 걸어올 때나 난한 이야기를 꺼낼 때, 선뜻 그 농담을 잘 받아 넘기지 못하는 것이 나의 단점이기도 하다. 그러니까 사람으로서 조금 흐트러지기도 하고, 때론 분수가 좀 빠진 듯한 언어나 행동도 할 수 있어야 하는데 난 그런 행동이 매우 부자연스럽게 느껴진다. 따라서 누가 잘못 된 말을 했을 때나 모욕적인 언행이 오갔을 때 그걸 쉽게 받아 넘기지를 못하는 습성이 생겨버렸다. 그러니까 생활에는 좀 재미가 없는 사람일 수밖에 없다. 전혀 꽁꽁 막힌 꽁순이 정도는 아니지만 내가 잠시라도 분별력을 잃어버리면 큰일 나는 사람 중의 하나라고 볼 수 있다. 그래서 남에게 의식적으로 하는 실수는 먼저 할 내가 아니다. 더구나 술 한 잔하며 마음을 여유롭게 풀기도 해야 하는데, 먼저 실수할까봐 신경이 곤두세워져 술잔의 숫자를 먼저 세고 있다.

그러니 자연히 술을 안 마시려고 술잔을 다른 곳에 비우는 요령만 터득이 되었다. 기분은 있어서 그 분위기는 맞출 것 같은데도 엄밀히 내 마음 속에 들어가 보면 스스로 술을 자제하고, 거부를 하고 있는 것이다. 그러니 자연히 재미없는 사람이 돼버리고, 남의 이야기를 듣는 수준에 그치고 만다. 그러나 어떤 사람과 더 친교를 유지 하려면 술잔은 상대방과 비슷하게 기우려야 하는데도 맘속에서 먼저 사양을 하고 있으니 얼마나 낭만과 분위기가 떨어지겠는가? 내가 생각해도 참 재미는 없는 사람이다.

그런 성격 탓에 누구에게나 내가 먼저 시비나 불협화음을 만들어 내지는 않는다. 다분히 교육적인 식견만으로 사십 여년을 살아왔으므로 당연히 올바른 교육 밖에는 잘하는 일이 없으니 말이다. 한마디로 실 수 없고 재미없는 세상만 살다 갈 사람이라고 말해야 옳을 것이다. 그러나 다행히 교육자로서의 갖추어야할 반듯한 인성과 가치관이 잘 갖추어져 있어 바르고 건강한 사회를 만들기 위한 몸부림과 더 나은 사회 건설을 위한 일에는 몸을 사리지 않는다. 그래서 더 따듯하고 살맛나는 사회에 이 한몸 기여하며 살아가려는 목표하나는 남보다 뚜렷하다고 할 수 있다.

그건 또한 나의 장점이라 할 수 있으며, 누구보다 긍정적인 사고를 하며 살아간다는 것도 칭찬 할만하다. 그러나 우리가 어떤 일을 할 때는 한없이 기뻐지는 일이 있는가 하면 어떤 일을 생각만 해도 머리가 띵띵 아프기만 한 일들도 있다. 나에게도 그런 경향이 뚜렷하다. 그런데 다행히도 나는 그 누구보다도 따뜻한 세상을 품을 수 있는 따뜻한 열정이 사라지지 않고 계속 끓고 있다는 점이 또한 나를 살맛나게 한다.

이번 산티아고 도보 순례도 그 '열정' 하나가 나를 그 곳까지 이끌어 냈기에 가능했던 것이다. 그래서 앞으로 더 바랄게 있다면 나의 열정만큼은 늘 변하지 않고 '현재진행형'이길 바라고 싶다.

앞으로도 그 열정의 온도만큼은 쉽게 식지 않기를 나는 바라고 싶다. 가끔은 아직 못 다 돌아본 지구촌 이곳저곳을 더 돌아보며 그들의 애환과 향기 나는 삶을 위해 이 한 몸 이제 아끼지 않을 것이다. 지구촌 여기저기서 생명력 넘치는 이야기나 봉사로 아름다워질 삶을 꿈꾸며 이제 가진 것을 조금씩 나누고 싶다. 그래서 가난하지만 풍요로운 미래를 함께 나누고 함께 공유할 것이다. 그리고 내가 가진 달란트를 필요한 이에게 아낌없이 물려줄 것이다. 그리하여 살맛나는 훈훈한 세상을 위해 나름대로 느낀 소소한 이야기들을 독자들에게 재미나게 들려주고 싶은 게 남은 소망이다.

우리가 쉽게 접근하기 어려운 나라 '중남미'를 다녀와서도 "내 영혼을 불사른 달콤한 중남미 문명"을 써서 세상에 내 놓았고, 이번에도 결코 쉽게 갈 수 없는 '산티아고'를 다녀와서 미처 가보지 못한 이들에게 내 영혼을 불사른 산티아고, '침묵의 그 길에서 나를 찾다.'를 내놓게 되었다. 다행히 아직도 독서 욕구가 강해 독서력이 보장 되고, 눈이 어둡지 않고, 귀도 어둡지 않아 글은 그런대로 쓸 수가 있어 다행이다.

하느님께서도 다행히 나에게 좋은 달란트를 주셨기에 그 감동과 은총을 이렇게 글로 표현할 수 있어 너무 감사하다. 앞으로도 주신 능력 헛되이 쓰지않고 꼭 밝은 사회, 우리의 밝은 심성과 영성, 바람직한 가치관 형성을 위해 끊임없이 좋은 글쓰기에 매진할 것이다. 그러려면 더 많은 식견과 인간들을 따스하게 바라보며 살 것이다. 그래서 밝고 맑은 사회와 인정 넘치는 삶의 이야기, 아름답고 살맛나는 세상을 위한 가슴 따뜻한 이야기를 세상에 잔잔히 풀어놓을 생각이다. 그리하여 주님의 물음과 가르침이 가슴에서 나왔듯 내가 이제 내놓아야 할 답과 깨우침도 이제 내 가슴에서 더 따뜻이 꺼내야 되겠다.

올바른 신앙이란 머리를 줄이고 이제 자신의 가슴을 더 키우는 일이라 할 수 있다. 머리를 키울수록 가슴의 넓이가 줄어들기 마련이다. 이제 나는 결코 지식의 대상에 연연하여 억매이지 않고 하느님의 공부가 언제나 가슴에서 이루어지듯 나의 앞으로의 삶의 공부도 이제 머리보다 가슴에서 이루어 갈 것이다.

이번 산티아고에 와서 가슴으로 주님을 만나고 보니 이제야 주님의 말씀이 내 귀에 들리는듯하다. 주님이 하신 말씀이나 깊은 뜻이 인간의 언어로만은 결코 풀 수 없고, 결국 주님 가까이 찾아 가야만 비로소 내게 다가오고 얻어진다는 사실을 몸소 깨달았다. 정말 머리로 하는 공부 보다는 가슴으로 다가가는 공부가 진정 주님이 바라시는 공부일 것이다.

"여인아, 네 믿음이 참으로 크구나. 네가 바라는 대로 될 것이다." (마태 15,28)

상현달

김숙자

한 치 앞도 뒤도
돌아볼 겨를 없었던
온통 어둠의 장막 피레네
귓전에 머문 그대 목소리
안개 속으로 내민 그대 손
하늘 향한 내 울부짖음
겁먹은 갈망의 키워드들이
무겁던 침묵의 장벽 밀어내고
절망의 구렁텅이 속에서
애잔한 달무리로 돋았다.

단 한발자국도
자력으로 내 딛을 수 없었던
골고타 언덕 너머로
바로 오늘 밤
신음하며 빠져나간 발톱 밑에
목욕하고 갓 나온 아가 살처럼
촉촉하고 보들보들한 모태의 강에서
낯 두꺼운 교만의 살 벗겨내고
은총 가득한 영성의 새살이
몽실몽실 돋아 올랐다.

제20장

나보다
더 낮은 곳을 향하여

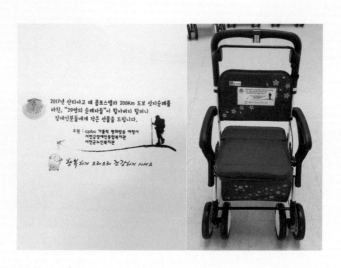

제20장
나보다 더 낮은 곳을 향하여

▪ 우리들의 작은 선행*

　차마 이 지면은 실로 표현하기가 부끄러워진다. 오른 손이 한 일도 왼손이 알지 못하게 하는 게 선행이라고 알고 있는데, 구태여 알리려고 하시진 않았지만 이미 전달식이 우리 일행의 이름으로 기쁘게 행해졌고 평화방송에서도 이미 밝혀졌기에 감히 이 글에도 재차 밝히며 송구한 마음 가득하다.

　사실 우리의 뜻 보다는 예수님 '사랑 실천'의 실체이신 맹상학 신부님의 거룩하신 뜻이 그 전부였기에 가능했던 일이라 생각한다. 삶의 곁에서 걸음을 못 걷고 보행에 불편을 느끼신 독거노인들과 장애인 분 중 30분에게 우리 도보 순례단 30명의 이름으로 그 선행을 하기에 이른 것이다. 정말 신부님께 고개가 수그려진다. 그 어려운 산티아고 순례를 마치

---

* 2017년 산티아고 데 콤포스텔라 200km 도보성지 순례를 마친 29명의 순례자들이 할아버지, 할머니, 장애인분들에게 작은 선물을 드립니다. 행복하게 오래오래 건강하게 사세요.(후원: CpBs 가톨릭 평화방송 여행사, 서천군 장애인 종합복지관, 서천군 노인 복지관)

고 돌아온 건강한 우리가 할 수 있는 일은 나보다 더 어려운 이들을 돌아봐야 하는 것이다. 바로 그 정신을 우리에게 다시금 각인 시켜 주신 것이리라.

앞으로 우리가 더 다가가야 할 일이 있다면 우리보다 더 어려운 이웃을 다시 챙겨야 하는 일임을 우리는 알아야 한다. 각자의 위치와 여건에서 이런 작은 선행이 물 흐르듯이 생활 속에서 줄기차게 흘러가길 바라는 마음이다.

"너희가 네 형제들인 이 가장 작은이들 가운데 한 사람에게 해 준 것이 바로 나에게 해 준 것이다." (마태 25,40)

▪ 그칠 줄 모르는 감사의 기도

내가 산티아고를 다녀온 지 어느덧 3개월이 지났다. 딱히 자랑할 일은 아니지만 그 곳을 다녀온 후로 내 생활에는 많은 변화가 일어나기 시작했다.

첫째는 지금까지 내 마음이 기쁨으로 신명나게 살고 있다는 사실이다. 그리고 어떤 일에 직면했을 때, 모든 사실을 진정한 사랑의 시각으로 보게 되었다는 점이다. 그리하여 그 사랑을 달게 버무려 더 달콤한 관계를 만들어 가고 싶은 것이다. 그리고 참으로 감사할 일이 너무도 많아졌다. 지금까지의 살아온 삶에 대해 감사하고, 내 주위에 가깝게 기거하며 손주들의 재롱을 곁에서 보며 함께 즐겁게 살아가는 내 가족에게 감사하고, 정말 지금까지 크게 아픈 곳 없이 건강함에 더더욱 감사하다.

산티아고를 다녀와 12월에 건강 검진을 받았는데, 아무 데도 이상이 없고 혈압하나만 잘 관리하라고 한다. 혈압이야말로 나이가 들면 조금씩 높아가는 게 정상이지만 지금은 혈압약 반 알로 능히 조종이 잘 되고 있다. 앞으로 이 글이 끝나는 대로 산에도 더 자주 오르고, 파크 골프도 매일 하며 운동하는 시간을 조금 더 늘려갈 것이다. 그리고 음식에 좀 더 신경을 쓰며 건강관리에 좀 더 주의를 요할 것이다. 정말 지금까지 다른 큰 병 없이 건강하다는 것은 더할 나위 없는 축복이고 감사이다.

그리고 어떤 어려운 일이 내 앞에 주어지더라도 되도록이면 노라는 말 보다는 예스라는 말로 수락을 할 것이다. 사실 그간은 나이 핑계를 대며 모두 중심 뒤로 숨으려고 하고, 어려운 일을 안 맡으려고 온갖 핑계를 다 대고 있었던 게 사실이다. 그러나 이제 누가 나에게 어려운 부탁을 해오거나, 어려운 일을 맡아 달라고 해도 더 이상 거절은 안 할 것이다. 적어도 어떤 부탁은 내가 할 수 있을 거니까 부탁한 게 아닐까? 내가 안 하면 그 일을 누군가가 어렵게 맡을 것이 분명하기 때문이다. 이제 이기적으로 나만을 먼저 생각하며 몸을 사리지 않을 것이다. 어차피 닥칠 일이 있거나 어려운 직분이 맡겨진다면 웃는 낯으로 기분 좋게 수락하고 더 이상 사양은 하지 말아야겠다. 이렇게 내 정신적 마음적 자세가 바뀌어 간 것은 산티아고를 다녀온 후에 내게 생긴 변화라 할 수 있다. 이렇게 내 마음이 바뀌어 갈 즈음 하느님은 어찌 아셨는지 나에게 덜컥 '대전가톨릭문학' 단체를 이끌라는 큰 직분을 맡겨 주셨다.

다른 문학 단체보다 가톨릭 문학은 하느님의 신심이 더 큰 바탕을 이루어야하기 때문이다. 영성이 짧아 지금 안 맡아 보려고 발버둥을 친대도 이 일은 누군가가 하면서 내가 겪을 어려움을 겪을 것이 분명했다. 그럴 거라면 차라리 내가 그 직분을 맡는 게 더 낫다고 생각하며 수락을 하고 말았다. 지금 실로 나의 형편을 살펴본다면 나에게 맡겨진 다섯 살, 세 살 된 손자 손녀를 도맡아 보고 있으므로 그 임무만으로도 하루가 벅차다. 그래서 정말 단체의 일을 하나 더 맡는 데는 무리가 안 될 수가 없다. 시간적으로도 그렇지만 갑자기 참석을 해야 하는 어떤 행사에도 당연히 걸림돌이 될 게 뻔하다. 그러나 내가 거절을 한 다면 어느 누군가가 또 하기 어려운 일을 맡게 될 것이 뻔하기 때문에 차라리 그 어려움을 내가 감당해 버리는 게 훨씬 마음이 편하다. 그래서 아무 이유 대지 못하고 수락을 하고 말았다.

지금까지도 모든 일을 해오며 사건 사고 없이 잘 할 수 있었던 것은 다 주님이 보살펴 주신 따스한 자애의 손길이었음을 인정한다. 그래서 그 감사함이 일상에 넘쳐나는 것이다. 보이는 곳에도 감사의 물결이 일지만 보이지 않는 곳에서도 나는 감사로 가득 차있다.

온통 내 삶은 감사 할 일로 똘똘 뭉쳐 있다. 이젠 그 감사를 다른 이에게 나누어 주고 싶다. 앞으로의 삶은 이렇게 감사의 노래를 부르며 무릎이 아파 못할 때 까지 신명나게 움직이며 게으름을 밀어낼 것이다. 조금만 내가 부지런을 내면 못할 게 없고, 조금만 부지런을 떨면 시간 없다는 핑계를 대지 못할 것이다. 그리고 매일 손주를 보고 있다고 시간 안된다고 핑계대고, 조금 어려운 일들도 절대 못한다고 거절을 안 할 것이다. 시간만 되면 한 발짝씩 더 뛰며 신명나게 도와줄 것이다. 조금만 부지런을 떨고, 조금만 내 사고의 발상 전환만 잘 하면 주님이 모든 이에게 고루 주신 24시간을 나보다 조금 어려운 이에게 쪼개어 봉사하며 살아갈 수 있을 것이다. 적어도 아이들 유치원 보내는 시간 이후에 일어나는 봉사라면 지체 없이 찾아가 누군가의 손길과 사랑에 보답하며 살 것이다.

정말 주님께서 내게 쏟아주신 은총에 비하면 난 아직도 턱없이 보답에 미진하다. 산티아고 가기 전에도 꽃동네, 성모의 집, 베티 성지, 성거산 성지, 나름대로 작은 기부는 하고 있었지만 산티아고를 다녀온 후에도 나는 성지의 일번지 '진산 성지'에도 조그마한 땅 성당 부지도 협조를 하기 시작했고, 사정이 어렵다는 '대전평화방송사'에도 자그마한 지원을 하기에 이르렀다.

참으로 살아온 모든 날들에 감사하고 앞으로 살아갈 날들에 감사하고, 지금 이만큼의 평화로운 내 삶에 감사하고, 건강한 발로 걸어 다닐 수 있어 감사하고, 건강하게 글을 쓸 수 있게 해 주신 하느님께 정말 감사의 노래를 아끼지 않을 것이다. 정말 이 몸이 아파 몸져 누워있지 않은 이상 사랑이 필요한 모든 곳에 이 한 몸 아낌없이 봉사할 것이다.

그리고 감사가 또 다른 감사로 이어지며 늘 감사의 노래와 감사 기도가 끊이지 않는 내가 될 것이다. 사랑은 주고도 모자라 끝없이 목말라 하는 그리움이기에 작은 사랑을 실천하는데 더 남은 발길을 재촉할 것이다. 내게 앞으로 바람이 있다면 이 책이 많은 이들의 사랑을 받았으면 좋겠고, 많은 이들의 가슴을 적시는 희망의 메시지가 되어 사랑이 필요한 이에게 더 큰 사랑을 선사했으면 좋겠다. 그리고 산티아고를 찾아가고 싶은 이의 영성에 조그마한 도움이라도 되었으면 좋겠다.

|에|필|로|그|

'산티아고'
내 가슴에 꽃이 되어 잔잔히 흔들리리라.

아직도 나는 꿈에서 깨어 나오질 못하고 있다. 아니 그 꿈속에서 깨어 나오고 싶지도 않다. 너무나 오랫동안 내가 꿈꾸어 왔었고, 너무도 오랫동안 가보고 싶어 내 영혼을 불사른 곳이었기에 그 꿈에서 빨리 깨어 나오기가 싫다.

아마도 내 인생에 이 산티아고가 없었더라면 삶이 얼마나 삭막했을까? 속절없이 기울며 저물어가는 암울한 이 시기에 산티아고가 있어, 내가 새로운 꿈을 꿀 수 있었고, 산티아고를 만났기에 내가 너무도 행복했다. 그리고 그 산티아고로 말미암아 진정한 내 삶의 이유와, 내 삶의 방향도 다시 찾아낼 수 있었다.

아마도 내 삶에 산티아고가 없었더라면 마치 불이 꺼져버린 항구처럼 피폐했을 것이다. 마치 거대한 산소 탱크와도 같은 산티아고가 있었기에 나 그 길에서 하느님도 만 날 수 있었고, 내 영혼도 다시금 새로움으로 불타오를 수 있었다.

쉽지 않은 도보 순례 여정이라 모두들 꿈만으로 끝나버릴 수도 있겠지만, 난 인생에 꼭 한번쯤은 모든 이들에게 이 산티아고 순례길을 걸어 볼 것을 권장하고 싶다.

그래야, 그 길에서 진정한 사랑을 만날 수 있고, 길에서 주님의 발자국 소리를 들을 수 있고, 길에서 주님 목소리도 들을 수 있고, 길에서 많은 천사도 만날 수 있고, 주님과 단둘이 손 마주 잡고 함께 걸을 수도 있을 것이다. 그야말로 산티아고는 나만의 고독한 침묵 속에서 진정한 나의 내면과 마주 칠 수 있는 곳이다. 결코 쉽지 않은 도보 순례였기에 산티아고가 더 값어치가 있는 것이다. 그리고 그 길에서 온 몸을 땀으로 적셔가며, 진정한 삶의 의미와 고통까지도 사랑할 수 있는 주님의 십자가도 만나 볼 수 있는 것이다. 아니 값진 땀을 흘려가며 찾아내는 삶의 진정한 가치와 앞으로 내가 살아가야 하는 삶의 방식도 현명하게 터득할 수 있는 것이다.

또 한 가지 더 중요한 것은 가슴에 뜨거운 감동의 눈물을 담아 올 수 있고, 나를 위해 참다운 눈물도 흘릴 줄 아는 고마운 시간도 만나게 되는 좋은 기회이다. 그리고 산티아고 길은 주님과 조용히 함께 걸으며, 지나온 나의 세월을 조용히 떠올리며 내 자신을 돌아보는 시간을 갖게 되는 것이다. 그리하여 지나온 나의 생활을 반성도 하고, 사죄도 하고, 보속도 하며, 삶의 무게를 덜어내고 비워내며 정화시키고, 깃털처럼 가벼워진 홀가분한 나로 다시 태어나 감사로만 가득 채워 올 수 있게 될 것이다.

내가 다녀온 순례 여정은 2주 동안 결코 쉽지 않은 200km를 걸어서 산티아고 데 콤포스텔라까지 힘겹게 도달했던 아주 버거운 여정이었다. 그래서 퍽 여유롭지는 않았지만 긴장된 순간 속에서도 하루하루가 너무도 값지고 소중한 나날들이었다. 정말 기간만으로 본다면 2주는 누군가에게 너무 짧다고 여겨질 수도 있겠지만, 결코 짧은 시간만은 아니었다.

꼭 기일과 시간만 길다고 해서 주님과 오롯이 함께 할 수 있는 건 아니다. 단 하루라도, 단 한 시간이드라도, 아니 1분 만이라도 오롯이 주님과 뜨겁게 사랑의 교감을 나누며 그 사랑을 함께하면 되는 것이다.

　나도 처음의 꿈은 이렇게 성급하고 숨 가쁘게 다녀오고 싶지는 않았다. 은퇴 후의 느긋하고 여유로운 시간을 틈타 주님과 오랜 시간 함께 하며, 느긋하게 걷고 싶었던 것이었다. 그러나 세월은 우리에게 호락호락 건강한 시간만을 선사하지는 않는다.

　다가오는 내일, 아니 내년은 내 시간이 아닐 수도 있다. 그리고 내가 건강하리라고 어떻게 보장하는 가? 그래서 아직 다리 아프기 전 '바로 지금' 이 순간이 가장 적절한 그 시간이라 생각하기에 이르렀다. 정말 앞도 뒤도 돌아볼 겨를 없이 200km의 도보 순례에 도전장을 내밀 수밖에 없었던 것이다. 이 정도라도 오롯이 주님과 함께 머물다 올 수만 있다면 내 인생에서 가장 감사하고 복된 시간이라 생각되었다.

　정말 2주에 걸쳐 200km를 쉬지 않고 걸어 산티아고 데 콤포스텔라까지 도착하는 도보 여정이라 엄청나게 바쁘고 쫓기긴 했다. 그러나 나는 그 과정만으로도 충분히 아파하고, 충분히 감사하고, 충분히 행복했다고 생각한다. 꼭 기일만 길다고 더 값지고, 더 소중하고 행복할 수 있는 건 아니다. 단지 기일에 상관없이 깊은 영혼의 울림과 하느님과의 진정한 사랑의 교감을 어느 정도 갖고 채웠느냐가 순례의 관건이 될 것이다. 어느새 내가 산티아고를 다녀온 지 세 달이 넘어가고 있다. 그렇지만 여전히 나는 산티아고가 다시 그립고 보고 싶어진다. 아직도 산티아고는 내게 있어 아직도 불타고 있는 현재 진행형이다.

　매일매일 긴박한 시간을 쪼개 초인적 정성으로 찍어 왔던 생생한 사진을 꺼내보며 난 산티아고와 순간순간을 함께 살며, 날마다 추억을 되새김질 하고 있다. 아니 잊지 않으려고 구백 장이 넘는 사진 속을 매일 새롭게 드나들고 보고 또 보며 산티아고를 맛있게 그리워하고 있다.

도보 순례 첫 날! 다친 깨끼 발가락이 낫지 않은 상태에서 출발한 즈음이라, 그 어려운 피레네 산맥을 어찌 넘었는지 지금도 고개가 설레설레 저어진다. 그 때를 생각하면 짜릿짜릿 전율이 느껴지고, 숨이 턱턱 막혀 호흡까지 다시 가빠져 온다.

아, 아! 앞도 뒤도 보이지 않던 피레네의 첫날 가혹한 여정, 쉴 수도 없이 가까스로 넘어온 시각 밤 9시! 정말 이대로 죽겠구나, 싶은데도 쉽게 열어주지 않던 문! 그 너른 피레네 품을 아무것도 모른 채 덤벼든 것이다. 겨우 겨우 밤 아홉시가 되어서야 인사불성으로 무사히 피레네 산맥을 내려올 수 있었으나, 장장 9시간의 사투를 벌이며 입이 떡 벌어지고 말았다. 그 덕분에 주님도 만날 수 있었고, 갖가지 천사도 만날 수 있었고, 자신감도 많이 생기게 되었다. 그래서 그 다음날 다음 날도 가파른 산자락, 너른 들판, 산모롱이, 산꼭대기 비탈길 자갈길을 쉼없이 내딛으며 기쁘게 걸을 수 있었던 것이다. 그랬던 만큼 있는 기력마저 많이 쇠진 될 수도 있었을 텐데, 그건 전혀 기우였다. 오히려 매일매일 더 힘이 솟아났다. 아니 매일 힘들어도 신바람이 났다.

아무리 생각해봐도 그 일은 불가사의한 일이었다. 그래서 정확히 그걸 '은총'이라는 이름으로 밖에 달리 표현할 말이 없다. 누구든 자기가 하고 싶었던 일을 성취하고 나면 어떤 마음이 들었던가? 누구든지 내 꿈을 실현한 뒤엔 어떤 마음이 되었던가? 여기엔 딱 맞는 정답은 없으리라 본다. 누구나 생각이 각각 다르기 때문이다. 그러나 적어도 내 경우는 내가 하고 싶은 일을 할 땐, 고통도 고통이라 생각되지 않고 오히려 행복이 되었다. 아니 시간이 지난 뒤엔 다시 그리움이 됨을 알게 되었다. 내가 가고 싶은 곳을 가면 아무리 먼 길도 다리가 아프지 않고 신바람이 났다. 이번 도 그랬다.

내가 그토록 가고 싶어 갔기 때문에 고통까지도 모두 행복과 그리움이 되고 있는 것이다. 누구든 내가 하고자 하는 일은 노력 여하에 달려 있겠지만, 맘만 먹으면 다 극복해 낼 수 있다고 본다.

조심스런 생각이지만 난 그곳을 다녀와서 지금껏 한 번도 앓아눕지를 않았다. 산티아고를 다녀와서 나는 마치 사랑에 빠진 사람처럼 달콤하다. 마치 하늘이라도 날아오를 것처럼 내 몸에 신명이 느껴진다. 아니 식었던 정열이 다시 샘솟아 넘치기까지 하고 있다. 내가 추석 직전에 도착했으므로 그 많은 추석 음식을 혼자 만들면서도 콧노래를 부르며 명절 음식을 혼자 만들었다. 그런데도 피곤은커녕, 여전히 내 몸은 춤을 추었다. 뿌듯한 즐거움에 신이 나서 콧노래와 휘파람을 불어가며 일을 했다.

가족들조차 참 이상한 현상이라 여겼다. 바로 넘치는 이 은총, 타오르는 성령의 도움으로 이렇게 글에 매진할 수 있었던 것이다. 다녀 온 직후부터 지금까지 하루도 빠짐없이 '산티아고 도전기'를 쓰기 시작해 이제 완성에 이르렀던 것이다.

정말 내 인생에 가장 신명났던 매일 매일이었고, 주님과 함께 했던 잊지 못할 추억의 순간순간이었다. 그러기에 아직까지 내가 거침없이 글을 쓸 수 있지 않나 싶다. 이건 바로 주님의 이끄심이다. 아니 주님의 크신 은총이라 아니할 수 없다. 아마도 이 글을 다 마치고나면 한 번쯤 앓아누울 진 모르겠지만 아마도 주님께서 나를 더 잘 받쳐 주시리라 난 믿어 의심치 않는다.

정말 산티아고 순례길은 내 인생에 있어서 어마어마한 도전이었고, 행복이었고, 사랑이었고, 추억이었고, 그리움이었다. 앞으로도 내가 흔들리며 살아가는 삶의 모퉁이 길마다 추억되어 잔잔히 흔들리리라.

이번 산티아고는 하느님께서 내게 주신 값진 훈장이고, 아름다운 선물이 될 것이다. 그리고 산티아고 200km 도보 순례단을 진실한 목자로, 뜨거운 영성으로 잘 이끌어 주셨던 맹상학 마르첼리노 지도신부님을 비롯하여 내게 든든한 버팀목이 되었던 안호인 수녀님, 김병훈 바오로, 조규자 아네스, 안기옥 글라라, 김영숙 세레나, 박혜숙 사비나, 문미애 소피아, 이경애 헬레나, 배석년 베드로, 차혜경 비탈리나, 신미자 미카엘라, 서혜주 아네스, 한성재 플로라, 심해성 요아킴, 이선자 마리아, 이해수 안드레아, 오양희 마리아, 이현정 미카엘라, 김경민 카타리나, 임봉순 막달레나, 이희수 아네스, 임동준 바오로, 김미정 마리스텔라, 송강호 요셉, 이용식 바오로, 이의진 크리스티나.

그리고 이 프로그램을 만들어 기회를 제공해 주신 가톨릭 평화방송사에 감사드리고, 평화방송여행사 인솔 총 책임을 맡았던 심연선 소화 데레사에게 특별한 감사의 마음을 갖고 있으며, 현지 인솔 책임자 홍 소피아, 끝까지 우리의 손발이 되어준 스페인 기사님, 그리고 우리 도보 순례여정에 함께 했던 사랑하는 형제, 자매님들께 심심한 감사를 올립니다. 아울러 이번 산티아고 순례길을 쾌히 임하게 해준 일등 공신은 누가 뭐래도 내 남편 이준희 베네딕도와 우리 가족 모두의 사랑과 호의에 더 큰 감사를 전합니다. 그리고 이 어려운 길을 위해 사랑의 기도로 율리아나를 응원해 주신 가톨릭문학회원들과 태평동 성당 성지회 모든 형제자매님, 그리고 가톨릭 문화회관에서 서효경 수녀님과 함께 40주간 성경 공부를 하고 있는 형제자매님과 태평동 레지오 단원들, 그리고 대전여성문학회원, 인문학 시창작반 사랑하는 문우들, 그리고 내 삶의 둥지 새롬구역 형제자매님들께도 깊이 감사를 드립니다. 사랑합니다.

그리고 특별히 저희 29명의 산티아고 도보 순례단의 부끄러운 정성을 모아 걸음을 잘못 걸으시는 어르신들과 장애인분들께 작은 선물(보행

기)을 보내드릴 수 있게 주선해주신 맹상학 지도신부님과 가톨릭 평화방
송 여행사에 재삼 감사말씀 전합니다.

"주님의 뜨거운 은총이 매일 여러분과 함께 하시길 두 손 모아 빕니다."

"행복하여라. 주님을 경외하는 이 모두! 그 분의 길을 걷는 이 모두!" (시편
128,1,2)

2018년 1월 청림별궁에서

저자 김숙자

산티아고!
내 삶을 한 번 되돌아보고 싶을 때 한 번 찾아가 보라.
– 스페인 카미노 데 산티아고

일상에 지치고 사랑에 허기진 당신의 등을 떠밀어 보내주고 싶은 길.
나의 삶을 바꾸고 당신과 나 이름 없는 이들의 비밀을 기다리고 있는 길 눈물로 떠나
웃으며 날 돌아오게 되는 길 그 길의 이름은 카미노 데 산티아고(Camino de santiago),
산티아고의 길.

▪ 당신 삶의 흐름을 바꾸어 줄 수 있는 전환의 길

사람이 살다보면 그런 날이 온다. 다 버리고 새로운 인생을 시작하
기에는 이미 늦은 것 같고, 가던 길을 그냥 가기에는 왠지 억울한 순간,
'이렇게 살 수도, 이렇게 죽을 수도 없는 나이'에 속수무책으로 무너져 이
대로는 안 되겠다 싶은 그런 날 꼭 그렇게 절박함이 목까지 차오르지 않
아도 괜찮다.

방향타도 없이 떠밀려 온 속도전에서 벗어나 오랜만에 느리게 숨 쉬
고 싶을 때, 짧지만 짜릿한 일탈을 꿈꿀 때 당신은 지금 어디로 가고 있는
가? 당신은 지금 어디를 향하는가? 공간의 이동이 삶의 흐름을 바꾸기도

한다는 것을 아는 그대 몰래 품어온 이름이 있는지? 혼자만 간직한 진한 슬픔을 억지로 참고 있지는 않은지? 결코 누구에겐가 말을 해도 속 시원한 대답을 듣기 어려울 때 가차 없이 혼자 그 길에 나서보라. 거대한 피레네 산맥을 힘겹게 오르며 그 응어리를 땀으로 흘려 보내보라.

▪ 아프고 진한 영성과 향기가 배어 있는 길

천년의 세월동안 무수한 사람들이 하얀 조개껍질을 배낭에 매달고 지팡이를 짚으며 걸어온 길이 있다. 예수의 열 두 제자 중 하나였던 야고보(스페인식 이름은 산티아고)의 무덤이 있는 스페인 북서쪽의 도시 산티아고데 콤포스텔라(Santiago de Compostela)로 가는 길이다. 가장 오랫동안 사랑받아 온 길은 '카미노 데 프랑세스(프랑스 사람들의 길)'이다.

프랑스 남부의 국경 마을인 '생장피데포르'에서 시작해 피레네 산맥을 넘어 산티아고 데 콤포스텔라까지 이어지는 800km이다. 모든 갈림길마다 노란 화살표와 조개껍질로 방향을 표시해 놓았다. 덕분에 길을 걷기보다 길에서 헤매기 바쁜 길치들조차 최종 목적지까지 안전하게 다다를 수 있게 안내해 주는 길이다. 마을마다 '알베르게'라 불리는 순례자 전용 숙소에서 잠자리와 취사를 해결 할 수 있어 유럽의 비싼 물가도 가뿐 하게 극복할 수 있다. 그 길에는 전설보다 오래 된 교회와 십자군 전쟁의 흔적, 성당기사단의 비밀과 마녀로 몰린 여자들의 화형대, 로마시대의 돌길 까지 상상력을 자극하는 자취로 가득하다. 진한 역사의 향기가 배어 있는 길이다. 십자가에 붙어 있는 저마다의 사연들을 들여다보면 정말 각양각색의 인생사가 한 곳에 저전시장처럼 걸려 있다. 길마다 품고 있는 모습이 너무도 다양하다. 도전 의식을 고취하는 첫 장벽 피레네 산맥을 무사히 넘어 나바라(Navara)를 지나면 푸른 포도밭이 일렁이는 라 리오 하(La Rioja). 스페인이 자랑하는 양질의 와인생산지역이기에 내내 붉어 진 얼굴을 피할 수 없다. 나무한 그루 없는 황금빛 밀밭이 지평선을 이루 며 펼쳐지는 메세타(Meseta)는 금빛 머리칼을 지닌 누군가를 떠올리며 걷게 되는 고독한 평원이기도 하다.

그 사이 세월의 덮개로 반짝반짝 빛나는 돌길이 깔린 옛 마을과 위 풍당당한 교회를 지나고 양떼들과 함께 걸어가는 푸른 초지와 구릉이 이 어진다. 오랜만에 만나는 도시의 풍경이 낯설게 다가오고, 다시 작은 마 을들을 지나 나무와 숲이 우거진 산을 넘으면 마침내 바다로 향하는 길목 을 만나게 된다. 북유럽 사람들이 그토록 질투하는 스페인 태양이 지긋지 긋 해 질 무렵, "햇볕을 위해 기도하되, 비옷 준비를 잊지 마라."는 땅 갈 라시아(Galicia)에 들어서게 된다. 흩뿌리는 가는 비를 맞으며 참나무 숲 길을 걷고 나면 마침내 약속의 땅 산티아고 데 콤포스텔라의 대성당 앞에 우뚝 서게 된 나를 볼 것이다.

▪ 나누는 기쁨, 베푸는 행복을 체험하는 길

카미노 데 산티아고가 품은 최고의 비밀은 그 길을 걷는 사람들이 다. 길에서 만나는 사람들은 다 이상하다. 아플 때 약을 나눠주고, 목마를 때 물을 건네주고, 배고플 때 밥을 나눠준다. 지친 다리를 사심 없이 주물 러 주고, 냄새나는 발바닥의 물집을 서로 따 주며 이런 말을 한다.

"당신도 도울 수 있어 얼마나 좋은지 몰라요."

327

자원 봉사 협회에서 파견이라도 나온 듯 세상에서 가장 따뜻한 사람들이 여기 저기 가득하다. 잠시 어리둥절했던 당신도 곧 친절 바이러스에 감염되어 나누는 기쁨. 베푸는 행복을 체험하게 되는 곳이 이곳이다. 그래서 그렇게 만나는 이들을 통해 마음의 빗장 이 열리고, 추억이라 이름 붙은 창고가 점점 넓어져 간다.

길의 끝에 서면 순례 증명서가 선물로 주어진다. 하지만 그 길이 주는 가장 큰 선물은 역시 당신 자신이다. 800km를 걸어가 만나는 '산티아고 대성당에서 천년 된 돌기둥에 기대어 눈물을 흘리는 당신. 삶에 대한 희열과 감사로 압도되는 그 순간을 겪고 나면 세상은 완전히 달라 보인다.

설명할 수는 없지만 당신은 이미 변해 있을 것이다. 돌아오는 길, 당신은 이미 알고 있다. 문명 전체가 나아가는 방향에 등 돌릴 힘이 당신 안에 있음을 이미 터득할 것이다.

▪ 카미노 길이 주는 가장 큰 선물은 당신 자신이다

이제는 너무 유명해져 버렸지만 여전히 영적인 힘을 간직한 길 작은 배낭 하나에 모든 걸 담아 집을 떠날 수 있는 사람들이 찾아오는 산티아고. 삶이 던진 질문에 정직하고 용감하게 답하고자 하는 이들을 위해 준비된 길이 바로 산티아고 이다. 그러나 모든 질문에 대한 답은 이미 자기 안에 있다는 것을 알고 있는 이들이 찾아오는 길 일생에 한번은 꼭 걸어봐야 할 순례길이기도 하다.

산티아고 길은 예수의 열 두 제자 중 한 사람인 스페인의 수호성인인 야고보의 무덤이 있는 산티아고 데 콤포스텔라로 향하는 길이다. 중세부터 내려온 길로 다양한 경로가 있으나 가장 인기 있는 길은 '카미노 데 프란세스'이다. 프랑스 남부에서 시작해 피레네 산맥을 넘어 산티아고 데 콤포스텔라까지 이어지는 장장 긴 코스이다. 가톨릭의 성지순례 길이었으나 현재는 전 세계에서 도보여행을 즐기는 사람들이 찾아오는 곳으로도 유명하다. 완주하는 데 걸리는 시간은 사람에 따라 각기 다르나 보통 한 달 남짓이다. 여행하기 좋은 때는 순례자들이 바라고 바라는 입성일인 산티아고 성인의 날인 7월 25일경이다. 따라서 여름은 언제나 붐빌 수밖에 없고, 4월과 5월, 9월과 10월이 날씨도 좋고 길도 덜 붐빈다. 겨울에는 문을 닫는 숙소가 많기 때문에 많이 힘이 들기도 한다.

산티아고 순례길은 1993년 유네스코에 세계문화유산으로 지정된 스페인과 프랑스 접경에 위치한 기독교 순례길로 유명하다.

산티아고(Santiago)는 야곱(야고보)을 칭하는 스페인식 이름이며, 영어로 세인트 제임스(Saint james)라고 한다. 1189년 교황 알렉산더 3세가 예루살렘, 로마와 함께 산티아고 데 콤포스텔라(Santiago de Compostela)를 성스러운 도시로 선포한 바 있다. 1987년 파울로 코엘료의 〈순례지〉가 출간 된 이후 더욱 유명세를 탔으며 또한 1993년 유네스코 세계문화유산으로 지정되자 유럽과 전 세계로부터 성지순례가 더욱 활발해졌다.

▪ 산티아고 데 콤포스텔라로 가는 프랑스 순례길

산티아고 데 콤포스텔라(Santiago de Compostela)로 가기 위해 거쳐야 하는 프랑스 지역의 여러 순례길이 있다. 중세시대 내내 수많은 순례자들이 지나갔던 이 길들 위에는 순례자들을 위해 지어졌던 종교적, 세

속적 건축물들이 많이 남아 있다. 그리스도교가 중세 유럽인들에게 큰 영향을 미쳤었다는 것을 보여주는 이 순례길은 1998년 유네스코 세계유산(UNESCO World Heritage)로 등록되어 있다.

스페인 북서부에 위치한 산티아고 데 콤포스텔라(Santiago de Compostela)는 로마(Roma), 예루살렘(Jerusalem)과 함께 3대 그리스도교 순례지로 꼽히는 곳이다. 성 야곱(Saint Jacob) 유해가 모셔진 것으로 유명한 이 순례지는 중세시대 내내 유럽 전역에서 찾아온 수많은 순례자들로 북적거린다. 당시에 이 유명한 순례지로 가기 위해서는 반드시 프랑스를 거쳐야만 했기 때문에, 11-15세기 동안 프랑스 지역 순례길에는 순례자들의 발길이 끊이지 않았었다. 그에 따라 프랑스에는 주요한 몇 갈래의 순례길이 생겨나게 되었다는 것이다.

유럽 전 지역에서 계층과 나이, 성별, 출신을 막론하고 수많은 사람들이 프랑스 순례길을 지나갔다. 순례자들 각자 에게는 다양한 목적이 있었겠지만 도착하기까지의 많은 시간과 자금이 필요했다는 것을 생각 해 볼 때 그들의 믿음이 상당했음을 짐작해 볼 수 있다.

• 탁월한 보편적 가치

'산티아고 데 콤포스텔라 순례길(Route of Santiago de Compostela, 일명 카미노 데 산티아고(Camino De Santiago)'는 이베리아반도 북쪽을 통과하여 스페인 - 프랑스의 국경지대로부터 산티아고 데 콤포스텔라 시까지 800km가 넘는 좁은 길로서 5개의 자치 단체와 100개가 넘는 마을을 지나는 순례를 위한 길이다.

카미노 데 산티아고는 본래 사도 성야고보의 유해가 안치된 산티아고 데 콤포스텔라 대성당(갈리시아, Galicia)에 방문하는 것을 정점으로 막을 내리는 순례 길이기도 하다.

스페인으로 떠난 사도에 관한 최초의 기록은 6세기 말로 거슬러 올라간다. 사도행전에 따르면 이스파니아(Hispania, 로마사람들이 사용했던 이베리아반도의 옛 이름)에 복음을 전파한 것은 성야고보였다.

이러한 정보는 훗날 세비아의 이시도로(Isidoro De Sevilla, 7세기)가 쓴 신앙의 선조들의 탄생과 죽음에 대해서(De ortu et obitu Patrum)와 리에바나(Liebana)의 성 베아투스(St Beatus, 8세기)가 쓴 계시록 주해서(Commentarium In Apocalypsin)에서 확인된다.

사도의 무덤이 갈리시아에서 발견된 것은 9세기, 정결왕 알폰소 2세(Alfonso ll)의 치세 아래에서였다. 12사도는 자신들이 복음을 전파한 지방에서 안식을 취해야 한다는 성 제롬(St Jerome)의 가르침에 따라 성야고보의 유해는 예루살렘에서 스페인으로 옮겨졌다.

사도의 무덤이 발견되었다는 소식은 삽시간에 서유럽 전역으로 퍼져나갔고, 산티아고 데 콤포스텔라는 순례지가 되었다.

야고보의 무덤이 발견되었다고 전해진 시기는 9세기 무슬림 치하의 스페인(MusLim Spain)시대였고, 이러한 배경 때문에 이 사건은 기독교적으로 중요했고, 상당한 파장을 일으켰다. 덕분에 산티아고 데 콤포스텔라는 순식간에 예루살렘이나 로마와 어깨를 나란히 하는 중요한 순례지로 떠올랐다. 11세기의 시간에 걸쳐 산티아고 데 콤포스텔라 순례길은 길과 길을 통과하는 마을을 여행하는 순례자들 사이에서 지속적으로 문화적 논의를 촉진하는 진정한 의미의 교차로가 되었다.

순례길은 중요한 교역의 축이자 지식이 전파되는 장소이기도 했다.

331

카미노에는 역사적으로 가장 중요한 유산 유적, 훌륭한 자연 경관, 그리고 무형 유산이 하나의 세트처럼 모여 있는데 이러한 무형 유산 중에서 가장 훌륭한 사례는 이곳을 여행하는 순례자들을 즐겁게 했던, 그리고 오늘날까지 계속해서 우리를 즐겁게 해주고 있는 구전 문화들이다. 이러한 이유로 순례길에는 교회, 병원, 호스텔, 수도원, 여행자 숙소, 교차로, 다리나 기타 건축물 등 카미노 데 산티아고와 관련된 유산이 넘쳐나게 되었고, 이러한 건축물 및 구조물들은 오늘날 로마네스크 양식에서부터 바로크 양식으로 변화하는 예술적·건축적 변화상 전체를 보여주고 있다.

이러한 문화적. 예술적 유산은 카미노의 형태와 문화를 정의하며 서로 떼려야 뗄 수 없는 중요한 한 부분이다. 수많은 방문객들과 순례자에게 제공하기 위해 생긴 서비스 덕분에 생겨난 경제활동으로 인해형성 된 순례길 마을의 사회경제적 발전 또한 '야고보의 길'이 지닌 중요성을 보여주고 있다.

• 환경과의 조화성

산티아고 데 콤포스텔라 순례길은 완벽하게 보존되어 있고, 순례길 자체는 물론 길을 따라 건축된 건축물과 유적 또한 매우 훌륭하게 보존되어 있기에 중세시대 순례길로는 유일하게 오늘까지 이용되고 있는 사례이다. 순례길은 또한 환경과의 조화를 실증적으로 보여주고 있다.

카미노를 구성하는 각 구역, 유적, 건축물 등은 오늘날까지 계속해서 이용되고 있기 때문에 보수를 거쳐 매우 훌륭한 상태를 유지하고 있다.

순례자들의 수가 감소했던 18세기부터 19세기에는 보존 상태도순례자 수가 감소했던 만큼 나빠졌지만 20세기에 그 역사적 중요성이 재인식되면서 카미노가 살아났고 1962년 역사·예술 복합단지(Conjunto Historico Artistico)로서 법적인 보호를 받기에 이르렀다. 그 후 유산을 보호하고 상태를 개선하기 위해 다방면의 노력을 기울였고 가능한 모든 차원에서 보존을 위한 중요한 조치들이 취해졌으며 이로써 역사적으로 매우 중요한 살아있는 문화통로로서 남아 있게 되었다.

■ 문화유산의 진정성

산티아고 데 콤포스텔라 순례길은 중세시대부터 세월의 시련을 견뎌내어 오늘날에 이르렀다. 순례길의 존재에 관한기록은 12세기부터 상세하게 기록되어 왔다.

1109년 갈리스토 2세(Calixtus II, 1119-1124 재위) 교황의 산티아고 데 콤포스텔라 여행에 동행했던 클뤼니(Clune)의 에메릭 피코(Aymeric Picaud)가 쓴 칼릭스티누스 고사본(Codex Calixtinus) 제 5권은 이 길을 따라 떠나는 순례 여행에 관한 최초의 안내서라 여겨지고 있다.

이 책에는 순례길에 관한 묘사, 카미노를 따라 발견할 수 있는 예술작품에 대한 설명, 길을 따라 들어선 마을 주민들의 풍습, 순례자들에게 도움이 될 만한 조언 등이 담겨 있다. 기독교 순례길 가운데 다른 것들과 달리 카미노 데 산티아고는 의심할 여지없이 본래의 모습 그대로 최고의 상태로 보존되었다. 오늘날까지 계속해서 이용되고 있는 순례길의 상당부분에 대해서 서로 다른 시대에 작성된 기록이 남아 있는데 이 기록에는 주요한 장소, 주민들은 물론 현재에도 보존된 병원, 국경선, 다리, 교회,

그리고 건축물의 건축학적 요소에 대해 묘사하고 있다.

현행 법규에 따라 역사·예술 복합 단지로서 순례길이 충분히 보호받고 있는 상황에서는 이 유산의 진정성에 영향을 미치는 변화는 없을 것으로 보인다.

이 책을 쓰는 데 도움을 준 책

대전가톨릭문학 「제24집」, 김다경 「산티아고, 영혼을 부르는 시간」, 홍사영 「산티아고 길의 마을과 성당」, 가톨릭 평화방송여행사 「산티아고 데 콤포스텔라 순례」, 하퍼케르켈링 「그 길에서 나를 만나다」, 조병준 「사랑을 만나러 길을 나서다」, 김진석 「카미노 데 포토그래퍼」, 김강정 「아침을 여는 3분 피정」.

저자약력

청림 김숙자

chungrim7612@naver.com / 010-7612-4423

- 전남 곡성 출생
- 충남대학교 교육대학원 교육학 석사
- 한남대학교 대학원 교육학 박사
- 천안 성남, 청룡초등학교장 역임
- 「월간 문학」 동시 신인상 수상
- 「월간 아동문학」 동시 신인상 수상
- 「대전일보 신춘문예」 동시 당선
- 한국아동문학회 이사 및 운영위원
- 대전 여성문학 회장 역임
- 한국아동문학연구회 충남지회장
- 현 대전가톨릭문학회장
- 교육기관, 평생학습교육관에서 인문학, 시창작 강의
- 대전문학상 수상, 박경종 아동문학상 수상, 대일문학상 수상, 한·중 옹달샘 아동문학상 수상, 한국아동문학작가상 수상 등
- 2017 대전문화재단 문학지원금 수혜
- 동시집 : 모시울에 부는 바람 외 6권
- 시 집 : 비울수록 채워지는 향기 외 5권
- 동화집 : 예쁜이가 내다본 세상
- 수필집 : 내 영혼을 불사른 달콤한 중남미 문명
- 자기계발서 : 시련은 아무에게나 꽃이 되지 않는다
- 교육서 : 현대 아동 시창작 교육

내 영혼을 불살랐던 산티아고
침묵의 그 길에서 나를 찾다

초판인쇄 2018년 2월 12일
초판발행 2018년 2월 23일

저   자 김숙자
발 행 인 윤석현
책임편집 안지윤
발 행 처 도서출판 박문사
주   소 서울시 도봉구 우이천로 353 성주빌딩 3F
전   화 (02) 992-3253(대)
전   송 (02) 991-1285
전자우편 bakmunsa@hanmail.net
홈페이지 http://jnc.jncbms.co.kr
등록번호 제2009-11호

ⓒ 김숙자 2018 Printed in KOREA.

ISBN 979-11-87425-80-9 23810   정가 18,000원

* 저자 및 출판사의 허락 없이 이 책의 일부 또는 전부를 무단복제 · 전재 · 발췌할 수 없습니다.
* 잘못된 책은 교환해 드립니다.